NELLY ARNOLD | Erst die Ehe, dann das Vergnügen

Zum Buch

Exmänner und Kompromisse sind keine Option. Frei nach diesem Grundsatz hat Layla ihr Leben strukturiert und ihren Sohn allein aufgezogen. Ausgerechnet als sie einen gut aussehenden Arzt kennenlernt, taucht Exmann René nach zwanzig Jahren wieder in ihrem Leben auf. War er immer schon so charmant, oder waren sie beide damals nur zu jung? Und warum verhält sich ihr bester Freund Moritz, der immer ihre Zuflucht in stürmischen Zeiten war, plötzlich so merkwürdig? Die Antworten auf diese Fragen geben Laylas Leben eine völlig neue Wendung …

Zur Autorin

Nelly Arnold wurde 1966 geboren und lebt und arbeitet als freie Autorin in München. Unter anderem Namen hat sie bereits mehrere Kinder- und Jugendbücher sowie Krimis veröffentlicht. *Erst die Ehe, dann das Vergnügen* ist ihr dritter Roman im Diana Verlag.

NELLY ARNOLD

Erst die Ehe, dann das Vergnügen

Roman

Diana Verlag

MIX
Papier aus verantwortungsvollen Quellen
FSC® C014496
FSC www.fsc.org

Verlagsgruppe Random House FSC® N001967
Das für dieses Buch verwendete
FSC®-zertifizierte Papier *Holmen Book Cream*
liefert Holmen Paper, Hallstavik, Schweden.

Originalausgabe 09/2015

Redaktion | Uta Rupprecht
Umschlaggestaltung | t.mutzenbach design, München
Umschlagmotiv | © Max Oppenheim/GettyImages;
shutterstock/smilewithjul
Satz | Leingärtner, Nabburg
Druck und Bindung | GGP Media GmbH, Pößneck

Printed in Germany
ISBN 978-3-453-35868-3

www.diana-verlag.de

Für Milan

I

Schlaftrunken schwankte ich in Richtung Küche. Als ich gerade durch die offene Tür gehen wollte, erstarrte ich. Stand da ein tätowierter Knastbruder vor meinem Kühlschrank? Ich blinzelte ein paarmal ungläubig, dann riss ich die Augen auf, um mir Gewissheit zu verschaffen. Träumte ich noch? Aber ich kam leider zu dem Schluss, dass dies kein Traum war. Mit seinem tätowierten Arm schob er die Kühlschranktür wieder zu, in der anderen Hand hielt er eine Flasche Orangensaft, die noch halb voll war. Offenbar hatte er in diesem Moment meine Anwesenheit registriert, denn plötzlich blickte mich ein graugrünes Augenpaar an. Erst da erkannte ich, dass es kein Mann, sondern eine junge Frau war. Sie war riesig, breitschultrig und sehr muskulös. Keine Frage, dass sie viele Stunden pro Woche mit Krafttraining verbrachte. Bei genauerer Betrachtung hatte sie ein hübsches Gesicht. Ihre pechschwarzen Haare waren fest zu einem kurzen Pferdeschwanz zusammengebunden.

»Hallo?« Meine Stimme klang krächzend und unsicher.

»Hallo!«, erwiderte sie meinen Gruß äußerst selbstbewusst und nahm einen kräftigen Schluck aus meiner Orangensaftflasche. Ihr kam diese Situation offenbar in keiner Weise ungewöhnlich vor. Nachdem sie getrunken hatte, schaute sie mir wieder in die Augen.

»Äh … Sie sind wohl eine Freundin von Dominik?«

Sie stellte die Flasche auf die Anrichte und runzelte die Stirn. Den Orangensaft würde ich später wegschütten müssen. Aber das war wohl gerade mein geringstes Problem. »Wem?«, fragte sie zerstreut.

»Von Dominik. Meinem Sohn. Sind Sie eine Freundin von ihm?« Verdammt, ich brauchte am Morgen meinen Kaffee und meine Ruhe, ich wollte in der Küche meine Zeitung lesen können und noch nicht einmal ans Telefon gehen, wenn es klingelte. Und nun musste ich mich in aller Herrgottsfrüh mit dieser Anna Bolika unterhalten.

»Ach, Dominik.« Sie überlegte kurz, dann meinte sie: »Ja klar, 'ne Freundin.« Dann murmelte sie etwas ironisch: »Was sonst«, und zuckte mit den Schultern.

Großer Gott. Blieb mir denn nichts erspart? Ich hatte gestern bis nachts um halb zwei an einer englischen Thriller-Übersetzung gearbeitet, danach dank der fantasievollen Mordmethoden des Protagonisten nicht einschlafen können, und nun hatte ich die Ehre, Dominiks One-Night-Stand kennenzulernen. Auf einmal fühlte ich mich gar nicht gut.

»Alles okay?«, fragte die junge Frau, und es hörte sich ehrlich besorgt an. »Sie sehen plötzlich so blass aus.«

»Es geht schon, danke.« Mein Blick fiel auf ihren rechten Unterarm. Konnte das wahr sein? »Ist das Paul Breitner, da auf Ihrem Arm?«

»Paul wer?«

Hatte diese Frau mit ihren geschätzten fünfundzwanzig Jahren denn nicht das geringste Allgemeinwissen? »Sie interessieren sich wohl nicht für Fußball?«

»Fußball?«, rief sie abschätzig. »Nee.«

»Aber jeder kennt doch Paul Breitner, ich bitte Sie!«

Sie schüttelte den Kopf. »Ich kenn den Typen nicht.« Dann betrachtete sie ihre Körpermalerei, als würde sie sie zum ersten Mal sehen. »Das da«, sie deutete mit dem Zeigefinger auf den Paul-Breitner-Kopf, »ist Bob Dylan.«

»Ach was.« Ich sah sie erstaunt an. »Sie mögen Bob Dylan?«

»Ob ich ihn mag? Ich *mag* ihn nicht nur, ich *liebe* ihn.«

»Tatsächlich?«

»Wieso sind Sie'n da so überrascht?«

»Also, pff, keine Ahnung. Bei Ihnen hätte ich eher auf Speed Metal getippt als auf Folk-Rock.« Als ich ihren unerfreuten Blick sah, setzte ich schnell hinzu: »Aber man kann sich ja in Menschen täuschen, gell?« Ich befürchtete schon, sie könnte zum Schlag ausholen und mich wie in einem dieser alten Bud-Spencer-Filme durch die halbe Wohnung schmettern.

»Ach echt?« Sie griff wieder zur Flasche und trank von meinem Orangensaft. Ihre Halsschlagader pulsierte. Fasziniert betrachtete ich sie. Solche Armmuskeln hatte ich bei einer Frau noch nie in natura gesehen. Nur im Fernsehen, wenn sich die Bodybuilder, mit Goldfarbe eingerieben, in Position brachten.

»Ich finde, dass *Like a Rolling Stone* das schönste Lied von Bob Dylan ist«, hörte ich mich plappern.

Sie leckte sich die Überreste des Safts von den Lippen. »Mein Lieblingssong ist *Blowin' in the Wind*. Na ja …« Sie machte eine nachdenkliche Pause. »Eigentlich *Knockin' on Heaven's Door*, aber der ist schon so oft gecovert worden.«

Ich nickte. »Die Version von Randy Crawford mag ich am liebsten.«

Sie schloss für einen Augenblick die Augen und schüttelte den Kopf. »Auf keinen Fall. Guns N' Roses bringen's natürlich am besten.«

Ich wagte nicht zu widersprechen.

»Guten Morgen«, hörte ich plötzlich hinter mir Dominiks Stimme. »Ich würde sagen, das ist jetzt ziemlich peinlich.«

»Ach ja?«, meinte ich und drehte mich zu ihm um.

Dominik stand etwas unbeholfen da. Mit seiner Körpergröße von eins achtzig war er mindestens zehn Zentimeter kleiner als seine … Freundin. »Wieso bist du um acht überhaupt schon wach? Du stehst doch sonst nie vor neun auf.«

»Entschuldigung«, meinte ich sarkastisch, »ich wusste ja nicht, dass das Betreten der Küche vor neun Uhr für mich tabu ist.«

»Übrigens«, unterbrach Dominiks Besucherin unseren Schlagabtausch, »ich bin Tanja.« Sie streckte mir den Arm entgegen.

Ich gab ihr die Hand, und sie drückte zu wie ein Kerl. Wo hatten sich Dominik und Tanja nur kennengelernt? Ich war stolz auf meinen Sohn, er hatte sein Leben im Griff und für seine vierundzwanzig Jahre war er ziemlich verantwortungsbewusst. Nach seinem Medien- und Kommunikationsmanagement-Studium arbeitete er nun in einer großen PR-Agentur. Was ich allerdings von seinem Mädchengeschmack halten sollte, wusste ich nicht so recht. Er schien zu Extremen zu tendieren. Entweder sahen sie aus wie Groupies von Trash-Punkbands oder sie trugen weiße Rüschenblusen, an denen nur noch die ovale Brosche fehlte. Ich hoffte, dass sich das Ganze irgendwann normalisierte und er ein vernünftiges Mädchen mit nach Hause brachte. Natürlich hatte er noch genügend Zeit, sich zu binden. Schließlich sollte er nicht den gleichen Fehler begehen wie sein Vater und ich.

Während mir Tanja noch die Hand schüttelte, stellte ich mich ebenfalls vor. »Ich bin Layla.«

»Leila?«

»Nein«, sagte ich entschlossen, denn ich hasste es, wenn man meinen Namen mit ei aussprach. »Es spricht sich L-e-j-l-a. Geschrieben wird es mit A und Ypsilon.«

Sie nickte, während sie mich betrachtete. »Hab ich noch nie gehört.«

Als meine Mutter mit mir schwanger war, hatte Eric Clapton seinen Hit *Layla,* er wurde damals ständig im Radio gespielt. In den Neunzigern gab es dann noch mal eine gemächliche Unplugged-Version, die ich weniger mochte. Meine Mutter meinte, sie wollte mir einen Namen geben, den nicht jeder hatte. Nun, das war ihr geglückt, denn ich musste ihn mein Leben lang buchstabieren, obwohl ich meinen Namen für keinen anderen getauscht hätte.

Wir konnten unmöglich weiter hier herumstehen. Jedenfalls brauchte ich jetzt meinen Kaffee und meine Ruhe. Also sagte ich, so unbeschwert wie möglich: »Ich frühstücke unten, im Café Festival.« Ich ging in den Flur, schlüpfte schnell in meine Schuhe und nahm meine Jacke vom Haken. »Bis dann.« Mit einem verkniffenen Lächeln nickte ich in die Küche.

»Tschüss, Layla. War nett, mit dir zu quatschen.«

Diese Tanja schien auf verschrobene Art ganz nett zu sein, trotzdem hoffte ich, sie nie mehr wiederzusehen.

Es war mir unmöglich, mich auf den Artikel zu konzentrieren. Nachdem ich beim vierten Lesen immer noch nicht begriffen hatte, worum es ging, legte ich die Zeitung weg. Eigentlich hatte ich Fabia anrufen wollen, aber zum Telefonieren war ich ebenfalls zu unkonzentriert. Fabia und ich hatten uns vor acht Jahren im Seminar *Allein – aber glücklich* kennengelernt und pflegten seitdem eine seltsame Freundschaft. Sie ging nicht aus, daher besuchten wir uns immer nur. Anfangs fand ich das komisch, aber mittlerweile hatte ich mich daran gewöhnt. Das Einzige, was sie gern draußen unternahm, war Skifahren, aber das gehörte leider nicht zu meinen Hobbys, sodass sie entweder alleine oder mit ihrer Schwester und deren Familie zum Skifahren ging. Keine Ahnung, was alle Welt an diesem Sport fand. Es war schon mit René ein Problem gewesen, weil er so ein leidenschaftlicher Skifahrer war und ich der Sache nichts abgewinnen konnte. Und so war er jeden Winter ein- bis zweimal mit seinem Freund Mark gefahren.

Fabia war einzelgängerisch und introvertiert. Aber sie war klug, hatte eine unglaubliche Allgemeinbildung und gab mir dafür, dass sie mit ihren dreiunddreißig Jahren zehn Jahre jünger war als ich, manchmal erstaunlich gute Ratschläge.

Geistesabwesend nippte ich an meinem Kaffee, und meine Gedanken wanderten wieder zu meinem Sohn. Vielleicht hatte die Scheidung bei Dominik doch irgendwelche Spuren hinterlassen? Hatte seine seltsame Partnerinnenwahl etwas damit zu tun? Vielleicht war es eine Art Verwirrung? Orientierungslosigkeit? Rebellion? Aber Dominik und René hatten immer ein gutes Verhältnis zueinander gehabt. Unser Sohn hatte jedes zweite Wochenende und einen Teil der Ferien bei seinem Vater verbracht. Als René und ich uns scheiden ließen, war Dominik gerade mal drei Jahre alt gewesen, also konnte ihn das doch wirklich nicht so sehr beeinflusst haben. Oder?

Im Grunde war der einzige Mensch, der damals wegen der Scheidung am Boden zerstört gewesen war, ich. Und zwar einzig und allein. Der Rest der Familie schien irgendwie erleichtert zu sein. Und René … Ja, er war verletzt, wütend, enttäuscht … Er! Obwohl sich in *seiner* Hosentasche der rosa Zettel fand mit diesem Satz, den ich nie vergessen werde.

Unsere Liebe hatte von Anfang an unter keinem guten Stern gestanden. Wahrlich nicht. Die schlimmste Frage für uns beide war immer: »Wie habt ihr euch denn kennengelernt?«

Das war der absolute Horror. Es hätte sich überaus dämlich angehört, wenn wir gesagt hätten: »Sein Vater hat meine Mutter geheiratet.« Das habe ich einmal getan und seitdem nie wieder. Auf der Geburtstagsparty eines Bekannten von René hatte mir dessen Freundin diese Frage gestellt, und ich hatte diese einfache Antwort gegeben, worauf sie mich verstört ansah: »Du hast deinen Stiefbruder geheiratet?« Unnötig zu erwähnen, dass das Wort *Bruder* etwas von Grund auf Inzestuöses beinhaltet. Tatsache war, dass René nicht einmal Günters leiblicher Sohn war.

Seine erste Frau hatte den Jungen mit in die Ehe gebracht, und Günter hatte ihn dann adoptiert. Nach der Scheidung von ihr heiratete Günter dann meine Mutter. Aber selbst wenn er wirklich der Sohn meines neuen Stiefvaters gewesen wäre, so konnte doch von Verwandtschaft keine Rede sein. Außerdem waren wir volljährig, als wir uns kennenlernten, und nicht miteinander aufgewachsen. Das alles erklärten wir jedes Mal, was zwar um einiges umständlicher war, aber zumindest die Worte *Stief* und *Bruder* umging.

Mein Vater war gestorben, als ich dreizehn war. Schlaganfall mit einundvierzig, aus heiterem Himmel in der Arbeit. Ich konnte mich nicht einmal von ihm verabschieden. Wir hatten weder ein inniges noch ein schlechtes Verhältnis zueinander gehabt. Manchmal war er nett zu mir gewesen, und wir gingen in den Zoo oder Eis essen, aber oft genug wollte er einfach seine Ruhe und fühlte sich von meiner Anwesenheit gestört.

Als uns Günter und meine Mutter einander vorstellten, sahen René und ich uns an, und es passierte. Einfach so. Niemand kann mir erzählen, dass die Liebe auf den ersten Blick ein Mythos sei, der von Hollywood erfunden wurde. Zugegeben, es hat keine vier Jahre gehalten, aber das lag daran, dass wir so jung waren. Als wir uns trafen, war ich achtzehn und René neunzehn. Ein Jahr später heirateten wir und bekamen Dominik. Natürlich haben uns alle für vollkommen übergeschnappt gehalten, aber damals war ich so verliebt in René, dass es sich einfach richtig anfühlte. Eigentlich sollte es verboten sein, noch in der Verliebtheitsphase zu heiraten!

Das Handy klingelte und riss mich aus meinen Gedanken. Es war eine Melodie, die ich nie und nimmer ausgesucht hätte, ein amerikanischer Rap-Song. Steffi, meine Nachbarin und Freundin, hatte einen elfjährigen Sohn, der vor Kurzem gelangweilt an meinem Handy herumgespielt hatte. Wie es aussah, hatte er den Klingelton geändert.

Yeah, yeah, check it out ... yeah ...

An den Nebentischen blickten sie zu mir herüber. Ich hörte jemanden auflachen. Sollten sie doch.

Es war meine Mutter. »Hallo, Layla. Ich hab gerade bei euch angerufen, und Dominik sagte, dass du heute in einem Café frühstückst.« Es klang wie eine Frage.

»Ja, stimmt. Ich wollte einfach mal raus.«

»Du wolltest raus?«, fragte sie ohne eine Spur von Verständnis. »Kochst du denn nichts am Sonntag? Dein Sohn braucht doch etwas Anständiges zu essen!« Meine Mutter war zwar eine relativ moderne Frau, hatte aber die Marotte, dass das Essen pünktlich auf dem Tisch zu stehen hatte, insbesondere am Wochenende. Der Esstisch besaß für sie einen hohen Symbolwert. Der Ort, an dem man wichtige Dinge besprach und der für ein geregeltes Familienleben sorgte.

»Heute gibt es eben ein Abendessen.«

»Ach? Na ja ... Du kannst dir sicher denken, warum ich anrufe.«

Ich hatte nicht die leiseste Ahnung. Es entstand eine Pause, weil ich überlegte, ob wir in letzter Zeit über etwas Bestimmtes gesprochen hatten, mit dem der Anruf zusammenhängen konnte.

»Layla?«

»Ja?«

»Überleg doch mal. Wie lange sind Günter und ich verheiratet?«

Das war nicht schwer für mich. Ich musste zu Dominiks Alter einfach nur ein Jahr dazuzählen. »Fünfundzwanzig Jahre?« Dann dämmerte es mir. »Oh! Ihr habt bald Silberhochzeit.«

»Ganz genau.«

»Werdet ihr das feiern?«

»Natürlich feiern wir das!«, gab sie erbost zurück, als hätte ich sie aufs Brutalste beleidigt. »Also nimm dir bitte am ersten Maiwochenende nichts anderes vor, ja?« Das war in drei Wochen. Eigentlich hatte Moritz an diesem Samstag Geburtstag. Aber mein Kumpel Moritz würde es verstehen, wenn ich auf die Silberhochzeit meiner Mutter musste, statt mit ihm seinen Geburtstag zu feiern.

»Wer kommt denn alles?« Ich fragte mich etwas nervös, ob sie René aufzählen würde. Seit der Scheidung hatten wir uns nur zweimal wiedergesehen, an Dominiks Kommunion und an Dominiks Firmung. An Dominiks achtzehntem Geburtstag hatte René die Grippe gehabt. Wenn es etwas zu besprechen gab, wegen der Schule, Ausflügen oder sonstigen Arrangements, so taten wir das hauptsächlich per Mail. Bei weniger wichtigen Angelegenheiten ging es per SMS, und nur wenn es sich nicht umgehen ließ, telefonisch. Dann fragte ich pro forma kurz, wie es ihm gehe, und wechselte schnell zum anstehenden Thema. René versuchte immer, ein wenig Leichtigkeit in die Gespräche zu bringen und ließ hin und wieder einen Scherz oder eine nette Bemerkung einfließen, aber die Wahrheit war, dass ich ihm nicht verzeihen konnte. Sowohl bei der

Kommunion als auch bei der Firmung war er auf mich zugekommen und wollte ein Gespräch mit mir anfangen, aber ich hatte ihn stehen lassen.

»Wir machen das im kleinen Kreis, weißt du. Nur die Familie.«

Genau das war das Problem. Wären einige Freundinnen meiner Mutter oder Günters Freundeskreis anwesend, bestünde Hoffnung auf Normalität. Es war ja nicht so, dass unsere Familie vollkommen und komplett gestört war … Obwohl, überlegte ich, eigentlich kam es dem schon sehr nahe.

Ich wollte mich nicht gleich nach René erkundigen, hegte aber die Hoffnung, dass er entweder schon etwas anderes vorhatte oder wieder die Grippe oder beruflich verhindert war oder …

»Tante Erna und Onkel Albert?«

»Ja«, erklärte meine Mutter freudig, »und Sidonie kommt auch!«

Im Gegensatz zu meiner Mutter wurde ich bei dieser Mitteilung nicht von Glücksgefühlen übermannt. Tante Erna, die einzige Schwester meiner Mutter, war eine dominante und neugierige Person, die immer das letzte Wort haben musste. Ihr Mann gab vor, zerstreut und schwerhörig zu sein, nur um seine Ruhe vor ihr zu haben. Jeder wusste das, nur Tante Erna schien es nicht zu merken. Ihre Tochter Sidonie war fünf Jahre jünger als ich und eine Positiv-Radikale, wie sie sich selbst bezeichnete. Vegetarierin und Aktivistin gegen Tierquälerei und Umweltverschmutzung. Sie arbeitete nicht, was man so aber nicht sagen durfte. Nach eigener Aussage verdiente sie zwar kein Geld, leistete aber dafür moralisch wertvolle Arbeit.

»Johannes hat zugesagt …«

Das war ja klar. Wie konnte sich ein katholischer Pfarrer – oder ehemaliger Pfarrer – auch eine Silberhochzeit eines Paares entgehen lassen, das er selbst getraut hatte. Johannes war Günters Bruder und eigentlich ein furchtbar netter und warmherziger Mensch. Wenn er nur nicht immer alles auf Gottes Wege zurückführen würde. Jedenfalls hatte er sich damals sehr für uns gefreut – und auch uns getraut –, war aber unendlich traurig gewesen, als René und ich uns scheiden ließen. Ich hatte beinahe das Gefühl, als nähme er das persönlich. Damals hatte er mich (und, wie ich später erfuhr, auch René) fast täglich angerufen, um uns zu einer Versöhnung zu überreden. »Denkt an das arme Kind!«, war sein häufigster Satz, noch vor: »Ihr habt vor Gott ein Versprechen abgegeben.« Auch wenn ich sein Engagement durchaus zu schätzen wusste und die Absicht dahinter redlich war, ging ich doch irgendwann nicht mehr ans Telefon. Ich hatte es schwer genug, und mir fehlte die Kraft, auch noch darüber zu sprechen.

»… und wie ich hoffe, du und Dominik …«

»Was?«, fragte ich etwas abwesend.

»Ihr werdet doch kommen?«

»Natürlich.«

»Ich freue mich darauf.«

»Das war's? Sonst kommt niemand mehr?«, hakte ich nach.

»Nun ja, also … René wird auch da sein.«

Scheiße.

»Tatsächlich?«

»Er ist schließlich Günters einziges Kind.«

»Ja, klar.« Ich wusste, dass Günter und René sich nahestanden, obwohl er nicht sein leiblicher Sohn war, aber irgendwie hatte ich doch gehofft, René wäre aus irgendeinem Grund verhindert. Meine Mutter und Günter hatten nach der Pensionierung ein Haus in der Pampa gekauft. Es lag zwanzig Minuten hinter Bayreuth, weshalb sich meine Besuche auf zwei- bis dreimal jährlich beschränkten. Meistens übernachtete ich dann dort, weil es zu anstrengend war, von München aus am selben Tag hin und wieder zurückzufahren.

»Du und René, ihr werdet euch doch gut benehmen, oder?«, fragte meine Mutter.

»Bitte was?«

»Du weißt schon. Ich will, dass alles perfekt wird.«

Ich hasste es, wenn das jemand sagte. Es hatte etwas Egoistisches und setzte den anderen unter Druck.

»Von mir hast du nichts Schlechtes zu erwarten. Glaubst du, ich fange mit ihm zu streiten an, oder wie? Schließlich haben wir in den letzten einundzwanzig Jahren den Kontakt auf einem Minimum gehalten und uns nur zweimal gesehen. Und selbst da habe ich es geschafft, ihm aus dem Weg zu gehen.«

»Ja, aber diesmal ist es anders. Bei der Kommunion und der Firmung waren es ja nur zweistündige Essen, und diesmal ist es ein Wochenende.«

»Na und?«, erwiderte ich leichthin.

Es entstand eine Pause, dann sagte sie: »René ist heute sehr viel reifer, weißt du.«

»Ach ja? Inwiefern?«

»Na ja …« Sie schien nach den richtigen Worten zu

suchen. »Er ist nicht mehr so ein Hitzkopf, ist viel ruhiger geworden. Erzählt Dominik dir denn gar nichts?«

»Wir erwähnen René nur selten.«

»Er scheint bei euch so eine Art Tabuthema zu sein.«

»Natürlich nicht. Was denkst du denn! Aber ich frage nicht, und Dominik hat sein eigenes Leben. Das Thema Papa hat nicht mehr so einen Stellenwert wie in seiner Kindheit.«

»Hm«, machte sie nur. Meine Mutter wünschte sich, dass wir von Samstagmittag bis Sonntagnachmittag blieben.

Als ich das Gespräch beendete, fragte ich mich, wie ich dieses Wochenende ohne Beruhigungsmittel überstehen sollte.

Das Kochen erübrigte sich, weil Dominik den Sonntag bei einem Freund verbrachte und erst spät nach Hause kommen würde. Also setzte ich mich auf die Couch vor den Fernseher und zappte durch die Programme. Das hatte ich schon lange nicht mehr getan, aber ein bisschen Nichtstun war jetzt genau das Richtige, um das Telefongespräch mit meiner Mutter noch einmal im Kopf durchzugehen.

Es klingelte. Wahrscheinlich war das Steffi, meine Nachbarin und Freundin.

Als ich die Tür öffnete, stand da nicht Steffi, sondern ein attraktiver Mann, etwa Mitte vierzig. Er hatte dunkles, leicht welliges Haar und ein freundliches Gesicht. »Leila Sieling?«, fragte er und lächelte liebenswürdig.

Ich starrte ihn schweigend an, einfach, weil er so unglaublich attraktiv war.

»Hallo?«, sagte er und blickte in mein Gesicht, offenbar

in der Absicht, zu mir durchzudringen. Wie es aussah, hatte ich vergessen zu reagieren.

»Was?«

»Sind Sie Leila Sieling?«

»Fast«, antwortete ich, »es spricht sich L-e-j-l-a.«

»Oh, Entschuldigung. Also, Layla Sieling?«

»Ja.«

»Ich war vorhin im Café Festival, wissen Sie. Auf der Bank lag eine Geldbörse mit einem Ausweis darin. Die muss wohl Ihnen gehören.« Er streckte mir die Hand hin, und ich blickte auf mein Portemonnaie.

»Ja, das ist meine«, sagte ich überrascht. »Sie muss mir wohl nach dem Bezahlen aus der Jackentasche gerutscht sein.« Ich griff danach. »Wirklich sehr nett von Ihnen.«

Er zuckte die Schultern. »Kein Problem, es ist ja nur um die Ecke und hat keine Umstände gemacht.«

Ich überlegte, dass es normalerweise üblich war, einen Finderlohn zu zücken, aber dieser Mann machte nicht den Eindruck, als würden ihm zehn oder zwanzig Euro viel bedeuten. Dafür war er zu gut gekleidet. »Tja, ich weiß, dass es sich gehört, den Finder zu belohnen, aber ich will nicht, dass Sie sich dadurch beleidigt fühlen.«

Er winkte ab. »Nein, ich bitte Sie! Das kommt überhaupt nicht infrage. Ich habe dafür doch nicht mehr als zehn Minuten geopfert. Wobei *geopfert* in diesem Fall ein zu großes Wort ist.«

»Warten Sie«, rief ich und lief ins Wohnzimmer. Ich machte meine Unbrauchbare-Geschenke-Schublade auf. Darin waren Dinge, die ich eigentlich nicht wollte, die aber zu schade zum Wegwerfen waren. So einen Krempel hatte der nette Finder zwar nicht verdient, aber ihn mit leeren Händen wieder gehen zu lassen, war unhöflich. Ich kramte hektisch darin herum. Lady Shaver, Duftlampe, Cellulite-Massagebürste … eine Schachtel Pralinen! Ich mochte keine Pralinen, weshalb die schon eine Weile herumlagen. Cem hatte sie mir zum Valentinstag geschenkt. Ein Blick auf das Verfallsdatum verriet mir, dass sie noch einen Monat haltbar waren. Blöderweise stand auf dem Deckel *I love you*. Das war irgendwie ungünstig, aber besser als nichts. Ich lief wieder in den Flur und überreichte dem Fremden die Packung. »Die Aufschrift ist etwas unpassend, aber …«

Er warf einen Blick darauf, hob für eine Sekunde die Augenbrauen und meinte amüsiert: »Ich sollte Taschendieb werden und den Frauen danach die Geldbörsen zurückbringen, wenn man dann so schnell ins Herz geschlossen wird.«

Ich nickte betreten. »Ich habe aber nichts anderes da.«

»Sie müssen mir nichts schenken.« Er sah mich an. Grüne Augen zu dunkelbraunem Haar war keine schlechte Kombination, fiel mir auf. »Sie haben die Pralinen wahrscheinlich von Ihrem Mann bekommen, und …«

»Ich habe keinen Mann und keinen Freund.« Wow! Das war ziemlich schnell aus mir herausgesprudelt und ein Tick zu viel an Eckdaten. Er musste mich für recht verzweifelt halten. Wahrscheinlich dachte er: Diese Frau hat einen Stapel I-love-you-Pralinen im Wohnzimmer stehen und verteilt sie bei jeder sich bietenden Gelegenheit.

»Okay, wenn das so ist«, meinte er und sah mich lächelnd an, »dann muss ich ja kein schlechtes Gewissen haben.«

Auf seine Worte konnte ich mich nicht so richtig konzentrieren, denn ich war gerade dabei, mir die Schamesröte aus dem Gesicht zu treiben, indem ich einen ernsten und sachlichen Ausdruck aufsetzte. »Vielen Dank noch mal«, sagte ich.

»Gerne.« Er trat einen Schritt zurück und wünschte mir noch einen schönen Sonntag.

»Ebenfalls. Wiedersehen.« Als ich die Tür hinter mir geschlossen hatte, lehnte ich mich dagegen und stieß den Atem aus. Warum war mir dieser tolle Mann nicht unter anderen Umständen begegnet? Irgendwo, wo sich etwas daraus machen ließ? Aber ich war ja selbst schuld. Warum habe ich ihn nicht einfach hereingebeten und gefragt: »Möchten Sie vielleicht etwas trinken?« Aber manchmal fielen einem die simpelsten Dinge einfach ein bisschen zu spät ein.

Würde es das Schicksal gut mit mir meinen, hätte es dafür gesorgt, dass wir stundenlang zusammen in einem Aufzug festsitzen.

2

Mit der Teetasse in der Hand blickte ich aus dem Fenster und dachte daran, wie schön es war, dass jetzt der Frühling kam und die Tage länger wurden. Die Dämmerung setzte gerade ein, und ich sah unten auf der Straße ein küssendes Pärchen. Die beiden waren bestimmt über fünfzig, sahen sich verliebt in die Augen und küssten sich. Wie und wann sie sich wohl kennengelernt hatten? Ob sie beide schon Ehen hinter sich hatten und erwachsene Kinder? Komisch eigentlich. Warum kannte man kein einziges Paar, das sich nach zwanzig Jahren Ehe so verhielt? Alle wollten die ewige Liebe, aber mit Bequemlichkeit. Steffi hatte mir einmal anvertraut, dass sie am Anfang einer neuen Liebe mit Negligé ins Bett geht und das Absterben einer Beziehung daran bemerkt, dass sie sich nach der Schlafanzughose sehnt.

Eigentlich hatte ich vorgehabt, an diesem Abend noch an meiner Übersetzung eines amerikanischen Thrillers weiterzuarbeiten, aber ich hing eine ganze Weile mit Fabia am Telefon. Dann rief ich Moritz an und teilte ihm mit, dass ich an seinem Geburtstag nicht da sein würde. Das schien ihn nicht weiter zu stören, oder er verbarg es. Bei ihm wusste man das nie so genau. Mit Moritz war ich seit dreiundzwanzig Jahren befreundet. Wir hatten uns in einem Studentencafé in Schwabing kennengelernt, wo wir manchmal nach der Uni hingegangen waren. Der erste Dialog zwischen uns hatte sich folgendermaßen abgespielt:

Ich: »Kann ich mich bei dir dazusetzen? Sonst ist nichts mehr frei.«

Moritz: »Tja, wenn nichts frei ist, ist nichts frei.«

Ich (*in Gedanken:* Ja oder Nein, du Vollpfosten!): »Also?«

Moritz: »Also was?«

Ich: »Kann ich mich jetzt hinsetzen oder nicht?«

Moritz: »Wenn du dein Sandwich nicht gerne im Stehen isst, dann musste dich wohl hinsetzen.«

Die nächste Viertelstunde blickte er weiter in sein Buch und ich auf meinen Teller. Irgendwann fragte ich: »Was liest du denn da, wenn ich fragen darf?«

Moritz *(ohne aufzublicken):* »Anna Karenina.«

Ich *(total überrascht):* »Echt?«

Moritz *(schaut endlich auf und sieht mich an):* »Wieso ist das so ein Schock für dich?«

Daraufhin hatten wir uns die nächsten anderthalb Stunden über Literatur unterhalten, und als wir uns das nächste Mal wieder dort begegneten, grüßte er mich und lächelte sogar. Das war der Beginn einer wunderbaren Freundschaft.

Moritz hatte VWL studiert und arbeitete bei der Industrie- und Handelskammer. Sein Vater war pensionierter Jurist, und daher war Moritz für ihn eine Art Enttäuschung. Sein Vater hätte sich gewünscht, dass er Anwalt oder Richter wurde. Als Moritz mir das erzählt hatte, überkam mich das Bedürfnis, seine Hand zu drücken, um ihn zu trösten. Er hatte sie weggezogen und angefangen, von etwas anderem zu sprechen.

Jedenfalls grübelte ich länger darüber nach, ob Moritz nicht insgeheim doch gekränkt war, dass ich an seinem Geburtstag nicht da sein würde. Deshalb schob ich die Arbeit vor mir her, was nicht wirklich problematisch war, denn der Abgabetermin für die Übersetzung war Mitte Juni, und ich hatte nur noch zweihundert Seiten. Das bedeutete, ich stand nicht unter Zeitdruck, auch wenn ich parallel dazu an meinem Kinderbuch schrieb. Meistens arbeitete ich gleichzeitig an einer Übersetzung aus dem Englischen und verfasste eines meiner Kinderbücher. Ich war froh, beides machen zu können.

Als René und ich noch verheiratet waren und Dominik ein Baby, hatte ich Germanistik und Anglistik studiert, während René nach seiner Ausbildung zum Bankkaufmann ein regelmäßiges und nicht schlechtes Gehalt bezog.

Noch während meines Studiums hatte ich mein erstes Kinderbuch geschrieben, und es hatte auf Anhieb mit der Veröffentlichung geklappt. So blieb ich dabei, und das mit den Übersetzungen ergab sich später durch ein Gespräch mit einer Verlagsmitarbeiterin.

René hatte sich nach ein paar Jahren Berufserfahrung bei der Bank entschlossen, sich fortzubilden, und ist heute Bankfachwirt. Das wusste ich natürlich von Dominik. Aus den raren Erzählungen von Dominik und meiner Mutter konnte ich schließen, dass René viel mehr verdiente als ich: Er hatte sich vor ein paar Jahren eine Dreizimmerwohnung in der Au gekauft und verreiste des Öfteren. Meistens mit seinem langjährigen Freund Mark. Ich konnte mich aber auch daran erinnern, dass meine Mutter und Günter einmal erzählten, er sei mit Rosi auf den Malediven gewesen. Das muss vor fünf oder sechs Jahren gewesen sein. Mit dieser Rosi war er etwa ein Jahr zusammen, die einzige feste Beziehung, von der ich wusste. Bestimmt hatte er weitere Frauengeschichten gehabt, aber Dominik und meine Mutter hatten nie eine andere Frau erwähnt.

Was mich betraf ... Na ja ... Ich konnte auch nicht wirklich mit gut gelaufenen Beziehungen glänzen. Nach René waren es viereinhalb gewesen:

Nummer eins war Frank, zwei Jahre nach der Scheidung.

Er war ein erfolgreicher und smarter Börsenmakler. Sein Charme hatte mich umgehauen. Groß, schlank, klarer und selbstbewusster Blick. Und dann ging es irgendwann los mit diesen beknackten Fragen. Es gibt diese Redensart, dass es einem die Luft abschnürt, und genauso war es. Mit ihm habe ich es fünf Monate ausgehalten und keinen Tag länger. Es genügt wohl, wenn ich nur zwei seiner Fragen erwähne: »Liebst du mich wirklich? Wie sehr liebst du mich?«

Nummer zwei war Bernhard, sechs Jahre nach der Scheidung.

Zuerst war ich froh, dass Bernhard so ein schweigsamer Typ war. Zumindest stellte er keine Liebst-du-mich-Fragen. Aber irgendwann nervt es einen dann doch, wenn ein Mann immer nur mit »Hmhm« und »Äh« antwortet. Ich versuchte mit ihm darüber zu sprechen, aber am Ende dieses »Gesprächs« kam ich zu der Erkenntnis, dass nur ich gesprochen hatte. Auf meine Frage, was er zu meinen Feststellungen sage, schien er nachzudenken und machte schließlich: »Hmmm …« Da (ich gebe es zu) flippte ich aus und bat ihn, mich nicht mehr anzurufen. Wozu auch, er hatte außer »Hallo, ich bin's!« üblicherweise sowieso nichts mehr gesagt. Dauer: viereinhalb Monate. Ich bewundere mich heute noch dafür!

Nummer drei war McDee, vor sechs Jahren.

Fabia hatte bemerkt, sein Spitzname höre sich an, als wäre er ein Mitglied der Hells Angels. Sein richtiger Name war Diego McNamara. Seine Mutter war Spanierin und sein Vater Ire.

Wir hatten uns auf einer Lesung im Literaturhaus kennengelernt. Es war so eine Art irischer Abend oder irische Woche gewesen, ich weiß es nicht mehr. Mit ihm war ich acht Monate zusammen. McDee wollte unbedingt ein Kind – was für mich definitiv nicht mehr infrage kam. Moritz meinte, solche Sachen sollte man unbedingt so bald wie möglich abklären, damit es keine bösen Überraschungen gab. Wie denn? Sollte man beim ersten Date sagen: »Also, lass uns gleich mal was klären hier. Möchtest du Kinder?«

Wie ich kürzlich von seinem Freund hörte, der mir in der U-Bahn über den Weg lief, hat McDee jetzt zwei Kinder. Ich freute mich für ihn. Er war ein sehr netter Mensch und ist, ich bin sicher, ein toller Vater.

Nachdem mit ihm Schluss war, vermisste ich ihn noch eine ziemlich lange Zeit. Weil er ein halber Spanier war und fließend Spanisch sprach, hörte ich damals ständig *Porque te vas* von Jeanette. Das Lied war uralt, aber wunderschön. Dominik war irgendwann so genervt davon, dass er sagte: »Hey, von der Schnulze werde ich allmählich selbstmordgefährdet.« An diesem Tag begrub ich Jeanette, *Porque te vas* und McDee.

Nummer vier war Alex, vor vier Jahren.

Wie ich erst nach sieben Monaten erfuhr, war der liebe Alexander verheiratet. Als ich ihn aufgelöst und erschüttert zur Rede stellte, sagte er … na was wohl? »Meine Frau versteht mich nicht.« Eh klar!

Nummer viereinhalb war Cem, vorletztes Jahr.

Er war zur Hälfte Türke und zur Hälfte Deutscher, sah unverschämt gut aus, und sein trockener Humor war so ähnlich wie der von Moritz. Wir lachten viel, aber es gab etwas, was mich bei ihm ungemein störte: Er behandelte mich manchmal wie einen alten Saufkumpel. Zum Beispiel schlug er mir zur Anerkennung mit der Hand auf die Schulter und rief: »Suppa host des g'macht!« Ein Kompliment hörte sich bei ihm so an: »Du bist ned so anstrengend wia die meisten Weiber. Des mog i.« Na ja … Ich hatte mich durch sein Aussehen ein wenig blenden lassen. Er war nicht dumm, nur etwas roh. Bezeichnen wir ihn einfach als ungeschliffenen Diamanten. Jedenfalls war ich mit ihm anderthalb bis zwei Monate zusammen, weshalb man nicht so richtig von einer Beziehung sprechen konnte. Deshalb nenne ich das eine halbe Beziehung.

Zu keinem dieser Männer hatte Dominik eine Bindung aufgebaut, dafür war ich mit keinem von ihnen lange genug zusammen gewesen. Außerdem erschienen sie nicht allzu oft bei mir zu Hause, und wenn, dann war Dominik entweder nicht daheim, oder aus seinem Zimmer drang die laute Musik von Gotthard und Skid Row, während er am Computer saß oder *Der Herr der Ringe* las. Dominik hatte sich nur über McDee positiv geäußert, was mich sogar heute noch ein bisschen traurig machte. McDee wäre der Richtige für mich gewesen, wenn er nur keine Kinder gewollt hätte. Nein, nicht *ein* Kind – Kind*er*!

Moritz hatte früher viel Zeit mit Dominik verbracht, und besonders als Teenager hatte Moritz' Musikgeschmack und Klamottenauswahl (dunkelblaue Jeans und Stiefel) meinen Sohn ziemlich geprägt. René dagegen kleidete sich gerne modern mit lässigem Touch, und sein Musikgeschmack reichte, zumindest damals, von Madonna bis Scorpions. Daraus schloss ich, dass Moritz für Dominik eine Art Vorbild war. Vielleicht wollte er bewusst nicht seinem Vater nacheifern, denn seien wir ehrlich: Welcher Teenager findet seine Eltern cool? Und Moritz war immer schon lässig und ein bisschen ein Bad Boy, zumindest äußerlich. Die Tattoos und seine sonstige Erscheinung ließen ihn auf den ersten Blick härter wirken, als er eigentlich war. In Wirklichkeit war Moritz ziemlich verletzlich, aber mittlerweile war er erwachsen geworden und souverän genug, um sich nicht mehr von so vielem treffen zu lassen. Er konnte besser zuhören als die meisten Männer, und manchmal überraschte er mich damit, dass er nach Jahren etwas, was ich irgendwann gesagt hatte, wortwörtlich wiederholte.

Dominik und Moritz telefonierten auch heute noch manchmal miteinander, und wenn Moritz bei mir war, dann schaute er immer auch zu Dominik ins Zimmer.

Inzwischen hatte ich durch diese Liebesgrübelei jedes Zeitgefühl verloren, und es war zu spät, mich noch an die Arbeit zu machen. Ich duschte heiß und ging ins Bett.

Die nächsten Tage dachte ich viel über meine misslungenen Beziehungen nach und fragte mich, wie mich meine Exfreunde wohl in Erinnerung hatten. Was empfanden sie, wenn ich ihnen einfiel? Wie würden sie mich in einem Satz beschreiben?

Ein anderes Problem beendete diese Grübeleien erst einmal abrupt: Mein Auto gab den Geist auf. Es war nicht so, dass ich vor Überraschung aus allen Wolken fiel, aber der Zeitpunkt war ziemlich ungünstig. Aber wahrscheinlich gibt es ohnehin keinen günstigen Zeitpunkt für ein kaputtes Auto.

Der freundliche Mechaniker meinte, bei der alten Schrottkarre könne man nichts mehr machen. Nach siebzehn Jahren war mein alter Opel nicht mehr zu retten.

»Und was tun wir jetzt?«, fragte ich überflüssigerweise. Er meinte, das Beste sei wohl, ein neues Auto zu kaufen. Ach ja. Darauf wäre ich vielleicht auch selbst gekommen. Aber ich konnte ihm schwerlich böse sein, denn auf blöde Fragen gab es nun mal blöde Antworten.

Ich hatte etwas über siebentausend Euro auf der Bank. Die Überweisung für die Übersetzung würde noch eine Weile dauern, ebenso wie die Honorarzahlungen für meine Kinderbücher, die erst Anfang September zu erwarten waren. Von der Hand in den Mund konnte ich aber kaum leben. Der Fall war klar: Bis zum Herbst musste ich autolos durchs Leben kommen.

Dominik war alles andere als erfreut, als ich ihm sagte, wir würden mit dem Zug zu Oma und Opa fahren.

»Ganz toll.« Er schaufelte die Pasta Arrabiata in sich hinein.

Ich saß ihm gegenüber und schob die Nudeln auf meinem Teller hin und her. »Tja, ist nun mal so. Was ist daran so schlimm?«

»Schlimm ist es nicht, aber nervig.«

»Ein bisschen«, gab ich zu.

Dominik sah mich an, dann lachten wir kurz darüber. »Ich muss aber schon am Samstag zurückfahren. Es geht nicht, dass ich da übernachte.«

»Warum?«

»Lucki hat seine Einweihungsfeier.«

»Oh.« Ich überlegte, dass meine Mutter und Günter das wohl tolerieren würden, zumal Dominik den Willen zeigte, aufzutauchen und den Tag dort zu verbringen. »Ich denke, das geht schon in Ordnung. Dann müssen wir die Rückfahrkarten halt für verschiedene Züge kaufen, das ist ja kein Problem. Übrigens habe ich im Internet schon mal geschaut … ähm … also der Zug dorthin fährt um sechs Uhr dreißig vom Münchner Hauptbahnhof. Es ist halt ein Samstag und …«

Dominik hörte zu essen auf und starrte mich an. »Wann?!«

»Der Nächste fährt erst um elf, und das ist zu spät. Es ist eben ein Kaff. Von Bayreuth aus fahren die Busse in dieses Kuhdorf auch nicht öfter als der Zug.«

»Hör mal, Mama«, er schlug einen erwachsenen und ernsten Tonfall an, »kann ich dir mal einen Vorschlag machen?«

»Klar.«

»Versprich mir, dass du erst mal ein paar Sekunden darüber nachdenkst, bevor du antwortest.« Er warf mir einen strengen Blick zu.

Ich hatte nicht die geringste Ahnung, was er damit bezweckte, deshalb sagte ich einfach: »Okay.«

»Papa hat angeboten, dass wir bei ihm mitfahren könnten.«

Da ich versprochen hatte, nicht gleich zu antworten, ließ ich ein paar Sekunden verstreichen, bevor ich zu meinem Nein ansetzte. Doch bevor es so weit kommen konnte, plauderte Dominik schon weiter: »Er fährt doch zur gleichen Zeit hin. Ganz allein im Auto. Und wir tuckern wie zwei Bekloppte mit dem Bimmel-Bammel-Zug in die gleiche Richtung. Also echt. Das ist einfach nur idiotisch.«

Das Argument hatte natürlich etwas. Meine Gedanken überschlugen sich. Meine Mutter und Günter würden sich darüber freuen, zumal ich damit auch signalisieren würde, dass ich zu einem Waffenstillstand bereit war. Dominik jedenfalls hatte genug gelitten an der Distanz, die, seit er denken konnte, zwischen seinen Eltern herrschte. Sollte ich diesen Schritt wagen? Auf jeden Fall würde Dominik vorne sitzen. Die beiden könnten sich unterhalten, und ich würde auf dem Rücksitz schweigend die Landschaft bewundern. Zurückfahren musste Dominik sowieso mit dem Zug, und ich würde meine Rückfahrkarte für den Sonntagnachmittag kaufen – oder wann auch immer von dort ein Zug fuhr.

Ich zuckte die Schultern. »Na gut, von mir aus.«

Für einen Augenblick wirkte er erstaunt, dann lächelte er. »Gute Entscheidung.«

»Wenn ich dagegen wäre, dann würde es so aussehen, als würde ich ihn um jeden Preis meiden.«

»Und das wollen wir doch auf keinen Fall.« Dominik lächelte mir versöhnlich zu.

»Nein, es geht auch um etwas anderes«, erläuterte ich. »Für Oma und Opa ist dieser Tag sehr wichtig. Sie wünschen sich Harmonie. Und ich tue es auch für dich.«

Ich wusste, was er vorhin gedacht hatte. Natürlich würde es für immer in seinem Kopf gespeichert sein, wie René unten wartete, wenn ich den kleinen Dominik hinunterschickte. Und wie René unten klingelte, wenn er ihn wieder abgab, und Dominik alleine die Stufen nach oben steigen musste. Es machte mich heute noch traurig, wenn ich daran dachte, aber ich hatte René einfach nicht verzeihen können. Heute konnte ich das zwar etwas entspannter sehen, aber die Verletzungen und ihre Auswirkungen konnte man kaum mit ein paar netten Worten und einem Hinweis auf die mittlerweile vergangene Zeit tilgen.

Es war der erste schöne Tag in diesem Frühjahr, deshalb tranken Steffi, Fabia und ich unseren Cappuccino auf Steffis kleinem Balkon. Ich konnte den Blick nicht von Fabia wenden, ihre neue Brille sah grauenhaft aus. Eine Art John-Lennon-Brille mit tiefschwarzem Rand. Zu ihrem mittellangen roten Haar wirkte das irgendwie schräg. Fabia hatte ein recht hübsches Gesicht, sah aber chronisch gedankenversunken aus. Sie war Grundschullehrerin, und ich fragte mich oft, wie sie sich wohl gegen ein freches Kind durchsetzte, wollte sie das aber so direkt nicht fragen.

Aber nicht nur das schreckliche Brillengestell ließ sie

bieder wirken, zu allem Überfluss schob sie alle zwei Minuten das Gestell mit dem Zeigefinger wieder in die gewünschte Position.

»Rutscht die Brille?«, fragte ich.

»Ja, muss wohl neu eingestellt werden. Wie findest du sie überhaupt?«

»Die Brille?« Ich nahm einen Schluck Cappuccino, um Zeit zu gewinnen.

Fabia nickte.

»Sie ist … interessant.«

»Ehrlich gesagt, ich finde sie kacke«, gab Steffi ungefragt ihren Kommentar ab.

Fabia wandte sich ihr zu. »Wirklich? Der Optiker meinte, ich sähe damit autoritär und intellektuell aus. Genau richtig für eine Lehrerin.«

Steffi schüttelte den Kopf. »Der Optiker hat keine Ahnung von Ästhetik. Du siehst damit eher … altjüngferlich aus.«

»Steffi!«, rief ich.

»Aber es ist doch wahr!« Steffi hätte in der Disziplin Taktgefühl keine Goldmedaille gewonnen, so viel war klar. Sie war zwar ehrlich, konnte das aber nicht immer nett verpacken.

»Aber sie hat dreihundert Euro gekostet.«

»Dann zahl noch mal dreihundert und lauf wie eine taffe Frau durch die Gegend.«

Ich schüttelte den Kopf über Steffi.

»Findest du das auch?«, fragte mich Fabia.

»Also, ich finde nicht, dass du alt … Äh, aber schön ist sie nicht, Fabia.«

»Siehst du«, meinte Fabia voller Genugtuung zu Steffi, »das kann man auch anders sagen.«

»Meinetwegen.« Steffi verdrehte die Augen und trank ihren Kaffee.

Im Türrahmen tauchte Valentin auf. »Was gibt's zu essen?«, fragte er, ohne uns zu begrüßen. Die Umgangsformen von Steffis elfjährigem Sohn waren äußerst unterentwickelt.

»Sag erst mal Grüß Gott«, mahnte ihn seine Mutter.

»Grüß Gooott«, kam es gelangweilt.

»Hallo, Valentin.« Durch ihren Beruf kannte Fabia solche Gören natürlich zur Genüge, weshalb sie sogleich hinzufügte: »Steh gerade und sieh uns bitte an, wenn du uns grüßt.«

Valentin stellte sich etwas gerader hin und blickte provokativ von einer zur anderen. Er war seinem Vater wie aus dem Gesicht geschnitten. Sein Vater war Felix Bogner, ein mäßig bekannter Schauspieler. Den Namen kannten die wenigsten, aber wenn sie ein Foto von ihm sahen, sagten sie stets: »Ach der!« Er spielte hauptsächlich in Nachmittagsserien, nur einmal hatte er eine größere Rolle in einem Tatort gehabt. Aber immerhin hatte sein Bekanntheitsgrad für die Schlagzeile *Felix Bogner betrügt Ehefrau mit Sandwich-Verkäuferin* gereicht. Das war ziemlich unfair gewesen, da Felix und seine Frau damals schon seit Jahren getrennte Wege gingen, auch wenn sie auf dem Papier noch verheiratet waren. Außerdem war Steffi keine Sandwich-Verkäuferin, sondern die Besitzerin der *Sandwich Lounge,* einem gut gehenden Stehcafé in der Innenstadt. Sie hat sogar schon mal eine Auszeichnung für ihre Sandwiches bekommen. Außerdem fragten wir uns, was denn so verwerflich daran war, wenn ein Schauspieler sich in eine Verkäuferin verliebte. Letztendlich war ein Schauspieler auch nur ein Dienstleister, bloß mit dem Unterschied, dass ihn mehr Leute kannten. Jedenfalls hatte die Sache zwischen den beiden nur ein paar Monate gehalten. Felix zahlte zwar Unterhalt für das Kind, aber sonst sorgte Steffi gut für sich und Valentin. Dennoch war sie ständig auf der Suche nach Mr. Right, aber aus irgendeinem Grund sollte es wohl nicht sein.

»Heute gibt es Lasagne«, meinte Steffi, »ist im Ofen.«

Ich mochte Steffis Gesicht, es war so unglaublich ausdrucksstark. Man konnte darauf jede Gefühlsregung ablesen. Steffi hatte von Natur aus blondes lockiges Haar und seit letztem Jahr eine aristokratische Nase, die ein kleines Vermögen gekostet hatte. Als ich sie damals von der Klinik abholte, war ich total erschrocken, denn Steffi sah aus, als wäre ihr gerade ein Truck übers Gesicht gefahren. Aber das war zum Glück nur vorübergehend gewesen.

Eigentlich war Steffi auch vorher hübsch, aber jedes Mal, wenn sie in den Spiegel blickte, machte der Anblick ihrer Nase sie vollkommen fertig. Ich hätte mich all dem trotzdem nicht aussetzen wollen, aber so etwas musste jeder selbst entscheiden.

Valentin drehte sich bereits um und wollte gehen, als ich rief: »Warte bitte!« Ich holte mein Handy aus der Tasche. »Änderst du bitte den Klingelton?«

Er sah mich grinsend an. »Logisch.« Er fing an, darauf herumzutippen.

»Er hat deinen Klingelton geändert?«, fragte Steffi. »Was hat er denn draufgeladen?«

Ich seufzte. »*Yeah yeah, check it out* … und wenn es länger klingelt, dann kommen auch noch die Worte *Fuck you* vor.«

»Valentin!«, schimpfte Fabia. »Schämst du dich nicht?«

Valentin reichte mir mein Handy wieder. »Doch, ganz doll«, meinte er in einem ziemlich ironischen Tonfall.

»Ist da jetzt mein ursprünglicher Klingelton drauf? Mozart?«

Valentin nickte. »Klar doch.«

»Na gut, danke. Und dass mir das nicht noch mal …«, sagte ich, aber Valentin war wahrscheinlich bereits in der Küche.

»Wisst ihr, was ich mir überlegt habe?« Fabia schob wieder ihre Brille mit dem Zeigefinger nach oben. »Ich glaube, ich bin jetzt bereit für einen Mann.«

»Ach?« Steffi lehnte sich zurück und musterte Fabia. »Und das warst du bis jetzt nicht, oder was?«

Fabia schüttelte den Kopf und kicherte. »Männer machen mir ein bisschen Angst, wenn ich ehrlich bin. Besonders attraktive Männer. Ich krieg dann den Mund nicht mehr auf.«

Steffi und ich sahen sie an.

»Jedenfalls hab ich halt so hin und her überlegt, wie ich jemanden kennenlernen kann.«

»Manchmal muss man einfach nur seinen Geldbeutel verlieren, und plötzlich steht ein gut aussehender Mann vor der Tür, um ihn dir zu bringen.« Ein ehrlicher Finder und offensichtlich ein anständiger Charakter. Wie schade, dass ich ihn einfach so habe gehen lassen.

»Das erscheint mir etwas unwahrscheinlich«, bemerkte Fabia.

»Ist mir kürzlich passiert.«

Sie sah mich überrascht an. »Ach?«

»Tja.«

»Tröste dich doch damit, dass er vielleicht ein Geisteskranker war.« Fabia meinte das ganz ernst, und ich nickte nur verstört.

»Also, wo kann ich einen Mann kennenlernen?«

»Vielleicht in der Arbeit?«, schlug ich vor.

»In der Arbeit?«, wiederholte Fabia grantig. »Da wären der Rektor, der nächstes Jahr pensioniert wird, und der Religionslehrer, der mich kürzlich gefragt hat, warum ich meine Blusen nicht bügle. Und diese Frage muss ich mir von einem Mann gefallen lassen, der braune Cordhosen zu Adventure-Sandalen trägt. Ohne Socken.«

»Weißt du, Fabia«, fing ich an, »du gehst ja nie aus, und da wird es natürlich schwierig, jemanden kennenzulernen.«

Sie nickte. »Ich dachte, ich probier's mal übers Internet.«

»Internet?« Steffi sah Fabia an, als hätte sie den Verstand verloren.

»Ja. Warum?«

»Ich hab das vor Jahren mal versucht, und seitdem den Glauben an die Menschheit verloren. Da kannst du gleich nackt in einen Männerknast gehen, das kommt aufs Gleiche raus.«

»Aber …«, meinte Fabia, kam aber nicht weiter, weil Steffi noch nicht fertig war.

»Was sich da alles tummelt, kann ich dir gar nicht beschreiben. Wahrscheinlich gibt es dort auch normale Männer, aber leider hatte ich nicht die Ehre, sie kennenzulernen. Manche wollen gleich ein Foto, am besten im Bikini. Und ich kann euch sagen, bei einigen Mails … Ich hatte vorher gar keine Ahnung, wie viele Fehler man in einem einzigen Satz unterbringen kann. Einer schrieb mir, sein Leibgericht ist Currywurst mit Bommes.«

»O je«, stieß Fabia aus. »Dann lieber nicht.«

Ich machte eine beschwichtigende Geste. »Nun lass dich doch nicht gleich entmutigen. Ich kenne Leute, die sich übers Internet kennengelernt haben.«

»Wen denn?«, wollte Steffi wissen.

»Niemanden so direkt, aber ich kenne Leute, die Leute kennen …«

»Alles klar.« Steffi hob die Augenbrauen. »Und ich kenne jemanden, der kennt jemanden, der Brad Pitt kennt.«

»Ach, Schmarrn.«

»Doch.«

»Wenn du es sagst.«

Mein Handy klingelte. Es war nicht Mozart, sondern das Geräusch einer Kettensäge. »Sehr witzig, Valentin«, schrie ich in die Wohnung hinein. »Ich lach mich tot!«

Es war Moritz. »Bist du zu Hause?«

»Nein, Moritz. Ich bin nebenan bei Steffi. Willst du vorbeikommen?«

Während ich das Handy ans Ohr hielt, sah ich, wie Steffi lässig an ihrem Kaffee nippte. Fabia hingegen wandte mir ruckartig den Kopf zu und wurde ein bisschen rot!

Oh. Das hatte ich nicht wissen können. Sie hatte nie erwähnt, dass Moritz ihr gefiel.

»Deshalb ruf ich an, weil ich in der Nähe bin. Ich war bei meinen Eltern.« Sie wohnten nicht weit von mir, und immer, wenn er sie besuchte, schaute er bei mir rein. »Aber du musst deswegen nicht deinen Besuch unterbrechen. Ich ruf dich morgen an.«

»Warte mal!« Ich ließ den Hörer sinken, dann fragte ich Steffi: »Ist es okay, wenn Moritz auf einen Kaffee kommt?«

»Klar ist das okay«, meinte sie leichthin.

Fabia rutschte nervös auf ihrem Stuhl herum und fing an, ihre Kleidung zurechtzuzupfen.

Zehn Minuten später saß Moritz zwischen mir und Steffi in der Ecke des Balkons. Fabia hatte einen hochroten Kopf, und ihre Brille saß schief. Wahrscheinlich wollte sie vor Moritz nicht ständig das Ding hochschieben.

»Bin ich in irgendwas reingeplatzt?«, fragte Moritz neckend. »Habt ihr gerade über Kerle gelästert?«

Da er den Nagel auf den Kopf getroffen hatte, lachten Steffi und ich kurz auf. Fabia wickelte sich nervös eine Locke um ihren Finger und sah Moritz verschämt an.

»Ehrlich gesagt, ja«, kam es von Steffi.

Ich bedeutete Steffi, bloß nichts zu sagen, aber sie schien meinen strengen Blick nicht zu registrieren.

»Fabia ist nämlich auf Partnersuche und will es mit dem Internet probieren.« Zu spät. Steffi hatte mein leichtes Kopfschütteln nicht mehr gesehen. Auch Fabias verschämtes Gebaren war ihr nicht aufgefallen.

»Ach, echt?« Moritz rührte in seinem Kaffee, während er lächelnd Fabia ansah. »Na dann, alles Gute und so.«

Ich musste unfreiwillig lachen.

»Danke«, sagte Fabia und lächelte verkniffen.

»Bitte«, sagte Moritz.

Ich stieß ihn in die Rippen. Er sah mich an und meinte: »Was denn?«

»Wie sieht's mit dir aus?«, fragte Steffi plötzlich und sah Moritz an.

Moritz hörte auf zu rühren und runzelte fragend die Stirn. »Wie sieht was aus?«

Ging es nicht noch plumper? Steffi hatte ihre Qualitäten, aber sie konnte einfach den Mund nicht halten.

Ich konnte schon verstehen, dass Fabia Gefallen an Moritz fand. Er war groß und muskulös, ging gerade noch als schlank durch. Seine Arm-Tattoos bereute er heute ein bisschen, obwohl er das nie zugegeben hätte. Er hatte sie sich mit neunzehn machen lassen. Aber zumindest trug er seit zehn Jahren keine Ohrpiercings mehr.

Moritz hatte kurzes dunkelblondes Haar und hellblaue Augen. Sein einziger Makel war, dass ihm seit einem Skiunfall ein Stück Eckzahn fehlte. Aber eigentlich fand ich das eher süß.

»Na, du bist doch auch Single, Moritz.« Steffi hob die Handflächen nach oben. »Vielleicht könntet ihr, du und Fabia, euch mal auf einen Kaffee treffen.«

Fabia versank gerade im Erdboden.

»Aber das tun wir doch gerade«, meinte Moritz.

»Was?«, fragte Steffi.

»Kaffee trinken.«

Ich biss mir auf die Unterlippe, dann sagte ich: »Du bist ein Idiot.« Und zu Steffi: »Und du hör auf mit dieser Kupplermasche.«

»Ich hab's doch nur gut gemeint.«

Fabia warf einen Blick auf ihre Armbanduhr. »Oh, schon so spät«, rief sie. »Ich muss los.«

Moritz schaute ebenfalls auf seine Armbanduhr und tat

erschrocken: »Oh, tatsächlich. Schon halb neun. Wann fährt die letzte U-Bahn?«

Fabia stand auf. »Tschüss dann.« Im nächsten Moment war sie verschwunden.

3

Moritz saß an meinem Küchentisch, und ich erzählte ihm von meinem kaputten Auto. Und auch davon, dass ich zuerst mit dem Zug fahren wollte, bis Dominik mir von Renés Angebot erzählte. Ich brauchte Moritz gar nicht erst zu fragen, wie er das fand, denn René und Moritz hatten sich noch nie gemocht. Zwar hatten sie beide nie etwas Schlechtes über den anderen gesagt, es war mehr so eine subtile Sache. Als ich noch mit René verheiratet war und auch in der Zeit kurz nach der Scheidung kommentierte Moritz meine Berichte oft mit einem zynischen Grinsen, einer geringschätzigen Grimasse oder Kommentaren wie: »So, so, hat er das gesagt, ja?«

»Und zurück fährst du dann mit ihm, oder was?«

»Mit wem – René?« Ich schüttelte vehement den Kopf. »Quatsch. Zurück fahre ich mit dem Zug.«

»Absolut realistisch«, murmelte Moritz.

Ich sah ihn verständnislos an. Er lehnte mir gegenüber lässig in der Eckbank. »Wo wohnen denn die anderen Verwandten?«

»Tante Erna lebt mit ihrer Familie in Ingolstadt. Und Johannes in Augsburg.«

»Also ist er der Einzige, der bis nach München fährt?«

Es störte mich, dass Moritz René nie beim Namen nannte, sondern immer nur *er* sagte. »Na und?«

»Und du glaubst, wenn du sagst, du gehst jetzt zum Zug, dann bietet er dir nicht an, dass du bei ihm mitfahren kannst?«

Ich dachte über die Frage nach. »Also erstens wird er das wahrscheinlich nicht tun, weil wir seit über zwanzig Jahren so gut wie keinen Kontakt haben. Zweitens ist René der Typ, der gefragt werden will, wenn man etwas von ihm möchte.«

»Ach, ist er das?«

»Jedenfalls habe ich schon im Internet nachgesehen, der Zug nach München fährt um achtzehn Uhr fünfzig.«

»Wann bist du dann zu Hause?«

»Spät.«

Er nickte wissend. »Schätze, das wird sein Argument sein.«

»Welches Argument denn?«

Moritz lächelte. »Du weißt genau, was ich meine. Er wird sich am Sonntagnachmittag seine Jacke überziehen und dich auf den Koffern sitzen sehen, dann wird er sagen …«

»Moritz? Du spinnst. Ich habe doch für eine Übernachtung keine Koffer dabei. Und auf denen sitzen werde ich schon gar nicht.«

»Na ja, wir werden sehen. Ich bin jedenfalls ziemlich sicher, dass du mit ihm zurückfährst.«

»Bestimmt nicht. Aber selbst wenn, dann würde ich im Auto kein Wort mit ihm reden.«

»Pack doch zur Sicherheit ein Hörspiel von Agatha Christie ein. Das könnt ihr euch dann anhören.«

»Ha ha. Ich brauche kein Hörspiel. Wenn er mich

etwas fragen sollte, werde ich nur nicken oder den Kopf schütteln.«

»Und wenn er ein bisschen Small Talk macht und dich fragt, wie viele Bücher du schon veröffentlicht hast, dann wirst du ihm die Anzahl mit den Fingern anzeigen?«

»Wenn's sein muss.«

»Ich kann mir nicht vorstellen, dass du dich wirklich so kindisch aufführen würdest. Außerdem sind inzwischen einige Jahre vergangen. Also warum dieses Gehabe?«

»Das nennt sich Stolz.«

Moritz verzog den Mund. »Na ja, wenn du meinst. Ich finde, du zeigst eher *keinen* Stolz, wenn du nach all den Jahren noch so verletzt bist. Steh drüber, sei cool. Glaub mir, das kommt viel stolzer rüber.«

Es dauerte eine Weile, bis ich seine Aussage verarbeitet hatte. Diese Sichtweise hatte natürlich einiges für sich, aber es war wohl besser, erst mal nichts darauf zu erwidern. Ich stand auf und holte ein Weißbier aus dem Kühlschrank. »Teilen wir uns eins?«

»Okay.«

»Oder magst du ein Ganzes?«

»Nein, teilen ist gut.«

Ich öffnete die Flasche und schenkte zwei Gläser ein. »Wie findest du eigentlich Fabia?«, fragte ich übergangslos.

Er grinste ein bisschen. »Warum fragst du mich das?«

»Ich hasse Gegenfragen.«

»Ich weiß. Trotzdem will ich es wissen.«

Als ich mich wieder an den Tisch setzte und die Gläser abstellte, sagte ich: »Keine Ahnung, vielleicht wegen dem, was Steffi gesagt hat.«

Moritz sah mich verständnislos an.

»Dass du auch Single bist, Nullpeiler.«

»Ach das.«

»Fabia ist wirklich sehr nett.«

Moritz warf mir einen Blick zu, dann nickte er, nicht gerade überzeugend. »Wenn sie mal was sagt.«

Ich winkte ab. »Sie ist nur ein bisschen schüchtern. Aber sie ist klug, und wenn sie mal aus sich rausgeht, dann sprühen die Funken.«

Moritz lehnte sich auf die Tischplatte und sah mich an.

»Na gut«, meinte ich kleinlaut, »das ist vielleicht etwas übertrieben. Sie geht nicht gerne aus, nur im Winter zum Skifahren, aber sie hat dafür ein gemütliches Heim.«

»Das steht natürlich ganz oben auf meiner Liste. Eine Frau mit einem gemütlichen Heim und einer schwarzen John-Lennon-Brille.«

»Das mit der Brille kann man ändern, wenn es dich so stört.«

»Ach, es ist nicht nur die Brille. Sie wirkt so gehemmt.«

»Schüchtern.«

»Sie rasiert sich nicht die Beine.«

»Fabia ist ein sehr natürlicher Typ. Von Schönheitspflege hält sie nicht viel.«

»Du weißt schon, dass sie auf der Skala gerade um drei Punkte gesunken ist? Mindestens.«

»So meine ich das nicht. Aber sie sagt, dass Beinbehaarung und Achselhaare natürlich sind und sie nicht gegen die Natur angehen will.«

Moritz schluckte demonstrativ. »Putzt sie sich wenigstens die Zähne?«

»Sehr witzig, wirklich. Wenn du willst, dann rede ich mit ihr, damit sie sich rasiert.«

Moritz winkte ab. »Nee, lass mal. Vielleicht findet die Naturliebhaberin ihren passenden Mann noch.«

»Na, meinetwegen.«

»Ehrlich gesagt, die andere würde mir besser gefallen.«

»Welche andere? Steffi?«

Er nickte.

»Echt?«

»Warum bist du da so überrascht?«

»Du und Steffi?« Ich machte eine skeptische Grimasse. »Ich weiß nicht recht. Ihr beide passt vielleicht nicht so gut zusammen.«

»Ach?« Moritz sah mich leicht verärgert an. »Aber zu der Unrasierten passe ich, oder was?«

»Nenne sie nicht so. Fabia ist klasse.«

»Und Steffi ist nicht klasse?«

»Doch, natürlich. Sonst wäre ich kaum mit ihr befreundet. Aber ich kenne sie gut, und ich kenne dich gut. Ihr seid beide stur, unabhängig und ein bisschen, aber nur ein bisschen, rechthaberisch.«

Moritz kräuselte seine Unterlippe, was bedeutete, dass ihm meine Beschreibung nicht gefiel. Das verstand ich zwar, aber es war nicht immer einfach, ihm gegenüber zugleich ehrlich und freundlich zu sein. »Da hast du ja eine tolle Meinung von uns.«

»Tolle Meinung? Jetzt spinn doch nicht so rum!« Ich ließ meine Hände auf die Tischplatte fallen. »Jeder Mensch hat seine Marotten, aber bei euch sind es halt solche, die, wenn sie aufeinandertreffen, nicht ideal für eine Partnerschaft sind.«

»Fragen wir doch einfach Steffi, ob sie ein Date mit mir will, ja?«

»Na gut, ich werde sie fragen. Aber wenn es nicht funktioniert, will ich kein Wort der Beschwerde hören.«

»Beschwerde«, wiederholte Moritz ironisch, »bist du eine Art Partnervermittlungsbeschwerdestelle, oder wie?«

»Eben nicht.«

»Hab dich schon verstanden«, meinte er eine Spur ernsthafter. »Aber ich bin schon groß und kann die Konsequenzen selbst tragen.«

Ich lächelte ihn an. »Das weiß ich doch.«

»Moritz will eine Verabredung mit mir?«, rief Steffi ein paar Tage später erstaunt. Sie legte die Wäsche zusammen, während ich auf ihrer Couch ein Glas schweren Rotwein trank.

»Ja.«

»Das hat er so gesagt?«

»Ja.«

»Ich gefalle ihm?«, fragte sie, während sie Valentins Unterhosen faltete.

»Ja.«

»Hast du nur diese Antwort drauf?«

»Nein.«

»Und was sagst du dazu? Hältst du das für eine gute Idee?«

»Wenn du mich so direkt fragst, nicht unbedingt.« Ich stellte das Glas Rioja auf dem Tisch ab und sagte ihr dasselbe, das ich schon zu Moritz gesagt hatte. »Aber das ist nur meine Meinung, und auf die müsst ihr schließlich keine Rücksicht nehmen.«

»Ist er nicht ein bisschen alt?«

Ich sah sie an und verzog den Mund. »Moritz ist dreiundvierzig, also zwei Jahre älter als du.«

»Wenn du meinst.«

»Das meine ich nicht, das ist Fakt.«

»Hast du nicht mal gesagt, dass er noch nie längere Zeit mit jemandem zusammen war?«

»Das stimmt. Moritz ist ein bisschen … Er ist ein eigener Typ.«

»Was genau meinst du damit?« Steffi sah mich an und wirkte dabei etwas skeptisch.

»Ich weiß nicht, wie ich das erklären soll«, fing ich an. »Moritz ist nicht der Mann, der einer Frau in den Mantel hilft oder ihr im Restaurant den Stuhl zurechtrückt. Er ist nicht der Typ Gentleman, das sag ich dir gleich.«

»Aha.«

»Aber wenn man ihn kennt, dann schätzt man ihn und hat ihn gern. Einmal hat er gesagt, dass ich die einzige Frau bin, die ihn versteht und ihn so nimmt, wie er ist. Er sagte, er könnte nur dann eine Beziehung beginnen, wenn er sich verstellt, weil die Frauen mit seiner Art nicht umgehen können.«

»Aber das tut er nicht, sich verstellen?«, fragte Steffi.

»Nein.«

Sie dachte kurz nach, dann meinte sie: »Eigentlich hab ich was übrig für Exzentriker. Es darf nur nicht zu viel sein, verstehst du? Nicht die Sorte, die Selbstgespräche führt oder Spielzeugautos sammelt.«

Ich lachte auf. »Na, zu der Sorte gehört Moritz definitiv nicht.«

Steffi schwieg eine Weile, dann sagte sie: »Du kennst ihn doch schon so lange, und wann hat man schon mal Gelegenheit jemanden über das potentielle Date auszufragen. Schieß los, was genau sind seine Stärken? Und bitte jetzt kein zweistündiges Referat darüber, wie nett er ist und wie er oft auf Dominik aufgepasst hat, als der noch klein war. Nenn mir ein paar Schlagworte, ja?«

Ich lehnte mich auf der Couch zurück. »Moritz ist der gutherzigste Mensch, den ich kenne. Er würde ein Kind vorm Ertrinken retten, auch wenn er wüsste, dass er selbst dabei draufgeht.«

Steffi richtete sich auf. »Okaaay. Gab es denn eine solche Situation schon mal?«

»Was? Natürlich nicht.«

»Also sind das nur Hypothesen.«

»Äh …«

»Realistische und handfeste Schlagworte bitte!«

»Du bist ja ziemlich kopfgesteuert, Steffi. Aber gut: loyal, charakterstark, verlässlich …«

Sie zuckte die Schultern. »Das alles ist mein Steuerberater auch. Trotzdem fühle ich mich nicht zu ihm hingezogen.«

»Was?«

»Das war ein Scherz. Wirklich. Sieh mich nicht so an.« Sie lachte über meinen verwirrten Gesichtsausdruck. »Schlecht sieht er nicht aus, und er hat auch einen gewissen Charme. Weißt du, ob er noch Kinder will?«

»Du willst noch ein Kind?« Mir blieb vor Überraschung der Mund offen stehen.

»Natürlich nicht. Deshalb frage ich ja.«

»So genau weiß ich das nicht, Steffi. Aber dieses Gespräch überfordert mich irgendwie. Kann ich ihm deine Telefonnummer geben oder nicht?«

»Klar, warum nicht.« Sie besah sich ihre Fingernägel und meinte beiläufig: »Ich finde, er hat süße Ohrläppchen.«

Ich nahm das Weinglas wieder in die Hand. »Das Kriterium Nummer eins sozusagen.«

In den nächsten Tagen dachte ich immer häufiger an das bevorstehende Zusammentreffen mit René. Einerseits fürchtete ich mich davor, andererseits wollte ich es endlich hinter mich bringen. Würde er mir Vorwürfe machen, weil ich mich ihm gegenüber immer so distanziert verhalten hatte? Aber das würde er wohl nicht wagen, denn schließlich hatte er die Ehe kaputtgemacht. Wäre ja noch schöner, wenn er mir irgendwelche Vorhaltungen machen würde!

Ich saß viel am Schreibtisch und musste dabei hin und wieder an Fabia denken. Welcher Mann würde eigentlich zu ihr passen? Da tauchte einfach kein Bild vor meinem inneren Auge auf. Sie hatte ein großes Herz, war klug und hatte Humor, aber ich konnte sie mir nicht mit einem Mann zusammen vorstellen, weil sie schon ein freundliches Nicken für Charme hielt. Vielleicht jemand, der ebenfalls nett und klug war und seine Ruhe wollte? Aber was würden die beiden dann zusammen machen?

Ich ging endlich mal wieder ins Fitnessstudio und machte Pilates. Der Crosstrainer gab mir deutlich zu verstehen, dass ich meine Muskeln schon lange nicht mehr trainiert hatte. An diesem Abend war ich so erschöpft, dass ich einschlief, bevor ich in der richtigen Schlafposition war.

Einen Tag vor dem Silberhochzeit-Wochenende klingelte das Telefon. Es war Freitagabend, und ich saß mit Dominik nach dem Essen noch zusammen. Wir unterhielten uns über die kommenden Tage, und Dominik erzählte mir, dass René auf Dominiks Mitteilung, ich hätte zugestimmt, mit ihm mitzufahren, neutral reagiert habe. Was immer auch *neutral* bedeuten sollte.

Nach dem fünften Klingeln nahm ich ab. »Hallo?«

»Layla Sieling?« Die Art, wie die männliche Stimme das sagte, kam mir merkwürdig bekannt vor.

»Ja.«

»Hier ist Oliver Eisenberg.«

»Wer?«

»Ach ja, richtig. Ich hatte versäumt, mich vorzustellen.«

Ich kapierte überhaupt nichts. »Versäumt? Wann?«

»An Ihrer Tür. Sie haben mir gesagt, dass Sie mich lieben. Nicht direkt. Eher subtil, durch eine Pralinenschachtel. Ach, verdammt. Eigentlich wollte ich es witzig bringen, aber nachdem die Worte meinen Mund verlassen haben, merke ich, dass ich mich wie ein Verrückter anhöre.«

Es kostete mich Mühe, ein Lachen zu unterdrücken. »Ich wünschte, ich könnte das bestreiten.«

»Oh, Sie haben Sinn für Humor. Das ist gut. Wissen Sie was? Ich fange noch mal von vorne an, ja?«

»Okay.«

»Hier ist Oliver Eisenberg, der Mann, der Ihre Geldbörse gefunden hat.«

»Hallo, Oliver Eisenberg.«

»Bitte unterbrechen Sie mich nicht. Ich muss mich konzentrieren.«

»Was? Oh, ja, klar.«

»Es klingt ein wenig verrückt, und durch mein Zögern sind nun viele Tage vergangen, eben weil es verrückt ist, und ich dachte, dass das ziemlich unpassend ist, aber … Jetzt hab ich den Faden verloren.«

»Sie reden gern, was?«

»Also, eigentlich gar nicht. Mit *gar nicht* meine ich natürlich nicht, dass ich den Mund nicht aufbekomme. Ich wollte damit nur sagen …«

»Gibt es eine Pointe?«

»Wie bitte?«

»Warum haben Sie mich angerufen? Waren die Pralinen verdorben, und Sie wollen reklamieren?«

An seiner Stimme merkte ich, dass er lächelte. »Nein, die sind in Ordnung. Glaube ich. Es ist nämlich so, dass ich sie noch nicht gegessen …«

Er klang nervös, und auf eine schräge Art gefiel mir das. Ein attraktiver Mann rief mich an und war nervös. »Also, ich rufe Sie an, weil ich Sie nämlich fragen wollte, Frau Sieling, ob Sie mal mit mir essen gehen möchten?« Das fand ich köstlich. Er wollte eine Verabredung mit mir und nannte mich Frau Sieling. Das musste ich unbedingt Steffi erzählen.

»Nun, Herr Eisenberg, vielleicht sollten wir zunächst nur mal etwas trinken gehen.«

»Ja, sicher. Das verstehe ich. Wenn Sie mich nicht mögen, dann sitzen Sie stundenlang in einem Restaurant mit mir fest. Bei einem Kaffee können Sie natürlich jederzeit sagen, Sie müssten unbedingt los, weil Sie die Möbel polieren oder den Goldfisch füttern müssen.«

Ich lachte leise auf. »Was haben Sie sich denn vorgestellt?«

»Ich dachte, die Hochzeitsreise sollte nach Rom gehen, und wir könnten ein Kind aus Asien adoptieren. Sollte ein Scherz sein, um das Ganze etwas aufzulockern, aber irgendwie ist mein Timing nicht so gut heute. Also, Sie meinen wahrscheinlich Ort und Zeit.«

»Genau.«

»Wie wäre es morgen um achtzehn Uhr?«

»Ich bin dieses Wochenende leider nicht da.«

»Und am Samstag drauf?«

»Äh … Ich …«

»Na ja«, meinte er dann leise, »ich will nicht aufdringlich erscheinen. Wenn Sie nicht mögen, dann ist es in Ordnung.«

Mir war klar, dass er kein zweites Mal anrufen würde, und ich fand ihn ziemlich interessant und außergewöhnlich. »Wo wollen wir uns treffen?«

Er nannte ein Café in der Innenstadt. »Achtzehn Uhr?«

»Einverstanden«, sagte ich, »bis dann.«

»Ja, bis dann, Frau Sieling.« Er legte auf. Ich betrachtete noch eine Weile den Hörer. Entweder war er wahnsinnig süß oder total gestört. Da gab es wohl keine Grauzone.

Dominik sah zum Fenster hinaus, während ich am Küchentisch meine zweite Tasse Kaffee trank. Eigentlich war ich gelassen, spürte nur ein kleines Unbehagen, wenn ich an die lange Autofahrt dachte. Würde sich einer von uns verpflichtet fühlen, irgendetwas zu erzählen, damit das Schweigen nicht unangenehm wurde?

»Papa ist immer noch nicht da.«

»Es ist zwei Minuten vor neun«, meinte ich betont lässig, »er hat also noch zwei Minuten.«

Dominik seufzte. »Ich wünschte echt, wir müssten da nicht hin.«

»Dito.«

»Können wir nicht anrufen und sagen, wir haben Schüttelfrost und Fieber oder so was?«

Ich nickte. »Klar, könnten wir. Hängen wir doch auch gleich noch einen ansteckenden Juckreiz dran. Auf die Art wären sie nicht allzu traurig, dass wir nicht kommen.«

»Da ist Papa!«, rief Dominik plötzlich.

Fünf Minuten später gingen Dominik und ich auf das Auto zu. René stieg aus. Er trug schwarze Jeans zu einem dunkelroten, leicht taillierten Hemd. Mir fiel auf, dass er immer noch schlank und kräftig war, wie damals, aber das brünette Haar trug er jetzt ganz kurz. Sein Gesicht war deutlich reifer geworden, was verrückterweise attraktiver wirkte. Er sah jetzt erwachsen aus.

»Hallo.« René lächelte leicht, klang aber etwas verunsichert und wandte den Blick schnell ab.

Dominik und ich erwiderten den Gruß gleichzeitig. Jetzt wurde ich doch etwas nervös, mein Herz klopfte schneller als sonst. Kein Wunder, dachte ich, nach all den Jahren. Schließlich waren wir mal ein Liebespaar gewesen, ob mir das nun gefiel oder nicht.

»Wozu die Reisetasche? Bleibst du länger?« René sah mich an.

»Das ist keine Reisetasche, sondern ein Shopper«, stellte

ich klar. »Wo soll ich denn den Schlafanzug und die Zahnbürste hintun? In die Hosentasche?«

René nickte und blickte an mir hinunter. Ich trug Jeans und ein *Hard Rock Café*-T-Shirt aus London.

Er lächelte mir freundlich zu. »Nettes T-Shirt.« Ich konnte nicht recht einschätzen, ob er es ehrlich oder ironisch meinte.

»Tja.« Ich zuckte die Schultern. »Mein Cannabis-T-Shirt ist gerade in der Wäsche.«

René warf mir einen schnellen Blick zu, dann war um seinen Mund der Anflug eines Lächelns zu sehen. »Wie bedauerlich! Ich hätte gerne das Gesicht von Onkel Johannes gesehen.«

Eigentlich wollte ich nicht, aber ich musste lachen.

René ebenfalls.

»Ich werde mich dort natürlich umziehen, aber ich brauche etwas Bequemes für die Fahrt.«

»Verstehe ich.«

Dieser kurze Moment ließ das Eis zwar noch nicht brechen, aber zumindest leicht anschmelzen.

»Dominik«, wandte ich mich an unseren Sohn, »setz du dich nach vorne. Ich sitze unheimlich gerne hinten.« Als ich es ausgesprochen hatte, bereute ich das Wort *unheimlich*. Dadurch wirkte meine Aussage so künstlich und gewollt.

Als wir alle drei eingestiegen waren und René losfuhr, fand ich die Stille ein bisschen unangenehm, weshalb ich einfach losplapperte: »Ich hab im Internet nachgesehen, wir müssten spätestens um halb zwölf da sein.«

René warf einen Blick in den Rückspiegel und sah mich an. »Wirklich? Das ist ja *unheimlich*.«

»Du kannst gerne das Radio anmachen.« Ich hörte mich etwas pampig an, aber René hatte es verdient.

»Ich höre nicht gerne Radio im Auto.«

Ich prustete in mich hinein. »Wo hört man denn sonst Radio?«

René warf wieder einen kurzen Blick in den Rückspiegel. »Zu Hause zum Beispiel.«

»Aber hauptsächlich doch im Auto. Und warum, bitte schön, hörst du im Auto kein Radio?«

»Das lenkt mich ab.«

»Wovon denn? Kannst du dich dann nicht mehr auf die Autobahn konzentrieren?«

Dominik wandte den Kopf in meine Richtung. »Könnt ihr vielleicht mit diesem dämlichen Geschwafel aufhören? Ist ja schließlich sein Auto, da kann er machen, was er will.«

»Danke«, murmelte René, »das sehe ich auch so.«

Das Stichwort Auto schien Männer stets in Rauschzustände zu versetzen. So sprachen René und Dominik eine ganze Weile über Autos, was mich dermaßen langweilte, dass ich irgendwann eindöste.

»Und du, Layla? Woran arbeitest du gerade?«, fragte René absichtlich laut.

Ich zuckte erschrocken zusammen, dann richtete ich mich auf. »Äh, an einer Thriller-Übersetzung und an meinem eigenen Kinderbuch. Es ist ein Vorlesebuch ab drei Jahren.«

»Aha.«

Unsere Blicke trafen sich erneut im Rückspiegel. In diesem Moment erinnerte ich mich daran, dass es seine Augen gewesen waren, die mir nach unserem ersten Treffen eine schlaflose Nacht beschert hatten. Nicht nur wegen dem schönen Hellbraun und den langen Wimpern, sondern auch wegen dieses durchdringenden Blicks. Aber daran wollte ich jetzt nicht denken. »Tja, so ist das«, meinte ich nur.

»Wie heißt das Kinderbuch?«, wollte René wissen.

»Hasi und Lurchi.«

»Und wer sind die beiden? Hasi und Lurchi, meine ich.« Ich konnte ein paar Lachfältchen um seine Augen sehen, was mich ein bisschen ärgerte. Wie kam er dazu, sich über mein Buch lustig zu machen?

»Zwei Drogendealer, die auf der Flucht vor den Bullen sind. Na, wer sollen sie schon sein? Ein Hase und ein Lurch.«

»Ja, klar.« Die Lachfältchen waren immer noch da.

»Und bei dir? Alles klar in der Bankenwelt und so?«

»Ja, ja. Alles bestens.«

»Wie schön.«

»Ja, ich freu mich auch. Jeden Tag aufs Neue sozusagen.« René hatte schon früher diese Art der Ironie gehabt. Das hatte mir sehr gefallen.

»Was machst du eigentlich so den ganzen Tag?«, fragte ich.

»Hauptsächlich drehe ich mich mit meinem Bürostuhl im Kreis, aber manchmal lassen sie mich auch die Briefmarken ablecken.«

»Im Ernst«, beharrte ich.

»Ich bin in der Abteilung für Kredite. Ich berate und betreue die Kunden, prüfe deren Kreditwürdigkeit und so weiter.«

Ich nickte in den Rückspiegel. »Würde ich denn einen Kredit bekommen?«

René sah auf die Straße. »Brauchst du denn einen?«

»Ich brauche ein Auto.«

»Autos verkaufen wir nicht.«

»Also, sagen wir zehntausend. Würde ich den bekommen? Und keine Angst, ich würde nicht zu dir und deiner Bank gehen.«

»Dann frag doch deine Bank.«

»Nein, ich will nicht wirklich einen Kredit.«

»Ja, ich weiß. Du willst nur ein Auto.«

»Ich bekomme mein Honorar ziemlich unregelmäßig, aber wahrscheinlich kann ich mir in ein paar Monaten einen gebrauchten Kleinwagen kaufen. Mich interessiert doch nur, ob ich einen Kredit bekommen würde.«

»Wahrscheinlich schon.« Mehr sagte er nicht. Vielleicht war das auch besser so. Und vielleicht war es nicht einmal wahr, und er wollte mich nicht kränken. Jedenfalls waren seine Worte beruhigend.

»Aber warum least du dir nicht ein Auto?«

»Ich mag das nicht, diese monatlichen Ratenzahlungen. So etwas habe ich immer vermieden. Lieber einmal ein großer Betrag, und dann hat man seine Ruhe.«

»Wenn du willst, kann ich dir was leihen.« Das traf mich so überraschend, dass ich sichtbar zusammenzuckte. »Ich meine, auch wegen Dominik und so.«

Dominik sah seinen Vater an, dann mich.

»Wenn Dominik mal wohin muss oder es einen Notfall bei euch gibt, ist kein Auto da.« Sein Angebot war großzügig und freundlich gemeint, aber wenn wir nicht gerade zufällig im Auto sitzen würden, wäre es gar nicht zustande gekommen, deshalb wollte ich es nicht überbewerten.

Betont selbstbewusst lehnte ich mich zurück. »Ich kämpfe für mich alleine und brauche weder Hilfe noch Ratschläge.«

»Ist das ein Zitat von Mussolini?«

»Nein. Es ist mein Prinzip.«

»Verstehe.«

»Aber danke für das Angebot.«

Er blickte mich durch den Rückspiegel an, und ich wandte den Kopf ab.

4

Meine Cousine Sidonie blickte angewidert auf die gefüllte Gans. Sie saß mir gegenüber zwischen ihren Eltern, Tante Erna und Onkel Albert. Meine Mutter hatte alberne Tischkärtchen aufgestellt, sodass links von mir Ex-Pfarrer Johannes saß und rechts von mir Dominik, neben ihm René. Irgendwie fand ich es dämlich, dass meine Mutter und Günter ihre Silberhochzeit feierten, aber zweieinhalb Meter voneinander entfernt saßen, an den jeweiligen Kopfenden des langen Tisches. Sie mussten etwas lauter sprechen, um einander zu verstehen.

Günter machte sich daran, die Gans zu zerteilen, was sich als kein leichtes Unterfangen erwies. »Pass auf, Schatz«, mahnte meine Mutter, »sonst zerstörst du die Füllung.«

»Hätt'st ned zwei von den Dingern machen können? A Gans ist doch viel z'wenig für uns olle.«

»Es gibt dazu auch noch Prinzessböhnchen und Herzoginkartöffelchen.« Mutter hörte sich etwas pikiert an.

»Und zum Nachtisch gibt's Mousse au Schokolädchen?«, bemerkte René amüsiert.

»Nein. Es gibt Mangocreme mit Schlagsahne und gehackten Pistazien.«

Günter schnitt weiter, wirkte aber ziemlich genervt. »Is denn des Sauglump, des verreckte, aus Plastik, oder wos?«

»Pass auf die Füllung auf, Schatz.«

»Gib ma mol a scherfers Messer.«

»Das ist das Schärfste, das wir haben, Schatz.«

Günter sägte hin und her, während er rief: »Dann bring ma a Axt!«

»Stell dich nicht so unbeholfen an, Schatz. O mein Gott! Jetzt liegt die Füllung überall auf dem Tablett herum, nur nicht mehr in der Gans.«

»Sei froh, dass ned auf'm Teppich flaggt.«

»Soll ich dir helfen, Günter?«, meldete sich Johannes zu Wort.

Günter warf ihm einen recht unchristlichen Blick zu. »I werd scho fertig mit dem bledn Viech. So, jetzt hob i's.«

»Ja, jetzt hast du's«, murmelte meine Mutter. »Nach stundenlanger Arbeit habe ich eine perfekt gefüllte Gans auf den Tisch gestellt, und jetzt sieht das Ganze aus, als hätten sie zwei Wölfe gerissen. Setz dich doch bitte jetzt hin, Günter.«

Seltsamerweise folgte Günter der Anweisung meiner Mutter wie ein braves Schoßhündchen. Vielleicht hatte er gemerkt, dass er mit seinem Aggressionsschub zu weit gegangen war. Seine Frau wirkte gekränkt, und Günter sah sie etwas schuldbewusst an. Er war manchmal etwas schroff, aber das war so seine Art. Ich mochte seinen rauen Charme. Im Grunde hatte er das Herz am rechten Fleck.

Tante Erna nahm sich von der Gänsefüllung und dachte dabei laut nach. »Ich finde ja, Männer sollten kochen können, dann wüssten sie es zu schätzen, wie aufwendig so ein Essen ist.«

»Ha!«, machte meine Mutter. Es hörte sich eher höhnisch als belustigt an. »Ich hab es nicht geschafft, ihm

Hochdeutsch beizubringen, da wird er wohl kaum kochen lernen.«

Günter schnitt das Fleisch auf seinem Teller mit schnellen Bewegungen, was wohl daran lag, dass ihm die Unterhaltung zwischen seiner Frau und deren Schwester missfiel. »Ich mecht ja jetzt nichts sagen …«, wie es aussah, bemühte er sich, hochdeutsch zu sprechen, »… außer dass du zu bled zum Tanken bist, wennst mich vom Handy anrufst, wo denn der Tankdeckel is.«

»Das war doch nur einmal«, verteidigte sich meine Mutter.

»Wär ja noch schener, wennst jed's Mal anrufen würd'st.«

Meine Mutter verdrehte die Augen, sagte aber nichts mehr. Nicht zum ersten Mal fragte ich mich, ob die beiden eine wirklich gute Ehe führten. Konnte man jemanden lieben und schätzen, wenn man sich solche Dinge an den Kopf warf? Vielleicht sah ich es auch zu eng, und die beiden rieben sich einfach aneinander, ohne dass negative Gefühle dahintersteckten?

Wir aßen schweigend vor uns hin.

Sidonie wollte nichts von der Gans, hatte sich aber die Hälfte der Herzoginkartoffeln genommen, sodass für uns andere nur noch wenig übrig blieb.

Tante Erna brach das Schweigen, indem sie stolz von Sidonies Engagement gegen die Thunfischnetze erzählte. Nach einigen Nachfragen stellte sich aber heraus, dass sich das Engagement darauf beschränkte, dass Sidonie am Odeonsplatz mit einem Transparent zwei Stunden im Kreis gelaufen war. Allerdings musste ich eingestehen, dass ich so etwas noch nie getan hatte – und Sidonie damit mehr Engagement zeigte als die meisten von uns.

Tante Erna fing an, sich darüber zu beschweren, dass Onkel Albert immer fauler wurde und mittlerweile nicht mal mehr den Müll rausbringen wollte. Onkel Albert aß genüsslich weiter, als hätte er nichts gehört. Ich hatte da meine Zweifel. Wie mir schien, spielte er seiner Frau Schwerhörigkeit und Senilität vor, damit sie ihn in Ruhe ließ. Wenn er sich jedoch mit anderen Leuten unterhielt, verstand er sie hervorragend.

»Und du, Dominik?«, hörte ich Johannes plötzlich neben mir sagen. Er beugte sich nach vorne und blickte an mir vorbei, in Dominiks Richtung. »Nun ist ja seit der Scheidung deiner Eltern viel Zeit vergangen. Hast du das alles gut verkraftet?«

Ich erschrak über die Frage, wollte mir aber nichts anmerken lassen und kaute an der Gänsefüllung, die nach gar nichts schmeckte.

»Ja, klar«, meinte Dominik mit vollem Mund.

»Es bleiben sicher innere Wunden, aber …«

»Onkel Johannes«, sagte ich schärfer, als ich es beabsichtigt hatte, »man muss nicht etwas hineininterpretieren, wo vielleicht nichts ist.«

Alle Augen ruhten auf mir.

Johannes und ich sahen uns ein paar Sekunden schweigend an, dann meinte er gnädig: »Wenn du meinst.« Es hörte sich nicht besonders überzeugt an. Ich war wütend, wollte aber keine negative Stimmung aufkommen lassen. Hatte meine Mutter doch schon wegen Günter und der blöden Gans gelitten.

Sidonie spießte eine Herzoginkartoffel auf ihre Gabel und sagte zu Johannes, als wären René und ich gar nicht anwesend: »Sie haben doch gar nicht zueinander gepasst.«

Mir blieb die Gänsefüllung im Halse stecken. »Äh …«, setzte ich an, aber Sidonie hatte offenbar noch mehr zu sagen: »Sie waren doch viel zu jung und oberflächlich.« Oberflächlich? Sidonie bezeichnete verliebte Menschen nämlich als Dumpfbacken. Ihrer Auffassung nach verliebten sich nur intellektuell zurückgebliebene Menschen. Das hatte sie allen Ernstes mal geäußert. Nun gut, das war mindestens zehn Jahre her; möglicherweise urteilte sie heute nicht mehr so streng darüber. Aber was wusste sie schon über Beziehungen? Sie war mittlerweile sechsunddreißig, und es war kein Bräutigam in Sicht. Sidonie war seltsam, und dementsprechend waren es auch ihre Auffassungen. Aber mir war nicht nur einmal der Gedanke gekommen, dass Menschen wie Sidonie, Fabia oder Moritz auf andere zwar merkwürdig wirkten, sich jedoch dadurch hervorhoben, dass sie sich selbst treu blieben, weil sie nicht den Mainstream-Erwartungen folgten. Sie waren echt. Ich wusste, dass Sidonie mich auf ihre Art mochte, vielleicht, weil sie instinktiv spürte, dass ich das verstand.

»Wir waren nicht oberflächlich«, hörte ich René sagen.

Ich wollte ihn nicht ansehen, war aber auf komische Weise erfreut darüber, dass er das gesagt hatte. Im Grunde konnte es mir egal sein, was er heute über unsere damalige Beziehung dachte, aber ich war dennoch erleichtert, dass er uns nicht als leichtsinnige Teenager sah. Es war wirklich Liebe gewesen, aber ich hatte es irgendwie nie verwunden, dass er mir nie gesagt hatte, er liebe mich. Kein einziges Mal. Ich hatte es einmal zu ihm gesagt und darauf gewartet, dass er sagte: »Ich liebe dich auch.« Stattdessen hatte er erwidert: »Klar, das weiß ich doch.« Damals waren wir Anfang zwanzig gewesen, und ich hätte alles dafür gegeben, es nur ein einziges Mal von ihm zu hören. Noch immer packte mich Wut, wenn ich daran dachte. Wie konnte er nur so kaltherzig sein? Seitdem war mir dieser Satz nie wieder über die Lippen gekommen. Als McDee es zu mir gesagt hatte (kurz nachdem er mir offenbart hatte, er wolle ein Kind), hatte ich »Oh« gesagt. Ich war so irritiert darüber gewesen, wie leicht McDee dieser Satz über die Lippen kam. Dieses »Oh« war wahrscheinlich noch blöder als Renés Reaktion, aber ich war noch erstarrt gewesen von McDees Kinderwunsch. Und wirklich geliebt hatte ich ihn wohl auch nicht.

»Sidonie hat recht.« Hatte ich das wirklich gerade gesagt? Anscheinend schon, denn alle starrten mich an. Die Wut darüber, dass René mir nie gesagt hatte, dass er mich liebt, hatte mich wohl zu dieser Äußerung getrieben.

»Ach ja?« René sah mich an und legte fragend die Stirn in Falten.

Nun konnte ich nicht mehr zurück, sondern musste bei meinem Standpunkt bleiben. »Natürlich. Sonst hätte es ja wohl nicht mit einer Scheidung geendet.«

»Ja, sicher.« René tat einsichtig und nickte.

Günter seufzte hörbar. »Könn' ma jetzt vielleicht mit dem Scheidungsschmarrn aufhör'n? Ich feier heid Silberhochzeit.«

»Nicht nur du, Schatz.« Meine Mutter schenkte sich noch Weißwein nach.

»Ach, wie host des bloß mit mir ausg'haltn, so lang?« Günter sah meine Mutter liebevoll an.

»Ja, Schatz, das frag ich mich auch.« Wie es aussah, hatte sie die zerfetzte Gans und den Tankdeckel-Vorwurf noch nicht verwunden.

Nun glotzten alle meine Mutter an, aber sie meinte nur lässig: »Ein Scherz, um die Scheidungsdebatte zu neutralisieren.«

Günter murmelte etwas Unverständliches, und meine Mutter nahm einen Schluck Wein.

»Hast du einen Freund, Layla?« Tante Erna war schon immer sehr direkt gewesen. Für sie war es in keiner Weise ungewöhnlich, mich das vor versammelter Mannschaft zu fragen. Warum auch? Schließlich hatte sie meine Mutter an ihrem achtundvierzigsten Geburtstag vor zwanzig Leuten gefragt, ob sie schon in den Wechseljahren sei.

»Na ja … Noch nicht so ganz.« Ich musste an Oliver Eisenberg denken. Es gab da einen Mann, der sich für mich interessierte. Sollte mein Exmann das ruhig hören.

Dominik musterte mich überrascht.

»Was heißt das, noch nicht so ganz?« Tante Erna musterte mich durch ihre randlose Brille. Sie hatte, seit ich sie kannte, eine Hochsteckfrisur und trug kragenlose Blusen, die bis zum Hals zugeknöpft waren.

»Tja, was heißt das?«, meinte ich leichthin. »Ist halt noch im Anfangsstadium.«

»Hm«, machte René, »klingt eher so, als würdest du ein Krebsgeschwür beschreiben und nicht eine neue Liebe.«

»Was macht er denn beruflich?« Tante Erna schien mich heute als Gesprächspartnerin auserkoren zu haben.

»Beruflich?«

»Ja.«

Gute Frage.

»Also, eigentlich möchte ich nicht darüber sprechen. Über ihn, meine ich. Nicht, dass mit ihm etwas nicht in Ordnung wäre, aber …«

»Aber du kannst uns doch sagen, was er beruflich macht.« Onkel Albert hatte sich eingeklinkt. Wahrscheinlich siegte seine Neugier auf meinen möglichen neuen Freund über sein Prinzip, sich schwerhörig zu stellen.

»Du hast das gehört?«, wunderte sich Tante Erna. »Aber sie hat doch ganz leise gesprochen.«

»Ich hab's von ihren Lippen gelesen.«

»Ach was? Wirklich? Das kannst du? Ist ja ganz was Neues.«

»Nicht immer, nur manchmal.«

Sidonie nahm die Frage ihres Vaters bedauerlicherweise wieder auf. »Und was macht er denn nun beruflich, Layla?«

»Ich will wirklich nicht darüber …«

»Jetzt spinn hoid ned so rum«, rief Günter, »ist der Kerl Zirkusclown, oder wos?«

»Warum interessiert euch das denn?« Hätte ich doch bloß auf Tante Ernas Eingangsfrage mit Nein geantwortet.

»Und wie heißt er?«, fragte meine Mutter.

»Oliver.«

»Oliver«, wiederholte Sidonie nachdenklich. »Das ist ein Name, der sowohl Kraft als auch Sensibilität vermittelt. Ist er so ein Mann?«

Wenn ich das wüsste. Aber es konnte nicht schaden, darauf mit Ja zu antworten. »Ja, absolut.«

»Wo habt ihr euch kennengelernt?« René blickte wieder zu mir herüber.

»An meiner Haustür.«

»Wie bitte?«, meinte René.

Sidonie machte ein amüsiertes Gesicht. »Dabei sagt man doch immer, der Traumprinz klingelt nicht einfach so an deiner Tür. Aber bei dir ist es genauso gewesen.«

»Ich würde ihn nicht gleich als meinen Traumprinzen bezeichnen. Mal sehen, wie sich das entwickelt. Na, jedenfalls schmeckt das Essen …«

»Aber wieso an der Haustür?«, bohrte Tante Erna weiter.

»Ich hatte meine Geldbörse verloren, und er hat sie mir vorbeigebracht.«

»Ah«, machte Sidonie wissend, »und seitdem trefft ihr euch?« Sie klang sehr freundlich, so, als würde sie sich aufrichtig für mich freuen. Wie konnte ich jetzt nur das Gespräch in eine andere Richtung lenken, ohne dass es auf die anderen merkwürdig wirkte?

»Ja, ja, genau. Also, können wir das Thema dann bitte abschließen? Danke!« Wahrscheinlich klang ich ziemlich bestimmt, denn es wurde still. Es war gar nicht meine Absicht gewesen, das Ganze so brüsk zu beenden, aber ich war in Panik, dass noch mehr Fragen auf mich einprasselten, auf die ich keine Antwort wusste.

Eine Zeit lang war nur das Besteck auf den Tellern zu hören, bis Tante Erna (heute offensichtlich in Fragelaune) sich an René wandte und wissen wollte: »Hast du zurzeit jemanden?«

»Nein«, kam die knappe Antwort.

Hätte ich es doch bloß genauso gemacht.

5

Meine Mutter verstaute die Essensreste, und ich räumte das Geschirr in die Spülmaschine. Wir waren alleine in der Küche, und ich spürte, dass sie mich so komisch musterte. »Layla? Wieso willst du denn nicht sagen, was dieser Oliver beruflich macht?«

Ich drehte mich zu ihr um und fasste mir mit den Fingern an die Schläfen. »O Gott! Bitte nicht schon wieder.«

»Aber mir kannst du es doch sagen«, beharrte sie.

»Ich weiß noch nicht, was er beruflich macht.«

Meine Mutter sah mich zerstreut an, während sie ihre Hände an einem Geschirrtuch abtrocknete. »Wie meinst du das?«

Ich blickte etwas beschämt zu Boden. »Behalte es bitte für dich, aber wir haben uns noch nicht getroffen. Bisher war nur das Ereignis an der Haustür, und er hat mich danach angerufen und um eine Verabredung gebeten.«

Sie schob den Kopf nach vorne. »Und warum erwähnst du ihn dann überhaupt?« Wo sie recht hatte, hatte sie recht.

»Keine Ahnung.«

»Wegen René, oder?«

»Was? Wieso?«

Sie fing an, die Reste in Tupperdosen zu füllen. »Du hast ein bisschen damit kokettiert, damit René denkt, dass du jemanden hast.«

»So ein Quatsch!«, meinte ich erbost. Ob sich das glaubwürdig anhörte?

Sie baute sich direkt vor mich auf und sah mich an.

»Na ja«, meinte ich kleinlaut, »ein bisschen vielleicht.«

Plötzlich fasste sie mich am Arm, kam nah an mich heran und flüsterte: »Schätzchen, du kannst es Mami sagen, ja? Diesen Oliver … Den gibt's doch wirklich, oder?«

»Das ist doch jetzt nicht dein Ernst?«

»Ja, schon gut.« Sie tätschelte noch kurz meinen Arm, dann sagte sie: »Ich mein ja nur.«

Ich schnappte immer noch nach Luft. »Zugegeben, es war blöd, ihn überhaupt zu erwähnen, aber dass du mir einen imaginären Freund unterstellst …«

»Jetzt reg dich doch nicht gleich auf«, meinte sie beschwichtigend, »hätte ja sein können.«

»Nee, eigentlich nicht.«

»Layla, du spinnst.«

Etwas beleidigt wandte ich mich ab. »Vielen Dank auch.«

Eine halbe Stunde später traf ich auf Dominik, als ich gerade aus dem Bad kam. »Wer zu Hölle ist Oliver?« Er stellte sich vor mich hin.

Ich nahm mir etwas Zeit, bevor ich sagte: »Okay, das bleibt jetzt unter uns, aber wir treffen uns nächste Woche zum ersten Mal.«

Dominik neigte fragend den Kopf, dann meinte er: »Aha. Warum hast du ihn dann erwähnt? Wegen Papa?«

»Ach, Quatsch«, winkte ich ab, »keine Ahnung.«

Am Nachmittag stopften wir uns mit Torte voll und

tranken Kaffee. An diesem Tag drehte sich alles um Essen und Trinken. Als sich Dominik am frühen Abend verabschiedete, waren meine Mutter und Tante Erna schon ein bisschen beschwipst. René brachte unseren Sohn zum Zug. Solange er weg war, herrschte eine angenehme Stimmung, obwohl Johannes die Luft mit seiner Pfeife verpestete. »Ein Jammer ist das, ein Jammer«, murmelte er vor sich hin. Ich befürchtete, dass er wieder mal unsere Scheidung im Visier hatte, weshalb ich schnell das Thema wechselte. Sidonie ging irgendwann ins Bad, was Tante Erna ausnutzte, um uns darüber zu informieren, dass Sidonie »sich mit einem Mann getroffen hat«. Dabei sah sie überglücklich aus – und das geschah nicht oft. Sie blickte sonst immer streng drein, obwohl sie das eigentlich gar nicht war.

Meine Mutter zuckte die Schultern. »Und warum ist das so ein Geheimnis? Hätten wir beim Essen nicht auch *darüber* sprechen können?«

»Ach«, winkte Tante Erna ab, »Sidonie ist in solchen Dingen einfach sehr schüchtern.«

»Schüchtern? Sie hat mir als Siebenjährige ihren nackten Hintern gezeigt, als ich mit ihr geschimpft habe.«

»Ach, Pauline, das hat sie doch nur getan, weil sie sich nicht anders zu wehren wusste.«

»Aber sicher. Das hab ich bei meinem Chef auch immer gemacht, wenn mir die Argumente ausgingen.«

»Du wieder, also wirklich.«

»Und wos is des für oana?«, fragte Günter, an Tante Erna gewandt.

Sie dachte ein paar Sekunden nach, dann meinte sie: »Ich weiß nur, dass er fast sechzig ist.«

Wir starrten sie an.

Meine Mutter sagte als Erste etwas. »Du meinst, er ist über zwanzig Jahre älter als Sidonie?«

Tante Erna nickte. »Ja, er ist etwas älter als Sidonie.«

»*Etwas* älter?«, rief meine Mutter.

Tante Erna fuchtelte mit der Hand in der Luft herum. »Psssst!«

»Erna, der Kerl könnte ja fast ihr Großvater sein!«

Tante Erna hob die Hand. »Jetzt red doch nicht so einen Blödsinn daher.«

Die Klospülung war zu hören, und als Sidonie wieder den Raum betrat, waren wir zwanghaft in ein Gespräch über meine Arbeit vertieft. Tante Erna sagte zu Sidonie: »Layla übersetzt gerade so einen grausamen Driller.«

Es klingelte, und meine Mutter stand auf, um René die Haustür zu öffnen. Perfektes Timing. Das Gespräch stagnierte, und ich hatte die dumpfe Ahnung, Sidonie spürte instinktiv, dass wir über sie gesprochen hatten, bevor sie das Wohnzimmer wieder betrat. Meine Cousine mochte seltsam sein, aber dumm war sie ganz sicher nicht.

Als René zwei Minuten später ins Zimmer kam, fiel mir wieder einmal auf, wie sehr er allein durch seine Anwesenheit einen Raum beherrschte.

Er setzte sich auf dieselbe Couch, auf der ich saß, aber mit gehörigem Abstand zu mir.

Wir plauderten darüber, wie schnell die fünfundzwanzigjährige Ehe meiner Mutter und Günter doch vergangen sei.

»Die Erna und ich sind auch schon siebenunddreißig Jahre verheiratet. Gell, Erna?«

»Ja, Albert.«

»Ist aber auch schnell vergangen.«

»Na ja«, meinte Tante Erna und verzog den Mund, »so mittelschnell, würde ich sagen.«

»Was hast du gesagt?« Onkel Albert stellte sich mal wieder schwerhörig.

»Mittelschnell.« Sie sprach laut und betont deutlich. »Lies es halt von meinen Lippen ab, Albert.«

René lachte leise auf. Ich sah ihn an, worauf er mich ansah und lächelte. Schnell wandte ich den Kopf wieder ab.

Irgendwann sagte meine Mutter: »Ich bin müde, meine Lieben. Es war ein langer Tag.«

Da es nur ein Badezimmer gab, mussten wir die Reihenfolge absprechen. Tante Erna meinte: »Albert, geh du zuerst, dann ich und dann Sidonie. Danach gehen Günter und Pauline und zum Schluss Layla und René.« Tante Erna hatte keine Hemmungen, bei ihrer Schwester die Hausherrin zu spielen.

Onkel Albert meinte missmutig: »Aber bis der Letzte fertig ist, muss ich wieder.«

»Ja, dann gehst du halt am Schluss noch mal aufs Klo, guter Gott.«

Meine Mutter hatte uns bei unserer Ankunft schon über unsere Schlafplätze informiert. Sidonie würde bei ihren Eltern im Gästezimmer auf dem Klappbett schlafen, ich in der sogenannten Abstellkammer, wo die Bügelwäsche und alte Bücher standen – und mein uraltes Bett aus Teenagerjahren. René nächtigte im Wohnzimmer auf der Couch.

»Layla und ich können ja noch die Küche in Ordnung bringen, während der Run aufs Bad läuft«, kam es von

René. Nach außen tat ich teilnahmslos, aber innerlich zuckte ich zusammen. Woher nahm er sich bloß das Recht, mich in seine Hilfsbereitschaft hineinzuziehen? »Das wäre zauberhaft«, meinte meine Mutter und gähnte.

Wie es aussah, hielt es niemand für nötig, mich zu fragen.

René räumte die Spülmaschine aus und verstaute das Geschirr in den Schränken, ich wischte die Küchenoberflächen und räumte auf. Seine Couch war mittlerweile von meiner Mutter in ein Bett verwandelt worden, und das Wohnzimmer hatte sich geleert. Im Hintergrund war hin und wieder die Badezimmertür zu hören. Eine geschlagene Viertelstunde lang werkelten wir schweigend vor uns hin. Das Schweigen war etwas unangenehm, aber ich würde nicht als Erste etwas sagen.

Schließlich schaltete René das Unterbauradio ein. Während meines ganzen Lebens hatte ich nie an Schicksal geglaubt, eher an verrückte Zufälle. Aber als in diesem Moment die Anfangsmelodie von *Refugee* zu hören war, fragte ich mich zum ersten Mal, ob es ein verrückter Zufall oder doch irgendwie Schicksal war. René warf mir einen Blick zu, aber ich vermied es, ihn anzusehen. Stattdessen klaubte ich Korken und Papier zusammen, um es in den Müll zu werfen. Es war nämlich unser Lied. Verrückterweise kam der Song nicht allzu oft im Radio; warum ausgerechnet jetzt? Im Grunde war es eine abgedroschene Sache, dass die meisten Paare irgendeinen Song hatten, den sie als *unser Lied* bezeichneten. Wir hatten den Song *Refugee* von Tom Petty and the Heartbreakers nicht wirklich als unser Lied gewählt. Es war nicht einmal ein Liebeslied, denn genau genommen war es eher traurig. Aber als wir das erste Mal miteinander im Bett waren, spielte das Radio *Refugee,* und als das Lied irgendwann mal wieder im Radio kam, musste ich daran denken, und das war der Moment, als ich René sagte, dass ich ihn liebe. Die paar Sekunden damals empfand ich als romantisch, aber seine Reaktion darauf hatte alle Romantik zerstört.

»Soll ich das Radio wieder ausmachen?« An seiner Stimme merkte ich, dass er lächelte. Das machte mich ein bisschen wütend, weil ich nicht verstand, was daran witzig sein sollte.

»Mir egal.«

»Na gut, dann lass ich das Radio an.«

Ich zuckte die Schultern. »Von mir aus.«

»Und wie lange kennst du Oliver schon?«

Jetzt fing er auch noch damit an!

»Hm?« Ich tat einfach, als würde ich nicht wirklich zuhören.

»Oliver. Wie lange geht das denn zwischen euch beiden schon, wenn ich fragen darf?«

»Warum interessiert dich das?« Ich verstaute die Weinflaschen im Kühlschrank, während René nun den Rest des schmutzigen Geschirrs in die Spülmaschine räumte.

»Warum sollte es mich nicht interessieren?« Über die Spülmaschine gebeugt hob er den Kopf.

»Es geht dich nicht wirklich etwas an, oder?«

René erhob sich. »Da hast du natürlich recht. Ich bin einfach nur neugierig. Ist es so eine Internet-Sache?«

»Du bist doch bescheuert. Meinst du, ich treffe mich mit jemandem aus dem Internet?«

René verzog das Gesicht. »Na ja, du stellst es so hin, als wäre das etwas Absurdes. So ungewöhnlich ist das ja nicht.«

»Hast du das schon mal gemacht?« Mittlerweile war ich mit dem Aufräumen fertig, und ich stand ihm mit verschränkten Armen gegenüber.

Er lehnte sich an die Ablage. »Ehrlich gesagt … nächste Woche zum ersten Mal.«

»Da triffst du dich mit einer Frau, die du im Internet kennengelernt hast?«

»Ja.«

»Du tummelst dich auf so Bekanntschaftsforen?«

»Mich tummeln?« Er lächelte. »Ich weiß auch nicht, hab das einfach mal gemacht. Das war das erste Mal.«

»Hm. Also mein Ding wäre das nicht, aber muss ja jeder selbst wissen.« Komisch. Vor Fabia und Steffi hatte ich das Internet-Dating noch verteidigt; bei René fand ich es irgendwie nicht so gut.

»Ganz genau.«

»Und wie heißt sie?«, wollte ich wissen.

»Zauberhexe DZ.«

»Wofür steht denn DZ?«

»Ich glaube, das sind ihre Initialen. Sie heißt Dea mit Vornamen. Den Nachnamen will sie mir noch nicht sagen. Was sie beruflich macht, weiß ich auch noch nicht.« Er zeigte mit dem Zeigefinger auf mich. »Ist es dir denn ernst mit diesem mysteriösen Oliver?«

»Also mysteriös ist er, glaube ich, nicht besonders.« Ich seufzte, dann sagte ich: »Okay, das bleibt jetzt aber unter uns, ja?« Das war schon das dritte Mal, dass ich das heute sagte. Im Grunde hätte ich es auch beim Essen hinausposaunen können.

»Okay.«

Ich erzählte René von der verlorenen Geldbörse und dem darauffolgenden Anruf. »Es hört sich abgedreht an, aber so war es eben.«

»Du schenkst einem wildfremden Mann Pralinen, auf denen *I love you* steht?«

»Sei nicht blöd. Ich habe es doch erklärt. Ich hatte nichts anderes da.«

René hob die Augenbrauen. »Na, dann lieber nichts als so etwas.«

»Hör auf mit dem Unsinn.«

»Und wann trefft ihr euch?« René grinste.

»Nächsten Samstag. Und was ist mit dir?«

Er tat erstaunt. »Du willst, dass ich mitkomme?«

»Ha ha. Wann triffst du dich mit DZ?«

»Nächsten Samstag.«

»Ach was.«

»Tja.« Er ging zum Kühlschrank und holte eine der Weinflaschen wieder heraus. »Trinken wir noch ein Glas zusammen?«

»Ich weiß nicht.«

»Warum nicht?«

»Ich bin müde.«

»Bist du nicht.«

»Du meinst, du weißt besser als ich, ob ich müde bin oder nicht.«

»Sieht fast so aus.«

Ich verdrehte die Augen, dann sagte ich: »Meinetwegen.«

»Du hast doch eh nichts anderes vor.«

»Ich könnte schlafen gehen.«

René nahm zwei Gläser aus dem Vitrinenschränkchen. »Es ist erst elf Uhr. Früher bist du nie vor eins ins Bett gegangen.«

»Ja, früher. Ich werde eben älter.«

René ging aus der Küche in Richtung Wohnzimmer, und ich ging ihm nach. »Das sieht man dir gar nicht an«, rief er über die Schulter.

Es ärgerte mich, dass ich mich über das Kompliment freute. »Och ja, ich finde, ich halte mich ganz gut, ja.« Warum sagte ich so etwas Eingebildetes? Das war gar nicht meine Art.

René setzte sich auf die Couch und schenkte Wein in die Gläser. Über meinen Satz musste er schmunzeln, kommentierte ihn aber nicht.

»Wie sieht er aus?«

»Wer?« Ich tat ahnungslos.

Er reichte mir das Weinglas. »Du weißt verdammt genau, wen ich meine.«

»Ach, Oliver.«

Er nickte. »Sein Name ist so ziemlich das Einzige, was du von ihm weißt. Deshalb wiederholst du ihn auch ständig, wie ein Mantra.«

»Das Einzige? Nein, ich weiß auch, wie er aussieht.«

»Na, immerhin. Wie sieht er denn aus?«

»Äh, gut schaut er aus.«

»Das ist aber eine mickrige Beschreibung. Geht's ein bisschen genauer?«

»Etwa eins achtzig bis eins fünfundachtzig, … dunkle,

wellige Haare, grüne Augen … äh, freundliches Gesicht und so.«

René nickte. »Aha, aha. Wie alt?«

»Keine Ahnung. In unserem Alter.«

»Und wo trefft ihr euch?«

»In einem Café. Und wo triffst du dich mit DZ?«

»Wir gehen essen.«

Ich verzog den Mund. »Das würde ich unterlassen. Wenn es ein Desaster wird, musst du bis nach dem Dessert ausharren.«

»Aaah, wir haben hier eine Dating-Expertin.« Er streckte den Arm aus und hielt das Glas hoch, um mit mir anzustoßen. »Auf unsere Dates nächste Woche«, sagte er feierlich.

»Auf unsere Dates.«

René sah mich über den Rand des Glases hinweg an, während er trank.

»Und wie alt ist DZ?«

»Ein Jahr älter als ich.«

»Fünfundvierzig also. Sieht sie gut aus?«

»Das Foto ist ein bisschen unscharf …«

»Oje …«

»Aber sie hat es erklärt. Die Kamera war kaputt.«

»Du bist doch sonst nicht so naiv.«

»Jedenfalls sieht man auf dem Foto, dass sie ziemlich attraktiv ist. Mittellanges brünettes Haar und ein hübsches Gesicht.«

»Augenfarbe?«

»Irgendwas Helles.«

»Okaaaay …« Ich blinzelte irritiert. »Kann ja dann nur grün oder blau sein.«

»Wahrscheinlich, ja.«

»Hat sie Kinder?«

»Sieben.«

Ich wollte gerade einen Schluck Wein nehmen, blickte aber schockiert zu René.

Er grinste. »Sie hat eine Tochter, die ist aber schon Anfang zwanzig und lebt in … Hamburg. Oder war es Bad Homburg? Vielleicht aber auch Hannover.«

Ich kniff den Mund zusammen. »Tja, wenigstens wissen wir, dass es irgendeine Stadt sein muss, die mit H anfängt.«

»Genau. Wenn es mir nicht einfällt, dann sage ich einfach: ›Wie geht es deiner Tochter in der H-Stadt?‹ Wenn das nicht genial ist.«

Ich nickte in gespielter Anerkennung. »Wenn du Glück hast, hat sie ein Spatzenhirn, und deine Genialität fällt ihr nicht auf.«

René lachte. Mir wäre es in diesem Moment lieber gewesen, wenn er es nicht getan hätte. Früher hatte jedes Mal, wenn René lachte, mein Herz schneller geschlagen. Selbst als wir schon verheiratet waren und der stressige Alltag mit all seinen Überforderungen uns eingeholt hatte, brachte mich sein Lachen jedes Mal ganz kurz um den Verstand. Aber ich konnte jetzt wohl kaum zu ihm sagen: »Würdest du es bitte unterlassen zu lachen?«

Ich zwang mich, an Oliver zu denken. Vielleicht war er es endlich. Die Liebe meines Lebens. Der ultimative Mr. Right. Der Mann, der alles in einem war: perfekter Gentleman, bester Freund, romantischer Liebhaber. Obwohl … wie ein romantischer Liebhaber wirkte er nicht unbedingt, eher wie ein höflicher Gentleman. Steffi hatte einmal während ihrer Geburtstagsfeier gesagt, für sie wäre der perfekte Mann in Gesellschaft ein Gentleman, unter der Woche ein Finanzexperte und am Wochenende ein Romantiker. Da waren die meisten schon ziemlich beschwipst, weshalb Steffis Schwester geantwortet hatte: »Aber leider sind die meisten in Gesellschaft Romantiker; unter der Woche, also wenn man sie nicht sieht, Gentlemen, und am Wochenende Finanzexperten.«

»Was macht dir eigentlich mehr Freude, Layla? Die Übersetzungen oder deine Kinderbücher?«

Darüber musste ich nicht nachdenken. »Natürlich die Kinderbücher, aber die Übersetzungen machen auch Spaß. Es ist ein guter Ausgleich.«

René nickte.

»Und was ist mit deinem Job? Fühlst du dich dort wohl?«

»Im Großen und Ganzen schon. Das Einzige, was mich manchmal nervt, ist dieses Laufsteg-Gehabe.«

»Bitte was?« Den Zusammenhang zwischen Laufsteg und Bank konnte ich nicht sehen.

»Wir haben ein paar so stylische Zicken in der Abteilung. Auf so was stehe ich nicht.« René sah mich nun direkt an. »Das hat mir an dir so gefallen, dass du trotz deiner Attraktivität so natürlich warst.«

»Na ja, mei, man tut halt, was man kann … Äh … Ja.«

René war nicht dumm und merkte natürlich, dass mich das Kompliment durcheinandergebracht hatte. Aber doch nur, weil es so unerwartet gekommen war. Ich wollte nicht, dass er dachte, an seinen netten Worten würde mir etwas liegen, weshalb ich hinzufügte: »Das hast du mir so nie gesagt, deshalb war ich jetzt etwas überrascht. Aber Menschen ändern sich, und es heißt ja nicht, dass ich noch genauso bin, egal ob im positiven oder negativen Sinne. Ich meine nicht, dass es wichtig wäre, es richtigzustellen. Ist lange her, und so und …« Wie es aussah, redete ich mich gerade um Kopf und Kragen. Hätte ich doch nur alles auf sich beruhen lassen.

René sah mich verwirrt an. »Ich kann an deinen Ausführungen gerade keinen roten Faden erkennen. Liegt's an mir?«

Jetzt ließ er mich auch noch dumm dastehen, der Arsch. Ach nein, das war er natürlich nicht. Aber warum ließ er es nicht einfach gut sein?

Ich rieb mir die Augen. »Weißt du, ich bin einfach wahnsinnig müde.« Ich stand auf, nahm mein Glas und brachte es in die Küche. Als ich wieder ins Wohnzimmer kam, sah René mich an und verzog kurz den Mund. »Die Unterhaltung hat ein jähes Ende gefunden. Tut mir leid, wenn ich etwas Dummes gesagt habe.«

Damit hatte ich nicht gerechnet. René gehörte nicht zu den Menschen, die sich entschuldigten. Er hatte nicht einmal um Entschuldigung gebeten, als ich den rosa Zettel gefunden hatte. »Macht ja nichts«, winkte ich gleichgültig ab, »aber es war ein langer Tag.«

Wir sagten Gute Nacht. Während ich zu meinem Zimmer ging, spürte ich seinen Blick im Rücken.

6

Beim Frühstück fragte Tante Erna, wie ich nach München zurückkäme.

»Mit dem Zug«, antwortete ich.

»Und wie kommst du zum Zug?«

»Na, wie schon?« Meine Mutter schnitt ihr Croissant in zwei Teile. »Der Günter fährt sie hin.«

René warf mir einen kurzen Seitenblick zu. »Ich kann dich am Bahnhof absetzen, wenn du willst.«

Ich sah ihm in die Augen. »Das ist nett, aber der Günter fährt mich.«

Tante Erna und Onkel Albert schauten sich an, dann schauten sie mich und René an.

»Fährst du denn noch woanders hin?« Sidonies Frage ging an René. »Nicht direkt nach München?«

Er schüttelte den Kopf. »Doch, aber Layla möchte lieber mit dem Zug fahren.« Seine Stimme hatte einen leicht spöttischen Unterton.

Tante Erna runzelte fragend die Stirn, sagte aber nichts.

Dafür sagte Sidonie etwas: »Entschuldigung, aber das ist doch Schwachsinn.«

Johannes sah mich an und setzte noch eins obendrauf. »Groll und Unnachgiebigkeit fressen einen Menschen von innen auf, Layla.« Seiner Miene entnahm ich, dass er eine Stellungnahme meinerseits erwartete.

Ich saß mit offenem Mund da. »Hä?«, rutschte es mir heraus. »Da ist kein Groll in mir, wirklich nicht. Ich will nur niemandem Umstände machen.« Das war mir in dieser Situation am schnellsten eingefallen, aber als ich es aussprach, merkte ich, wie lahm sich das anhörte. Waren sie denn alle total verblödet? Kapierte denn hier niemand, dass ich nicht mit meinem Exmann stundenlang allein im Auto sitzen mochte? Schon gar nicht so plötzlich, nach so vielen Jahren.

»Warum sollte mir das denn Umstände machen?« René hielt den Blick auf mich gerichtet und wartete auf eine Antwort. Überhaupt schienen nun alle an meinen Lippen zu hängen.

»Na ja …« Ich dachte fieberhaft nach. »Du würdest dich verpflichtet fühlen, mit mir zu reden, besonders, weil du im Auto kein Radio hörst.«

René zuckte die Schultern. »Meinetwegen müssen wir kein Wort miteinander reden, wenn du das nicht willst.«

»Was? Also, es ist ja nicht so, dass ich das bewusst nicht will, ich möchte nur einfach nicht, dass du dich verpflichtet fühlst, Small Talk mit mir zu machen, und dich unwohl fühlst.« Hatte ich doch tatsächlich Oliver am Telefon beinahe als Plaudertäschchen bezeichnet. Ich war keinen Deut besser.

»Darüber mach dir mal keine Gedanken. Aber wenn du nicht willst, dann fahr ich dich auch gern zum Zug.«

»Außerdem kann es ja sein, dass ich vielleicht auf Toilette muss und dann musst du anhalten und …« Was redete ich denn da für einen Bullshit zusammen? Jetzt stellte ich mich selbst auch noch als inkontinent hin! Schuld war meine indiskrete Verwandtschaft. Was ging sie das überhaupt an, wie ich nach Hause kam?

René lächelte. »Dann trink halt nichts, damit wäre das Problem gelöst. Ich kann aber auch auf dem Seitenstreifen der Autobahn halten und du pinkelst neben dem Auto, geht schneller.«

»Ich mecht ja nix sog'n …«, meinte Günter mit lauter Stimme.

»Aber du tust es trotzdem, Schatz?« Meine Mutter nahm demonstrativ einen Schluck Kaffee.

»Ach, so an Schmarrn hob i scho lang nimmer g'hert. Der oane fahrt mit'm Zug und der ander mit'm Auto in'd gleiche Richtung. Bleder geht's nimmer.«

Mir blieb nur noch eines, um die Situation zu retten und meine Würde zu wahren. Lässig zuckte ich mit den Schultern und sagte betont ruhig: »Also, wenn René kein Problem damit hat, dann fahre ich halt mit ihm. Mir ist das echt egal.« Total cool nahm ich die Kaffeetasse in die Hand und nippte.

Niemand sagte mehr etwas, aber es entging mir nicht, dass sie mir ab und an noch einen prüfenden Blick zuwarfen.

Als ich am Nachmittag mit René ins Auto stieg, war ich von diesem Wochenende ziemlich erschöpft. Unsere Verwandten besaßen die Gabe, konstant an den Nerven zu sägen. Während des Spaghettiessens hatte Johannes allen Ernstes geäußert, wir sollten Dominik bei der Partnerwahl »unterstützen«, denn als Scheidungskind sei er vorgeprägt. Er würde nicht die richtige Entscheidung treffen – und sich, Gott bewahre, vielleicht ebenfalls scheiden lassen.

Natürlich wünschte niemand seinem Kind eine Scheidung, aber ein Weltuntergang wäre so etwas schließlich auch wieder nicht. Unser Seufzen, Augenverdrehen und Kopfschütteln ignorierte Onkel Johannes mit christlicher Gelassenheit und plapperte weiter, bis Günter irgendwann mit der Faust auf den Tisch schlug und rief: »Jetz reicht's ma aber mit dem Schmarrn, Herrgottlä!« Ja sicher, das letzte Wort hätte er sich sparen können, aber es bereitete mir eine gewisse Genugtuung, dass Günter so reagierte. Johannes wünschte sich eine heile Welt und beständige Liebe. Daran gab es zwar nichts auszusetzen, aber dass er anderen damit manchmal einen Dolchstoß versetzte, nahm er gar nicht wahr.

Nachdem wir fünf Minuten gefahren waren, meinte René: »Und? Musst du schon aufs Klo?«

»Sehr witzig.«

»Du gibst einfach Bescheid, ja?«

»Hast du nicht gesagt, wir müssen nicht reden?«

»Ach so, klar. Ich sage keinen Piep mehr.«

Die Vorstellung, stundenlang vor mich hinzuschweigen, kam mir plötzlich uferlos dämlich vor. »Also, wir müssen jetzt nicht stundenlang gar nichts sagen oder so. Wir können reden, müssen aber nicht.«

René blickte kurz zu mir und schmunzelte. »Na ja, wenigstens reden wir ausführlich darüber, ob und wie viel wir reden sollen. Das ist ziemlich viel Text zum Thema Schweigen.«

Darüber musste ich kurz lächeln, dann sah ich zum Fenster hinaus.

Eine ganze Weile waren wir still, dann sagte René plötzlich: »Ich mach mal das Radio an.«

»Kannst du dich dann noch aufs Fahren konzentrieren?«

»Ich werde mein Bestes tun«, erwiderte er und schaltete das Radio ein. Es ertönte ein aktueller deutscher Hit. »Vielleicht doch lieber eine CD«, meinte er und schaltete das Radio wieder aus. »Mach bitte mal das Handschuhfach auf und such was raus.«

»Du hast doch gesagt, du hörst keine Musik im Auto. Warum hast du dann CDs im Handschuhfach?«

»Fragen über Fragen«, murmelte er vor sich hin.

»Also, wir können, müssen aber nicht Musik hören.«

»Tu uns beiden bitte einen Gefallen und hör mit den Können-müssen-aber-nicht-Sätzen auf.«

»Von mir aus«, gab ich pikiert von mir. »Ich wusste ja nicht, dass dich das so irritiert.«

»Tut es«, meinte er ruhig.

Bevor ich das Handschuhfach öffnete, warf ich ihm noch einen vorwurfsvollen Blick zu, aber den sah er leider nicht, weil er auf die Straße sah. Ich fischte eine CD heraus. »Van Halen. Na ja, von denen mag ich eigentlich nur *Aint talkin' 'bout Love.*«

»Das ist mit drauf«, meinte René knapp.

»Aber das ist doch gar nicht deine Musikrichtung.«

»Ach, mittlerweile ist mein Musikgeschmack ziemlich durchwachsen. Außerdem hat mich Dominik da ein bisschen gelenkt.«

Es war wohl besser, nun nicht zu erwähnen, dass Dominiks Musikgeschmack von Moritz beeinflusst wurde.

»Ach, lieber nicht.« Ich suchte nach einer anderen CD. »Lenny Kravitz. Darauf habe ich auch keine Lust.«

Rene hob die Augenbrauen nach oben und sah weiter

geradeaus. »Du bist mit der Musikauswahl ja mächtig überfordert.«

»Ich such mal weiter.«

»Natürlich. Was sonst.«

»Dolly Parton?«, rief ich überrascht, als ich die nächste CD in Händen hielt.

René nickte nur.

Als ich schwanger war, hatte ich ständig Dolly Parton gehört. Ich liebte ihre Stimme und ihre Musik, seit ich klein war. René hatte mich damals ausgelacht, weil er dachte, das sei nur so eine amerikanische Country-Sängerin; er hatte gar keine Ahnung, was für eine großartige Künstlerin sie war. Und nun hatte er ein Album von ihr? »Habe ich dich damals auf den Geschmack gebracht?«, fragte ich.

René zuckte die Schultern. »Ich höre sie gern, weiß aber nicht mehr, wie ich sie entdeckt habe. Kann schon sein, dass das durch dich kam.«

»So, so.« Ich schob die CD in den Player. Wir hörten eine Weile schweigend *Jolene,* dann sagte ich: »Weißt du, wie sie auf den Titel des Songs kam?«

»Nein.«

»Nach einem Konzert hat ein Mädchen sie nach einem Autogramm gefragt. Dolly Parton wollte wegen der Widmung den Namen des Mädchens wissen. Das Mädchen sagte, sie heiße Jolene. Ihr gefiel der Name – und der Rest ist Geschichte.«

»Aha.«

»Und weißt du, dass Dolly Parton *I will always love you* von Whitney Houston geschrieben hat?«

»Hm, Sachen gibt's.«

»Na ja, von all den Hunderten von Liedern gefällt mir *Jolene* am Ende vielleicht doch am besten«, plapperte ich weiter.

René schien kurz über etwas nachzudenken. »Warum gibt es eigentlich so viele Lieder mit Frauennamen, aber kaum welche mit Männernamen?«

»Keine Ahnung. Hab nie darüber nachgedacht.«

»Ist noch nie jemand auf die Idee gekommen?«

»Ich glaube kaum, dass es daran liegt.«

»Sondern?«

»Wie gesagt: Ich weiß es nicht. Aber ich werde vielleicht mal eines schreiben.« Ich lachte kurz über meinen mittelmäßigen Witz.

»Ach ja?« Er sah kurz zu mir rüber. »Wird es *René* heißen?«

»Was? Wie kommst du denn darauf? Du bist nicht der einzige Mann in meinem Leben.«

»Schenk's mir zum Geburtstag.« Er grinste in sich hinein.

»Mir würde da nichts einfallen.«

»Vielleicht klingt es eingebildet, aber René ist für einen Song viel klangvoller als … zum Beispiel Oliver. Damit kann man nichts machen, außer vielleicht O-O-Oliver.«

»Und was kann man mit René machen? Nee-nee-René?«

»Du kannst doch schreiben. Wo ist das Problem?«

»Songtexte schreiben ist doch was ganz anderes.«

»Ist es nicht.« Wie es aussah, glaubte er, viel über das Schreiben zu wissen.

»Du hast doch ’n Knall. Lass dir doch von Zauberhexe DZ ein Lied schreiben.«

»Wow, du hast dir auf Anhieb ihren Internetnamen gemerkt. Ich hab dafür Tage gebraucht.«

»Ja, du warst schon immer sehr vergesslich.« Um ein Haar hätte ich hinzugesetzt: *Du hast damals auch vergessen, dass du verheiratet bist.* Zum Glück besann ich mich in letzter Sekunde und hielt mich zurück. Warum kam mir dieser Satz überhaupt in den Sinn? Vielleicht, weil René sich nie richtig entschuldigt hatte, oder weil ich nie den wirklichen Grund für seinen damaligen Fehltritt erfahren habe.

»Ich war schon immer sehr vergesslich? Was soll das denn heißen?«

Nun hätte ich ihm natürlich vorwerfen können, dass er zweimal vergessen hatte, Dominik vom Kindergarten abzuholen, und dass er Günter einmal an einer Autobahn-Raststation hatte stehen lassen. Ich sollte das lieber nicht vertiefen, überlegte ich. Es würde so aussehen, als führte ich Buch über seine Fehler. »Nein, so meinte ich das nicht. Eigentlich wollte ich nur sagen, dass du dir über wichtige Dinge Gedanken machst und deshalb Kleinigkeiten gern übersiehst.«

René sah mich kurz an, dann war da so ein amüsierter Zug um seinen Mund. »Geschickt aus der Affäre gezogen. Beeindruckend.«

Es war wohl besser, nichts weiter zu sagen. Ich schielte ein bisschen zu ihm rüber und besah mir seine Hände. Er hatte sehr schöne Hände, kräftig und dennoch elegant.

Ob das mit Oliver etwas werden könnte? Ein bisschen

aufgeregt war ich schon. Ob er wohl auch auf eine ernsthafte Beziehung aus war?

Als eine Ausfahrt kam, schlug René vor, eine Kaffeepause zu machen.

Zehn Minuten später saßen wir uns an einem viereckigen Holztisch gegenüber. René hatte einfach zwei Haferl Kaffee vom Automaten geholt, ohne mich zu fragen. Es hätte ja auch sein können, dass ich lieber einen Cappuccino gewollt hätte, aber offenbar hatte er beschlossen, ich sollte Kaffee trinken. Nachdem er damit zielstrebig zur Kasse gegangen war und bezahlt hatte, wollte ich nicht frech sein und ihn zur Rede stellen. Letztendlich war es doch bloß Kaffee. Trotzdem. Es erinnerte mich ein bisschen an früher, da hatte er auch manchmal Dinge beschlossen, ohne mich vorher zu fragen. Zum Beispiel hatte er einmal das Wohnzimmer gelb gestrichen, während ich übers Wochenende auf der Buchmesse war. Ein anderes Mal kam ich vom Einkaufen zurück, und er hatte Dominik die Haare radikal kurz geschnitten.

»Wie geht es Mark?«, fragte ich, als René sich gesetzt hatte. »Ist er mittlerweile verheiratet? Hat er Kinder?« René und Mark hatten sich als Zwölfjährige in der Schule kennengelernt, und wie ich von Dominik wusste, waren sie heute noch befreundet und verbrachten auch so manchen Urlaub zusammen.

»Mark geht es gut.« René streute Zucker in seinen Kaffee. »Er hat weder Frau noch Freundin. Kinder hat er auch keine.«

»Fehlt ihm das? Ich meine, fühlt er sich einsam?«

René schüttelte den Kopf. »Nein. Er hat sich bewusst dagegen entschieden.«

»Ja? Warum denn?« Ich hatte Mark immer gemocht. »Er ist so ein geselliger und offener Mensch. Komisch, dass er sich entschieden hat, alleine zu bleiben.«

René rührte nachdenklich in seiner Kaffeetasse. »Hm. Mark ist nicht einsam oder so. Er hat einen großen Freundeskreis und Geschwister, die zusammen einen Haufen Kinder haben. Wir haben mal darüber gesprochen, und er meinte, dass die meisten Beziehungen in Wut, Ärger und Vorwürfen enden. Das kostet Kraft und macht einen fertig.«

»Ah ja, und deshalb lässt er sich gar nicht erst auf eine Beziehung ein?«

René sah mich an. »Das ist nun mal seine Haltung; dafür kann ich ja nichts.«

»Ja, klar.« Es kostete mich einiges an Mut, die nächste Frage zu stellen, aber da wir gerade bei dem Thema waren und René in friedlicher Stimmung, wollte ich gerne mal meine Neugier befriedigen. »Wie war das eigentlich mit ... äh ... mit der Rosi? Wie lange wart ihr denn zusammen?«

»Mit wem?« René hob die Augenbrauen. »Ich kenne keine Rosi.«

»Was? Aber ihr wart doch eine Weile liiert, und auf den Malediven wart ihr auch zusammen.«

»Oh, du meinst Resi.«

»Tss ... Resi, Rosi, tu doch nicht so ...«

René grinste ein bisschen, dann sagte er: »Wir waren vierzehn oder fünfzehn Monate zusammen. Aber zusammen waren wir nicht so wirklich.«

»Wie bitte?«

»Na ja, Resi in Deggendorf, ich in München …«

»So, so, die Resi aus Deggendorf. Wo habt ihr euch denn kennengelernt?«

»Sie ist mir mit dem Auto hintendrauf gefahren. Nummern ausgetauscht, telefoniert wegen der Versicherung und so weiter.«

Ich nickte wissend. »Wie sah sie denn aus?«

»So wie du.«

Überrascht schaute ich ihn an, aber er wirkte ganz gelassen, als hätte er mir gerade die Uhrzeit mitgeteilt.

»Anfangs habe ich sie ein paarmal Layla genannt. Das fand sie gar nicht gut.«

»Äh … Ja, kann ich verstehen … War Resi denn ihr richtiger Name?«

»Natürlich nicht! Sie hieß Theresia. Warum reden wir eigentlich immer über frühere Beziehungen in der Vergangenheitsform? Ich meine, die Leute sind ja nicht tot oder so.«

»Aber sie sind vergangen.«

»Nie so richtig, würde ich sagen.«

»Wie meinst du das?«

»Diese Menschen kreuzen deinen Weg, beeinflussen dich, prägen dich, und du bist danach nicht mehr ganz derselbe Mensch, verstehst du? Sie sind Teil deiner Biografie.«

»Ach«, winkte ich ab, »das würde ich nicht so dramatisch sehen, denn einige der Menschen, die deinen Weg kreuzen, hat man auch schnell wieder vergessen.«

»Du meinst … One-Night-Stands, oder wie?«

»Spinnst du? Als ob ich Männer für eine Nacht abschleppe. Na ja, gut, vor vielen Jahren, hab ich das ein- oder zweimal gemacht … Warum erzähle ich dir das eigentlich?«

René lächelte kurz. »Ein- oder zweimal? Was denn nun?«

Es war nur einmal gewesen, aber das wollte ich jetzt nicht sagen, weil es bescheuert rübergekommen wäre.

Als ich nicht darauf reagierte, wurde er wieder ernst. »Warum hat eigentlich keine deiner Beziehungen lange gehalten?«

Ich erschrak ein wenig über die direkte Frage. »Äh … was?«

Er sah mich herausfordernd an. »Zu indiskret?«

»Ich würde sagen: Ja.«

»Ach, komm schon. Ich bin einfach neugierig.«

Betont langsam nippte ich an meinem Kaffee. Und betont langsam setzte ich die große Tasse wieder ab. »Genau genommen geht dich das überhaupt nichts an. Das ist zu intim.«

»Ich weiß so ziemlich alles über dich, aber die Frage zu deinen Beziehungen findest du zu intim?«

»Also, erstens bezweifle ich, dass du alles über mich weißt. Zweitens geht es dich nichts an, ob diese Beziehungen die wahre Liebe waren oder eher länger dauernde Abenteuer (erst als ich es ausgesprochen hatte, kam ich mir vor wie in einem Johannes-Heesters-Film). Drittens … also, drittens …« Verdammt! Jetzt fiel mir kein richtiges Argument mehr ein.

René betrachtete mich abwartend. »Im Vorteil ist, wer bis drei zählen kann.«

»Ach ja!« Zum Glück war mir doch noch etwas eingefallen: »Und drittens finde ich es gar nicht gut, dass du mich so etwas fragst. Ich habe dich nach Rosi gefragt …«

»Resi«, verbesserte er mich.

»Ja, genau, aber du fragst mich, warum keine meiner Beziehungen lange gehalten hat. Das ist, als ob du mir unterstellen würdest, dass ich einer längeren Beziehung nicht gewachsen bin.«

»Du bist über die Frage ja beinahe entrüstet.«

Ich verzog den Mund. »Entrüstet? Das ist stark übertrieben. Eher etwas …«

»Aufgebracht?«

»Nein.«

»Also?« René sah mich abwartend an.

»Also was?«

»Du weißt genau, was ich mit *also* meine.«

Ich lehnte mich nach hinten und seufzte.

»Boah«, meinte René, »das ist wohl ein Thema, dass dir die Energie raubt.«

»Du bist ja so witzig«, meinte ich ironisch und sah ihn gelangweilt an.

»Ich weiß.«

»Ha ha«, machte ich.

»Okay, jetzt aber genug gelacht. Erzähl's mir endlich.«

Nun musste ich wider Willen doch ein bisschen lachen. »Mein Gott, was soll ich denn darauf sagen? Frank wollte ständig wissen, wie sehr ich ihn liebe … und ich meine wirklich ständig. Und jeden verdammten Tag hat er mir Liebeserklärungen gemacht.«

»Nein!« René tat erschüttert. »So ein Hundesohn, ein verdorbener! Kein Wunder, dass du den loswerden wolltest. Wer will so etwas Ekliges ständig hören.«

»Wenn du mich verarschen willst, dann lassen wir's.«

»Erzähl weiter. Ich verspreche hiermit, keine Verarsche mehr.«

Ich ließ ein paar Sekunden verstreichen, um seinem Versprechen etwas mehr Gewicht zu verleihen. »Dann war da Bernhard, der Schweigsame. Anfangs fand ich dieses Schweigen noch geheimnisvoll und spannend, dann allerdings merkte ich, dass daran gar nichts Geheimnisvolles war.«

»Er hatte einfach nichts zu erzählen?«

»Klingt schrecklich, aber genauso war's.«

»Oje.«

»McDee wollte Kinder.«

»Wer?«

»McDee.«

»Ist das sein DJ-Künstlername?«

»Ein Spitzname. Er heißt Diego McNamara. Seine Mutter ist Spanierin und sein Vater Ire.«

»Und was war mit dem?«

»Wie gesagt, der wollte Kinder.«

René nickte vor sich hin. »Verstehe.«

»Na ja, und Cem war ... Wie soll ich es ausdrücken? Er behandelte mich wie einen guten Kumpel, nicht wie eine Frau.«

René nickte wieder.

»Dann war da noch Alex. Er war verheiratet.«

»Sieh mal an.«

Ich verdrehte die Augen. »Dass ausgerechnet du dir ein Urteil darüber erlaubst!«

Er kapierte natürlich sofort, was ich meinte, sah mich prüfend an und erklärte: »Es war doch nur ein Scherz.«

»Das ist mir schon klar. Na ja, ist ja auch egal. Schließlich ist das Ganze lange her.«

»Geht die Liste noch weiter?«

»Liste? Das klingt etwas abgeklärt. Findest du nicht?«

»Hat dir schon mal jemand gesagt, dass du Worte gerne auf die Goldwaage legst?«

»In letzter Zeit nicht.«

»Tust du aber.«

»Vielleicht liegt es dran, dass du jemand bist, der nur das Schlechte aus mir rausholt.«

Ein paar Sekunden passierte gar nichts. Wir saßen uns nur schweigend gegenüber und sahen uns an. Ich konnte nicht fassen, dass ich das gerade gesagt hatte. René schien es ebenso zu gehen. Warum war ich plötzlich so brutal? Außerdem stimmte das nicht.

Seine Miene verriet eine Mischung aus Überraschung und Kränkung. Selbst wenn er gewollt hätte, wäre es ihm unmöglich gewesen, das zu verbergen. Am liebsten hätte ich mir selbst eine verpasst. Wie konnte ich mich nur zu so einem Tiefschlag hinreißen lassen? Ich konnte es mir einfach nicht erklären.

René schob die Tasse von sich und meinte sachlich: »Hast du ausgetrunken? Können wir gehen?«

Meine Tasse war noch halb voll, aber ich sagte einfach: »Ja.«

Den Rest der Strecke sagte keiner von uns beiden ein Wort. Ich überlegte, ob ich die Atmosphäre irgendwie auflockern sollte, mit ein wenig unverfänglichem Geplapper, aber ich traute mich einfach nicht. Ich konnte die wütenden Schwingungen im Auto geradezu körperlich spüren, und so schwieg ich, sicherheitshalber. Als er mich vor meiner Wohnung absetzte, sagte ich nur: »Danke fürs Mitnehmen.«

René sah weiter geradeaus und quetschte ein »Bitte« hervor.

»Tschüss«, rief ich beim Aussteigen, und er erwiderte den Gruß. Kaum hatte ich die Tür zugeworfen, brauste er davon.

Ich wälzte mich im Bett hin und her. Eigentlich war ich von diesem Wochenende komplett fertig, körperlich und geistig, aber meine Gedanken ließen mir keine Ruhe.

Moritz hatte vollkommen recht. Durch mein blödes Gehabe entblößte ich nur mein – immer noch – gekränktes Herz. Warum konnte ich nach so vielen Jahren nicht endlich damit abschließen? Was mich aber auf absurde Weise tröstete, war die Tatsache, dass es René offensichtlich genauso ging. Hätte er sonst so auf meinen Satz reagiert, wenn es ihm egal wäre? Er hätte doch einfach sagen können, dass ich unfair sei oder dass ich mich idiotisch verhalte. Aber er konnte gar nicht reagieren, sondern war sekundenlang wie gelähmt.

Sollte ich ihn anrufen und mich entschuldigen? Das wäre jedenfalls das Erwachsenste, was ich tun könnte. Aber wie peinlich wäre es mir, wenn er meine Nummer sah und dann einfach nicht hinging.

Ich könnte ihm auch eine Mail schreiben. Bei diesem Gedanken sprang ich aus dem Bett und schaltete den Computer ein.

Also schrieb ich:

Betreff: Sorry

Hallo René,
ich möchte mich dafür entschuldigen, was ich gesagt habe.
Gruß
Layla

Bevor ich noch weiter darüber nachdenken konnte, klickte ich auf Absenden.

Ich schaltete den Computer aus und legte mich wieder ins Bett. Es war vernünftig, dass ich ihm diese Mail geschickt hatte. Schließlich war ich zu weit gegangen, und René sollte sehen, wie souverän ich mich entschuldigen konnte.

Bald sank ich in einen tiefen Schlaf.

In den nächsten Tagen erwischte ich mich dabei, wie ich alle zwei Stunden mein Postfach checkte. Kaum hatte ich ein paar Seiten geschrieben, wechselte ich von Word ins Internet. Wenn ich vom Einkaufen kam, räumte ich nicht erst die Lebensmittel ein, sondern ging an den Computer. Nichts. René antwortete einfach nicht. Das verstand ich nicht, dabei hätte es doch ein kleines »Okay« oder »Danke« schon getan. Ich hatte gar nicht gewusst, dass er so nachtragend sein konnte. War er wegen meines Satzes wirklich so verletzt?

Am Freitagabend hörte ich, wie Dominik auf seinem Handy mit ihm telefonierte. Ob er mich grüßen würde? Oder nach mir fragen? Oder vielleicht wollte er mich auch kurz sprechen?

Mitnichten. Als Dominik das Gespräch beendete, ging er in die Küche. »Tss, dann halt nicht«, murmelte ich schmollend vor mich hin, als wäre ich zwölf Jahre alt.

Kein Wunder, dass ich diese Ehe beendet hatte. Man konnte ja sehen, was für ein unreifer Narzisst er war.

Dominik kam mit einer Colaflasche in der Hand aus der Küche und rief mir, während er auf sein Zimmer zusteuerte, über die Schulter hinweg zu: »Ach ja, ich soll dir von Papa sagen, dass du dir nicht mehr den Kopf zerbrechen sollst. Du wüsstest schon, warum.«

»Ach so, ja, danke.«

Obwohl ich genau das eigentlich die ganze Zeit über hatte hören wollen, war ich plötzlich seltsam enttäuscht.

7

Ich bin ein bisschen nervös. Vielleicht war es Schicksal, dass ich meinen Geldbeutel verloren habe, und Oliver wurde vom Himmel geschickt.«

Steffi warf mir einen amüsierten Blick zu. Sie stand hinter dem Bügelbrett, während ich auf ihrer Couch saß und Weinschorle trank. Steffi war ständig mit Wäsche waschen, zusammenlegen oder bügeln beschäftigt, weil ihr Sohn manchmal zweimal täglich die Kleidung wechseln musste. Er tobte dauernd herum und machte irgendwelchen Quatsch, bei dem er sich gründlich dreckig machte.

»Das klingt etwas schwülstig«, gab ich zu, »aber du weißt schon, wie ich das meine.«

»Ja, ich weiß.« Sie grinste in sich hinein. »Wenn man an Schicksal glaubt, kann man es so sehen. Ich tu's nicht.«

Ich legte mich halb auf Steffis Couch und dachte darüber nach, was ich heute Abend anziehen sollte. »Meinst du, ich sollte ganz leger hingehen … authentisch und so … oder doch lieber etwas schicker?«

Steffi lachte und beugte sich dabei über das Bügelbrett. »Authentisch und so«, wiederholte sie veräppelnd, »na klar, sei einfach du selbst, das ist echt dufte, wenn du das so machst.«

»Du bist blöd. Nun sag schon.«

Sie überlegte kurz, dann sagte sie: »Authentisch ist besser.

Nicht zu sehr Alltagsklamotten, aber zu sehr aufgebrezelt sieht nach Torschlusspanik aus.«

»Ja, du hast recht.«

Steffi nahm eine ihrer weißen Blusen und legte sie auf das Bügelbrett. »Erzähl mal. Wie war das Wochenende?«

Steffi hörte sich meine Erzählung darüber an, nickte hier und da, lächelte oder schüttelte den Kopf. Als ich zum Ende kam und erzählte, was ich in der Raststätte zu René gesagt hatte, hörte sie zu bügeln auf und hob den Kopf. »Wieso hast du so etwas Gemeines gesagt?« Im Grunde war es eine ambivalente Angelegenheit, Steffi nach ihrer Meinung zu fragen. Einerseits war es gut, dass sie einem schonungslos die Wahrheit ins Gesicht schleuderte. Andererseits war es schlecht, dass sie einem schonungslos die Wahrheit ins Gesicht schleuderte. Es kam vor, dass sie mir die Augen öffnete und mir dadurch weiterhalf, aber es kam auch vor, dass sie mich vor den Kopf stieß und verletzte. Natürlich war das Ganze auch meinerseits stimmungsabhängig. Heute hätte ich mich lieber von ihr verbal streicheln lassen, aber so etwas gab es bei Steffi nicht allzu häufig.

Ich atmete hörbar aus. »Es ist mir schon klar, dass ich das nicht hätte sagen sollen.«

»Na immerhin.«

»Das hilft mir eigentlich nicht weiter. Sei halt ein bisschen freundlicher zu mir. Ich könnte ein paar nette Worte brauchen.«

Steffi hielt erneut mit dem Bügeln inne und sah mich an. »Ich sag's dir ganz ehrlich, Layla. Das war zwar ein beleidigender Satz von dir, aber es kommt nun mal vor, dass wir etwas Schlimmes sagen, was wir gar nicht so meinen.

Wir sind nun mal alle Menschen, und hin und wieder kommen uns eben ein paar unpassende Worte über die Lippen. Später hast du dich dafür entschuldigt. Also ist doch alles gut.«

»Aber findest du es nicht seltsam, dass er sagt, ich soll mir nicht den Kopf darüber zerbrechen? Was will er damit sagen? Wie meint er das?«

»Ist dir eigentlich klar, dass du dir gerade den Kopf darüber zerbrichst, warum er sagt, du sollst dir nicht den Kopf zerbrechen?«

»Was?« Ich schüttelte zerstreut den Kopf. »Ich bin ganz durcheinander.«

Steffi schmunzelte. »Ich ringe mich jetzt zu einem Kommentar durch, ja?«

»Du ringst dich durch?«, sagte ich ungläubig. »Ich wette, du kannst es kaum erwarten.«

Sie lachte kurz auf. »Also …«

»Ja?«

»Ich finde … Wie soll ich sagen … Na ja, dir liegt ja plötzlich ziemlich viel daran, was er so denkt oder nicht denkt.«

»Quatsch. Wie kommst du denn darauf?« Ich lachte etwas zu laut auf, was meiner Reaktion die Glaubwürdigkeit nahm.

»Wenn ich es nicht besser wüsste, würde ich sagen, es hat an diesem Wochenende ein bisschen geknistert, hm?«

Ich schüttelte kurz den Kopf. »Glaub mir, Steffi, das ist kompletter Blödsinn. Ich würde lieber zu einem meiner Exfreunde zurückkehren, als René noch mal näherzukommen.«

»An deiner Stelle würde ich dann McDee nehmen; der war heiß.«

»Wirklich? Ich fand eher Cem sehr attraktiv.«

»Ja, schon. Gut ausgesehen hat er ja, aber McDee hatte diese männliche Ausstrahlung … Er war einfach ein ganzer Kerl und diese tiefe Stimme … Huu, ist das heiß hier«, stieß sie aus. »Muss wohl am Bügeleisen liegen.«

»Mit Sicherheit. Vielleicht liegt es auch daran, dass du schon lange keinen Freund mehr hattest und du meinen Exfreund heiß findest.«

»Kann auch daran liegen, ja.«

»Na, jedenfalls …« Ich rieb mir die Augen, während ich weitersprach: »Also René … Einfach absurd. Auf diesen absurden Gedanken bin ich wirklich nicht gekommen. René … Nee, echt. Einfach absurd.«

»Hab ich das jetzt richtig verstanden? Noch mal René wäre absurd?«

»Mach dich jetzt nicht lustig über mich.«

»Warum? Oder ist dir dieses Thema so wahnsinnig ernst?«

»Nein!«, rief ich. »Aber noch mal René und ich, das mag ich mir überhaupt nicht vorstellen.«

»Okay.«

»Du sagst das so höhnisch, es ist aber wahr.«

»Gut. Belassen wir es dabei. Bevor es wirklich absurd wird.« Steffi stellte das Bügeleisen auf die Ablage des Bügelbretts und ließ sich neben mich auf die Couch fallen. Dann sah sie mich grinsend an. »Moritz hat mich am Samstag angerufen.«

»Ach?«

»Wir haben heute Abend ein Date.«

»Heute Abend scheint der Date-Abend schlechthin zu sein.«

»Warum? Ach ja, du und Oliver.«

»Und René.«

»Bitte?«

»Der hat auch ein Date.« Ich erzählte Steffi von unserem Gespräch darüber.

»Zauberhexe DZ.« Steffi machte eine spöttische Grimasse. »Was zaubert sie denn? Und das Wort Hexe klingt auch ziemlich abgedreht.«

»Irgendwie muss man sich ja nennen. Man kann ja schlecht mit dem richtigen Namen auftreten.«

Steffi schien über etwas nachzudenken. »Wie es aussieht, will René nicht mehr alleine sein.«

»Scheint so, ja.« Ich wollte jetzt nicht mehr an René denken. »Wo trefft ihr euch denn?«

»Wir gehen zum Italiener«, meinte Steffi. »Ist Moritz eher ein Mann, der unbedingt die Rechnung übernehmen will, oder mag er das eher nicht?«

»Keine Ahnung. Wenn wir etwas trinken gehen oder zum Essen, dann bezahlt mal er und mal ich. Wie er das sonst mit Frauen handhabt, kann ich dir nicht sagen.«

Steffi nickte nachdenklich. »Hm. Ich glaube, ich lasse ihn bezahlen. Männer mögen so konventionelle Dinge.«

»Kann sein.« Ich dachte darüber nach. »Obwohl ich das, ehrlich gesagt, überhaupt nicht mag.«

»Was denn?«

»Ich will meine Rechnung selbst bezahlen. Zumindest bei den ersten paar Treffen.«

Steffi nickte. »Ja, ich weiß, was du meinst.«

Sie warf einen Blick zur Wanduhr. »Musst du dich nicht langsam herrichten für Oliver Eisenberg?«

»Doch, schon. Ich habe mich die ganze Zeit darauf gefreut, aber plötzlich wünschte ich, ich hätte noch einen Tag mehr Zeit.«

»Warum?«

»Ich könnte noch ein bisschen Sport machen …«

»Ja klar«, erwiderte Steffi ironisch, »so ein Sporttag macht sich natürlich auch sofort bemerkbar.«

»Jedenfalls scheint er wirklich sehr nett zu sein. Ich mag freundliche Männer. Ich habe ein wirklich gutes Gefühl bei der Sache.«

Steffi lächelte mich an. »Ich wünsch dir Glück.«

»Danke.«

»Glaubst du, Moritz geht mir heute schon an die Wäsche?«

»Steffi! Ich weiß solche Dinge von ihm nicht. So detailliert erzählt er mir auch wieder nicht über seine Affären. Aber ich glaube, das wird er nicht tun.«

Steffis Gesicht nahm einen nachdenklichen Ausdruck an. »Komisch irgendwie.«

»Was?«

»Das mit euch beiden. Moritz hat nur ein paar Kumpels, aber eine wirkliche Freundschaft hat er mit einer Frau. Gleichzeitig hat er nie eine richtige Beziehung mit einer Frau gehabt.«

»Tja.« Ich zuckte mit den Schultern. »Das widerlegt doch die These, dass Männer und Frauen eigentlich gar nicht zusammenpassen.«

»Wen magst du eigentlich lieber? Mich oder Moritz?«

»Bitte was?« Ich sah sie irritiert an. »Du erinnerst mich gerade an Frank. Liebst du mich? Wie sehr liebst du mich?«

Steffi lachte auf. »Nein, im Ernst. Es ist reine Neugier. Ist Moritz dein bester Freund, oder bin ich deine beste Freundin?«

»Also gut. Wie ich sehe, hast du heute eine Pubertätsphase. Wenn du es genau wissen willst, ihr teilt euch Platz eins.«

»Lüg mich nicht an.«

Ich sah sie an. »Es ist wahr.«

»Hm, okay.«

»Und jetzt? Gehen wir los und kaufen uns das gleiche Hello-Kitty-Parfum?«

Zwei Stunden später stand ich vor dem Spiegel und überlegte, ob mein Outfit nicht einen Tick zu sportlich war. Nun gehörte ich nicht zu den Frauen, die sich dem Geschmack und den Vorstellungen eines Mannes unterordneten, aber es hätte mich schon interessiert, was Oliver gefallen würde. Mochte er es eher feminin, oder fand er Frauen in Jeans hinreißend? Ich hatte beide Stile im Kleiderschrank, würde mir dadurch also nicht untreu werden. Nach langer Überlegung entschloss ich mich zu Jeans, schwarzen Stiefeln und einem weißen Hemd, dazu würde ich die schwarze Lederjacke anziehen, die ich mir in einem Second-Hand-Laden gekauft hatte. Das Ganze wirkte zwar lässig, aber zugleich feminin genug. Ich wollte mich nicht auftakeln und mit engem Rock und Pumps hingehen, zumal ich bei unserer Begegnung einen grauen Jogginganzug getragen hatte. Wenn ich von einem Extrem ins andere verfiel, würde ihn das vielleicht verstören. Ich rief mir sein Gesicht ins Gedächtnis und bekam etwas Herzklopfen. Was für schöne Augen er doch hatte …

Noch eine ganze Weile stand ich vor dem Spiegel und beschloss, dass ich alles in allem gut aussah. Meine Haare hatte ich etwas wellig geföhnt, und mein Make-up wirkte nicht zu grell, obwohl ich seit ein paar Jahren die stark deckende Variante benutzte. In meinem Alter musste man eben etwas mehr kleistern als früher. Man *musste* natürlich nicht, aber im Lauf der Jahre wurden eben die Poren nicht kleiner und die Haut nicht glatter. Es verriet ja nicht gleich eine Art Jugendwahn, wenn man Dinge abdeckte, die einem nicht gefielen, und der Stil, den man bis dahin getragen hatte, sich nicht plötzlich verflüchtigte. Jedenfalls würde ich niemals beige Klamotten anziehen!

Nachdem ich mir die Tasche über die Schulter gehängt hatte, ging ich zu Dominik ins Zimmer. Er saß vor seinem Computer und schrieb eine Mail. »Gehst du nicht aus? Heute ist doch Samstag«, meinte ich verwundert.

Dominik blickte auf. »Um halb sechs?«

»Oh, Verzeihung. Ich vergaß, dass die coolen Leute erst nachts aufbrechen.«

Dominik sah mich an. »Wo gehst du hin?«

»Ich treffe mich mit Oliver.«

»Wem?« Wie es aussah, hatte er keinen Gedanken mehr an den verschwiegenen »Freund« verschwendet, obwohl er ihn mir noch letztes Wochenende unter die Nase gerieben hatte.

»Na, du weißt schon. Oliver eben.«

»Ach ja.« Es war ihm wohl wieder eingefallen. »Der Kerl, den du verheimlicht hast.«

»Wie sehe ich aus?«

»Nett. Dein Haar ist heute so seidig-glänzend.«

»Jetzt sag halt, im Ernst.«

»Ja, nett. Aber sind die Jeans nicht ein bisschen eng für dein Alter?«

Ich verdrehte die Augen und rief ihm noch einen Gruß zu, bevor ich die Tür wieder schloss.

Es gibt schon Dinge, über die eine Frau beim ersten Date hinwegsehen kann. Aber trotz aller Toleranz und Nachsicht konnte ich jedoch nicht akzeptieren, was mir gerade widerfuhr: Ich war pünktlich am Verabredungsort und saß nun in diesem Café zwischen jungen und älteren Pärchen – allein. Mittlerweile wartete ich fast zwanzig Minuten. Gerade, als ich den Kellner um die Rechnung bitten und dieses Erlebnis unter der Rubrik *Das Erniedrigendste, das mir je widerfahren ist* abbuchen wollte, ging die Tür auf, und Oliver ließ den Blick durch den Raum schweifen. Er wirkte abgehetzt. Nun wollte ich nicht winken und »Huhu« rufen, sondern sah lediglich in seine Richtung, damit er meinen Blick einfing. Als er mich bemerkte, lächelte er erleichtert und ging mit großen Schritten auf mich zu. Im Gegensatz zu ihm lächelte ich keineswegs. Ich kam mir sogar etwas bescheuert vor, dass ich immer noch hier saß. Vielleicht dachte er, ich würde so lange ausharren, bis das Personal aufstuhlen und den Boden fegen würde.

»Hallo, Frau Sieling«, sagte er freundlich und zog seine Jacke aus. Er sah gut aus, trug schwarze Jeans zu einem smaragdgrünen Hemd, das gut zu seinen grünen Augen passte. »Was für ein Glück, dass Sie noch da sind.«

»Ehrlich gesagt, ich wollte gerade gehen«, sagte ich in einigermaßen freundlichem Ton.

»Es tut mir wirklich sehr leid.« Oliver setzte sich mir gegenüber und lächelte mich an. »Ich musste noch zu einem Patienten fahren. Ein Notfall. Natürlich hätte ich Sie angerufen, aber ich habe Ihre Handynummer nicht.«

Der Kellner kam an unseren Tisch. Oliver besah sich mein Glas und fragte: »Was trinken Sie da?«

»Hugo.«

»Oh, das ist mir zu stark. So harte Sachen trinke ich nicht.«

Der Kellner sah mich an und bemerkte, dass ich mir ein Lachen verbiss. Er verzog amüsiert das Gesicht und meinte zu Oliver: »Wir haben auch heiße Milch mit Honig da.«

»Ich hätte gerne einen Pfefferminztee, bitte.«

»Klar«, meinte der Kellner und warf mir einen kurzen, aber mitleidigen Blick zu, bevor er davonging.

»Das war vielleicht etwas ungeschickt von mir, gerade eben.« Oliver lächelte etwas verkniffen.

»Dass Sie mich als Alkoholikerin hinstellen? Ach was!« Ich winkte ab. »Mich zwanzig Minuten warten zu lassen finde ich ein bisschen schlimmer.«

»Hm. Sehr ungünstig gelaufen, würde ich sagen.«

»Na ja, jetzt lassen wir's gut sein. Sie hatten einen medizinischen Notfall? Sind Sie Arzt?«

»Ja.«

»Welche Art von Arzt sind Sie denn?«, wollte ich wissen.

»Proktologe.«

»Ah ja.« Ich hatte keine Ahnung, welcher Zweig der Medizin das war.

Oliver sah mir direkt ins Gesicht. »Wissen Sie denn, was Proktologie ist?«

Ich hatte doch schon »Ah ja« gesagt, und es war jetzt etwas ungünstig, mit Nein zu antworten, aber wenn ich Ja sagte und er darüber erzählte, würde er meine Unwissenheit merken, und ich würde am Ende erst recht nicht gut dastehen. Deshalb sagte ich: »Ich gebe zu, ich habe keine Ahnung.«

»Ein Proktologe ist ein Arzt für After und Darm«, erzählte er mit sanfter Stimme, als wäre er bei der Sendung mit der Maus.

»Oh, das ist ja sehr interessant.«

»Finden Sie?« Oliver sah mich prüfend an.

»Irgendwie schon.«

Oliver bekam seinen Tee und tunkte den Teebeutel rein und raus. »Zuerst wollte ich in die Gynäkologie.«

Ich nickte. »Hm, hm.«

»Aber was Gynäkologie ist, wissen Sie, oder?«

Ich lächelte. »Ihre Art von Humor ist …«

»Gewöhnungsbedürftig?«

»Und ein bisschen grenzwertig.«

»Ach?«

»Bei aller Sympathie, aber nachdem Sie mich haben warten lassen und gleich dafür sorgten, dass ich mich schlecht fühle, weil ich einen Hugo trinke, sollten Sie sich vielleicht mit Provokationen für den Rest des Abends zurückhalten.«

Oliver hielt den Teebeutel in der Luft und starrte mich an. Eine ganze Weile saßen wir so da. Ich werde den Teufel tun und als Erste wegsehen, dachte ich. Irgendwann legte Oliver den Teebeutel auf den Unterteller und meinte: »Sie gefallen mir, Frau Sieling.«

»Was soll ich sagen? Schön zu hören?« Ich lächelte ihn versöhnlich an.

»Wirklich.« Er nickte. »Und wissen Sie was? Sie haben recht. Aber zu meiner Verteidigung muss ich sagen, dass ich nicht besonders viel Erfahrung mit Verabredungen habe.«

»Trifft auch auf mich zu.« Ich nahm mein Glas und trank einen Schluck, dann sagte ich: »Ist es nicht irgendwie affig, dass wir uns siezen und beim Nachnamen nennen?«

»Sie haben ja so recht.«

»Geben Sie mir nicht ständig recht; das irritiert mich.«

»Ach so. Nun … Äh …«

»Ich wollte Sie jetzt nicht verunsichern, aber sagen Sie lieber ehrlich, was Sie denken.«

»Also duzen wir uns jetzt oder nicht?«

Ich nickte.

»Also, Layla.« Er betonte meinen Namen und sprach ihn korrekt aus. »Ich dachte halt wirklich, dass du recht hast.«

»Gut«, presste ich hervor. »Dann können wir das hiermit abschließen, ja?«

»Natürlich.«

Na, Gott sei Dank. Irgendwie ging das hier schleppend voran, überlegte ich. Vielleicht sollten wir einfach so schnell wie möglich in ein anderes Thema einsteigen. »Warst du schon mal verheiratet?«, fragte ich.

Oliver schüttelte den Kopf. »Nein, ich war nie verheiratet.«

»Kinder?«

»Auch nicht.«

Keine Kinder also. Ich war mir nicht sicher, ob das gut war. Kinderlose Leute verstanden nicht, dass ein Kind immer die Nummer eins war. Steffi hatte mal einen Freund gehabt, der einfach nicht einsehen wollte, dass Valentin vor ihm kam. Mir schwante, dass dieses Date mit Oliver sich schon in der ersten halben Stunde als Fehlschlag herauskristallisierte. Ich würde meinen Hugo austrinken und dann für immer das Weite suchen, beschloss ich.

Plötzlich sagte Oliver etwas, das mich zögern ließ. »Ich bin das Kind einer alleinerziehenden Mutter und weiß, wie schwer es für eine Frau mit Kind sein kann. Besonders, wenn sie an einen Mann gerät, der nicht kapieren will, dass das Kind mindestens genauso wichtig ist wie der Partner.«

Mir fehlten plötzlich die Worte, deshalb erwiderte ich nichts darauf.

»Bist du geschieden?«, wollte Oliver wissen.

»Ja«, sagte ich knapp.

Er machte eine einladende Handbewegung, um mich zum Weitersprechen zu motivieren. »Natürlich nur, wenn du erzählen willst. Oder ist das Ganze noch frisch?«

»Frisch? Nein, davon kann keine Rede sein.« Ich erzählte in groben Zügen von meiner kurzen Ehe und von Dominik.

»Und was machst du beruflich, Layla?«

»Ich bin Autorin und Übersetzerin.«

»Oh, wie aufregend. Weißt du, ich habe eine Tante, die schreibt.«

»Wer hat das nicht.«

»Wie bitte?«

»Nichts für ungut, Oliver, aber wenn ich sage, ich sei Autorin, erzählt mein Gesprächspartner eigentlich immer von einem Verwandten oder Bekannten, der auch schreibt.«

»Ach wirklich?«

»Was schreibt deine Tante denn?«

»Gedichte in Mundart.« Oliver schnitt eine Grimasse, dann meinte er: »Schätze, das hat kein Bestsellerpotenzial, oder?«

Ich lachte kurz auf. »Nein, eher nicht.«

Wir sahen uns an, und ein kleines bisschen kribbelte es.

»Proktologe also«, sagte ich unvermittelt. Vielleicht eine Spur zu unvermittelt, denn er sah für eine Sekunde etwas überrascht aus. »Darf ich dich etwas fragen?«

»Ja, sicher«, meinte Oliver.

»Was ist die Frage zu deinem Beruf, die dir am häufigsten gestellt wird?«

»Komische Frage deinerseits.«

»Findest du?«

»Ja, aber gut. Lass mich mal überlegen ... Ich denke, es ist: Was behandelt ein Proktologe denn?«

»Wie es aussieht, gehöre ich zur breiten Masse. Das wäre nämlich meine nächste Frage gewesen.«

Er lachte in sich hinein, verzichtete aber darauf, mich darüber aufzuklären. »Und was ist die häufigste Frage an einen Autor?«

»Woher nehmen Sie Ihre Ideen.«

»Ich traue mich fast nicht, es zuzugeben, aber ...«

»Das wolltest du auch fragen?«

»Ganz genau.«

Wir saßen noch drei Stunden in dem Café und unterhielten uns über unsere Arbeit und wie unser Leben so verlaufen war. Die Zeit verflog, und ich verlor mich immer wieder für kurze Zeit in seinen grünen Augen. Was für eine Wahnsinnsfarbe! So grün wie eine saftige Wiese im Frühling … Saftige Wiese? Wie kam ich nur auf so einen schrägen Vergleich? Wenn er mich ansah und dabei lachte, wurde ich ganz nervös. Ich entdeckte, dass er ein süßes kleines Grübchen am Kinn hatte.

Bei Oliver war alles sehr geradlinig und ohne große Aufregungen verlaufen. Das war insofern gut, weil er damit nicht emotional vorbelastet war. Ich konnte aber auch dem Gedanken, dass Schicksalsschläge und Umwege einen Menschen reifer machten, nicht ausweichen – und der Frage, ob Oliver für mich erwachsen genug war.

Als wir uns vor dem Café verabschiedeten, war es halb zehn. Samstagabend, und für ihn war das Date hiermit zu Ende. Kein Kino, kein Essen, keine Kneipe. »Wie alt bist du eigentlich?«, fragte Oliver.

»Dreiundvierzig.«

»Wirklich?«, rief er überrascht.

»Ja.« Ich versuchte, mir die Freude über sein Erstaunen nicht anmerken zu lassen.

»Du siehst aus wie Mitte dreißig.«

»Danke. Und wie alt bist du?«

»Sechsundvierzig.«

»Na, du hast dich aber auch gut gehalten.«

»Ach, das sagst du jetzt nur, um mir auch ein Kompliment zu machen.« Er grinste mich mit seinem hübschen Mund an.

»Ganz und gar nicht. Übrigens, ich kann es auch dadurch relativieren, dass ich es ein wenig schräg finde, an einem Samstagabend eine Verabredung um halb zehn zu Ende gehen zu lassen. Aber das nur so am Rande.«

Oliver biss sich auf die Unterlippe, dann meinte er: »Das kann gut sein, und ich kann auch verstehen, wenn du das so siehst. Aber ich hatte eine so anstrengende Woche und … morgen früh kommt meine Mutter aus Wuppertal zu Besuch. Ich muss sie um elf vom Bahnhof abholen.«

Ich berührte kurz seinen Arm. »Ja, schon gut. Ich hätte das so nicht sagen sollen. Es war ein schöner Abend, und zum Schluss habe ich einen bitteren Nachgeschmack hineingebracht.«

»Weißt du was, Layla? Ich finde, wir sollten uns eine zweite Chance geben.«

Ich lächelte.

»Klingt ein bisschen dramatisch«, meinte Oliver und verzog den Mund, »aber du weißt schon, wie ich das meine.«

»Ja. Wir sollten uns irgendwann noch mal treffen.«

»Irgendwann? Ich dachte eher an nächstes Wochenende. Magst du?«

»Ja, vielleicht.«

»Schreib mir mal deine Handynummer und E-Mail auf.« Er holte Stift und Block aus der Innentasche seiner Jacke.

»Wow«, meinte ich beeindruckt, »stets vorbereitet, was?«

»Alte Angewohnheit. Von Berufs wegen.«

Ich schrieb und reichte ihm den Zettel.

»Du hast so schöne haselnussbraune Augen«, meinte Oliver und lächelte mich an.

Ich kicherte. Das musste an den drei Hugos liegen. »Vielen Dank, Oliver, aber eigentlich sind sie eher honigfarben.«

»Eines steht schon mal fest«, sagte er mit gespieltem Ernst, »wenn wir heiraten, muss ich dir deine Klugscheißerei austreiben.«

Ich grinste ein bisschen verlegen.

»Also, Layla. Ich melde mich.« Oliver berührte mit seinen Fingern kurz mein Gesicht, dann ging er davon. Für ein paar Sekunden blickte ich ihm nach und fragte mich, was ich von ihm halten sollte. Eines stand jedenfalls fest: So jemanden hatte ich noch nie zuvor kennengelernt.

8

Um zehn war ich zu Hause – und allein. Ohne die Jacke auszuziehen und die Tasche abzustellen, ließ ich mich auf den Dielenboden fallen. So allein hatte ich mich schon lange nicht mehr gefühlt. Mir war ein bisschen schwindelig. Was wohl die Folgen von zwei Tees und einem Liter Mineralwasser war, die Oliver getrunken hatte? Wahrscheinlich musste er den ganzen Abend über urinieren, wie es bei ihm im Ärztefachjargon hieß.

Es war doch ein netter Abend gewesen, so alles in allem. Warum hatte er mich abgeschoben? War ich zu direkt gewesen?

Ich konnte mit niemandem reden. Dominik war unterwegs, meine Freunde Steffi und Moritz gerade gemeinsam bei *ihrem* ersten Date, und Fabia sah sich heute *Deutschland sucht den Superstar* an. Das hieß, ihre Mailbox war eingeschaltet, und einen Anruf konnte ich mir sparen.

Wie es René wohl gerade mit Zauberhexe DZ ging? Wahrscheinlich wälzten sie sich gerade im Bett.

Anstrengende Woche. Mutter kommt morgen mit der Bahn. Konnte man das glauben? Wahrscheinlich erzählte er mir so einen Unfug, um sich erleichtert aus dem Staub zu machen. Nüchtern betrachtet musste ich mich der Erkenntnis stellen: Er hatte nach meiner Nummer und Mailadresse gefragt, aus Höflichkeit, hatte mir aber nicht seine gegeben.

Da musste man doch nur eins und eins zusammenzählen: Oliver wollte mich nie mehr wiedersehen!

Am nächsten Morgen wachte ich mit Kopfschmerzen auf. Um den Abend passend zu beenden, hatte ich noch ein langes, heißes Bad genommen und mir Journey und Tim McGraw angehört. Diese Musik war geradezu genial, um richtig tief in Selbstmitleid zu versinken.

Irgendwie schaffte ich es aufzustehen. Nicht nur mein Kopf tat weh. Ich spürte jeden einzelnen Knochen und fühlte mich, als wäre ich zweihundert Kilo schwer.

Als ich später am Küchentisch saß und einen extrem starken Kaffee trank, kam eine SMS von Steffi.

Magst du später auf ein Pläuschchen vorbeikommen?

Ich antwortete:

Ich bin in einer Stunde da.

Auf dem Weg ins Wohnzimmer erkundigte sich Steffi bereits: »Na, war es gestern ein schöner Abend für dich?«

Meine Kopfschmerzen waren durch den Kaffee etwas erträglicher geworden, aber immer noch nicht ganz verschwunden. Schwerfällig ließ ich mich auf die große Couch fallen. »Ich weiß nicht so recht. Eigentlich schon, aber so ganz optimal ist es nicht gelaufen.«

Steffi setzte sich in den Sessel neben mich. Auf dem Tisch standen zwei dampfende Tassen Kaffee und ein Teller mit Schokomuffins. Ich nahm mir eines und biss hinein.

»Wie meinst du das?«, fragte Steffi verwirrt. »Ist es nun gut gelaufen oder nicht?«

Ich berichtete ihr von dem Treffen, dann sah ich in ihr erstauntes Gesicht.

»Er hat dir nicht seine Nummer gegeben?« Sie ließ keinen Zweifel daran, dass sie das bedenklich fand.

»Nein.«

»Und er hat beim Abschied leicht dein Gesicht berührt?«

»Ja.«

»Was ist denn bloß los mit dem Typen?« Sie schüttelte abfällig den Kopf über Oliver.

»Na ja, das mit der Nummer ist schon komisch, aber das mit der Abschiedsgeste finde ich sehr … fein von ihm.«

»Äh, ja, genau. Das wäre auch meine Wortwahl gewesen.«

Ich sah meine Freundin forschend an. »Steffi, findest du es nicht auch schön, wenn sich so etwas langsam entwickelt, wenn man sich bei jeder Verabredung nur ein kleines Stück näherkommt und erst einmal etwas über den anderen erfährt und …

»Moritz und ich haben's getan.«

»Ihr habt was getan?« Im allerersten Augenblick kapierte ich es wirklich nicht. Erst dann, als ich Steffis Gesichtsausdruck sah. Er zeigte zugleich ein peinliches Unbehagen und Ungläubigkeit über meine Naivität.

»Ist nicht wahr«, sagte ich, den Muffin in der Hand.

Steffi nahm ihre Tasse, dann beugte sie sich nach vorne und flüsterte: »Es war nicht geplant, überhaupt nicht. Das hat sich so ergeben.«

»So ergeben? Aha.«

»Moritz ist ein … Ich sage es einfach mal so ganz direkt, ja?«

»Ja?«

»Moritz ist ein fantastischer Liebhaber, Layla! Und du bist seit so vielen Jahren nur mit ihm befreundet. Das sind doch Perlen vor die Säue!«

Mir blieb der Mund offen stehen. Wollte ich das wirklich wissen? Eigentlich nicht.

Steffi lachte auf. »Wenn du dein Gesicht sehen könntest!«

»Steffi?«

»Ja?«

»Moritz und ich kennen uns schon so lange, weißt du, da wäre es vielleicht besser, wenn du … wie soll ich sagen … mir solche Informationen vorenthalten würdest.«

»Ach, Layla, ich liebe deine schwülstige Ausdrucksweise. Aber interessiert dich das denn gar nicht? Gerade, weil du ihn so gut kennst?«

»Was? Nein! Ich würde auch nicht wollen, dass Moritz mir über dein …«

»Intimverhalten?«

»… über dein Intimverhalten erzählt.«

»Gott, du kannst manchmal so spießig sein. Man muss sich doch austauschen.« Sie schüttelte den Kopf über mich.

»Ich kann ihm doch das nächste Mal überhaupt nicht in die Augen schauen, ohne euch beide im Bett vor mir zu sehen.«

»Du hast vielleicht Probleme! Es gibt Leute da draußen, die leiden Hunger und Schmerzen, aber du gehst daran zugrunde, dass du dir Moritz mit einer Frau vorstellen musst.«

Ich beschloss, unserem Gespräch eine andere Wendung

zu geben. »Und wie geht es jetzt weiter mit euch? Wann seht ihr euch denn wieder?«

Steffi schob nachdenklich die Unterlippe nach vorne. »Uns wiedersehen? Keine Ahnung.«

»Wie seid ihr denn verblieben?«

»Gar nicht.«

Nun schien alles klar. Die beiden hatten wohl nur eine Nacht zusammen verbracht, ohne weitere Pläne – und ich war mit beiden befreundet. Da konnte ich mir nur wünschen, dass Moritz sich nicht mehr von dieser Geschichte erhoffte, sonst musste ich vielleicht noch eine Art Mittlerin spielen. »Sieht es Moritz denn genauso locker wie du?«

Steffi zuckte die Schultern. »Wahrscheinlich schon.«

Wir tranken nachdenklich unseren Kaffee, aber dann wollte ich eines unbedingt noch wissen: »Warum gibst du euch nicht wenigstens eine Chance, Steffi? Moritz ist wirklich ein wunderbarer Mensch. Man muss ihn nur entdecken. Vieles bei ihm ist nicht so offensichtlich.«

Sie sah mich an, erwiderte aber nichts.

»Nun sag schon, Steffi. Was gefällt dir nicht an ihm?«

Sie seufzte. »Ich erzähle es dir irgendwann, aber nicht jetzt.«

Das machte mich natürlich umso neugieriger. »Wieso denn? Was ist es? Nun sag schon!«, drängte ich.

»Ich erzähle es dir. Irgendwann. Frag jetzt nicht mehr. Bitte, Layla!«

Am frühen Nachmittag ging ich zurück in meine Wohnung. Ich setzte mich an meinen Schreibtisch und schaltete den Computer ein, um an *Hasi und Lurchi* weiterzuarbeiten. Während der PC hochfuhr, grübelte ich, was es wohl sein mochte, das Steffi an Moritz so missfiel. Besonders interessierte mich natürlich auch, warum sie so ein Geheimnis darum machte. Aus welchem Grund wollte sie mir das nicht erzählen? Warum hielt sie es nicht für einen geeigneten Zeitpunkt? Das war schon ziemlich seltsam, besonders da Steffi normalerweise immer alles sofort herausposaunte und nicht gerade vorsichtig mit Worten umging. War Moritz vielleicht impotent? Aber nein, er war ja ein *fantastischer Liebhaber.* O Gott, ich wollte das nicht denken. Zerstreut rieb ich mir die Augenlider.

Nun musste ich mich aber auf meine Arbeit konzentrierten. Nur noch schnell mein Postfach checken, und dann am Manuskript weiterarbeiten.

»Oh«, rief ich erstaunt vor mich hin, als ich sah, dass ich drei Mails hatte, und das an einem Sonntag.

Mein Blick auf die Absender ließ mein Erstaunen noch wachsen. Oliver, René und Moritz, in dieser Reihenfolge.

Ich las zuerst die Mail von René.

Betreff: Re: Sorry

Hallo Layla,
leider komme ich erst jetzt dazu, dir zu antworten. In der Arbeit war Stress, und dann hatte ich auch noch einen Wasserschaden in der Wohnung. Ich hoffe, Dominik hat dir ausgerichtet, dass du dir nicht den Kopf über deine Äußerung zerbrechen sollst. Ich weiß, dass du es nicht so

gemeint hast. Trotzdem wüsste ich gerne, warum du das gesagt hast. Aber gut, lassen wir das.
Wie war dein Date mit Oliver? Weißt du denn jetzt, was er beruflich macht ☺?
Tschüss, mach's gut!
René

Kein Wort darüber, wie sein Abend mit Zauberhexe DZ war. Das sah ihm ähnlich! Er wollte, dass ich fragte. Bedauerlicherweise siegte die Neugier über meinen Trotz. Also antwortete ich:

Hallo René,
es war ein sehr schöner Abend mit Oliver. Danke der Nachfrage. Ja, ich weiß jetzt, was er beruflich macht.
Er ist Arzt.
Das mit dem Wasserschaden ist ja ein ziemliches Ärgernis.
Ich hoffe, es ist jetzt alles wieder in Ordnung bei dir.
Wie war denn dein Abend mit Zauberhexe DZ?
Gruß
Layla

Danach las ich die Mail von Oliver.

Betreff: Ein netter Abend

Liebe Layla,
übrigens: was für ein schöner Name! Sehr melodisch und weiblich!

Ich wollte mich noch für mein Zuspätkommen entschuldigen. Irgendwie habe ich das Gefühl, dass ich mein Bedauern darüber nicht ausreichend zum Ausdruck gebracht habe.
Es wäre schön, dich wiederzusehen. Wie wäre es mit nächstem Samstag?
Herzlichen Gruß
Dein Oliver

Dein Oliver? Ich wusste nicht recht, was ich davon halten sollte. War das nicht schon allzu vertraulich? Aber ich wusste auch, dass es Leute gab, die dieses Dein/e inflationär benutzten. Fabia unterschrieb bei so ziemlich jedem mit *deine* Fabia, sogar ihren Brief an den Vermieter hatte sie mit *Ihre Fabia Kirschner* unterschrieben.

Ich setzte nur bei Moritz ein *Deine* darunter, wohl, weil wir uns schon so lange kannten und unsere Höhen und Tiefen miteinander geteilt hatten.

Nach kurzer Überlegung beschloss ich, Oliver erst morgen oder übermorgen zu antworten. Wie ich an der Uhrzeit erkennen konnte, hatte er die Mail erst vor vierzig Minuten abgeschickt. Es sollte nicht so aussehen, als würde ich lechzend auf eine Nachricht von ihm warten. Aber natürlich freute ich mich, dass er sich gemeldet hatte. Sehr sogar. Er wollte mich also doch wiedersehen!

In Moritz' Mail stand:

Betreff: Steffi etc.

Hey Layla,
ich wollte dir nur schnell mitteilen, dass ich eine Mail an Steffi geschrieben habe, worin steht, dass ich für ein paar Wochen beruflich ins Ausland muss. Ja, ich weiß – und du hast recht: Billiger und unorigineller geht es kaum noch. Aber auf die Schnelle fällt mir nichts Besseres ein.
Mir ist klar, dass ihr Weiber über alles redet. Wenn von ihr irgendwas kommt, wegen letzter Nacht und so (bestimmt habt ihr schon darüber gequatscht), kann ich dir nur sagen: Alles eine Frage der Interpretation!
Servus,
Dein Moritz

Was zur Hölle war letzte Nacht zwischen den beiden bloß passiert? Da musste mehr dahinterstecken! Jetzt war ich wirklich neugierig. Ich musste das aus Steffi oder Moritz irgendwie herauspressen. Nun sollte ich mich aber langsam an die Arbeit machen, deshalb antwortete ich Moritz nur knapp:

Du hast recht, Moritz. Billiger geht's nicht; aber gut, ich werde für dich lügen – und du weißt, wie sehr ich so etwas verabscheue. Aber was soll ich sagen, letztendlich bist du auch nur ein Mann!
Tschüsschen
Deine Layla

Als ich die Mail abgeschickt hatte, sah ich, dass in der Zwischenzeit eine neue eingetroffen war. Sie war von René.

Hallo Layla,
ja, alles wieder in Ordnung bei mir. Danke.
Arzt also, aha. Was denn für ein Arzt?
Mein Abend mit Zauberhexe DZ (übrigens steht Dea für Andrea) war, wie soll ich sagen, interessant. Nennen wir es mal so. Die Betonung bei Zauberhexe DZ liegt auf Hexe. Hier ein paar Schlagworte: Orangefarbene und strohige Haare, Flatterkleid bis zum Boden und den Rest will ich dir ersparen. Das Foto war wahrscheinlich fünfzehn Jahre alt. Sie hat mir zwei Stunden von ihrer Todeserfahrung erzählt und über das Licht am Ende des Tunnels, wo ein Engel auf sie wartete. Ich schwör dir, ich hab's mit der Angst bekommen. Mein Gedanke war: Scheiße, die hat deine Mailadresse und deine Telefonnummer. Meine Angst war leider berechtigt. Sie hat heute schon angerufen, aber als ich ihre Nummer gesehen habe, bin ich nicht hingegangen. Dann hat sie mir eine SMS geschickt:
Hallo Renee *(schreibt auch noch meinen Namen falsch!!!)*,
ich fand die Schwingung zwischen uns sehr gut.
Du auch?
Was denn für eine verdammte Schwingung? Du bist eine Frau, Layla, sag mir bitte, was sie meint. Ich hab nämlich keine Ahnung. Ich kann nur sagen: Sehr gut fand ich so ziemlich gar nichts.
Tschüss!
René

Armer Exmann! Ich musste lachen und schrieb gleich zurück.

> Hallo René,
> was soll sie schon meinen? Dass es gefunkt hat natürlich. Zumindest glaubt sie das. Tja, was kannst du tun?
> Am besten ist es wohl, Anrufe und Mails zu ignorieren. Vielleicht versucht sie es noch ein- oder zweimal, dann gibt sie auf.
> Und um deine Frage zu beantworten: Oliver ist Proktologe. Bevor du das googelst: Arzt für After und Darm.
> Tschüss
> Layla

Nach vier Stunden hatte ich nur fünf Seiten geschrieben. Ich drehte mich mit Hasi und Lurchi im Kreis, denn ich konnte mich einfach nicht konzentrieren. So viele Dinge gingen mir im Kopf herum. Zauberhexe DZ, diese merkwürdige Sache zwischen Moritz und Steffi, Oliver und sein begrenztes Interesse an mir … Aber vielleicht tat er auch einfach nur so, um sich interessanter zu machen? Ich hoffte es.

Nachdem ich offenbar eine Art Schreibblockade hatte, beschloss ich, es für heute gut sein zu lassen. Ich sah noch einmal ins Postfach, bevor ich den Computer ausschaltete.

Moritz hatte nicht geantwortet. Renés Mail war vor zwanzig Minuten eingetroffen.

Betreff: Man kann nie wissen, wann man einen Proktologen braucht

Hallo Layla,
Proktologe, aha. Muss ein spannendes Betätigungsfeld sein, in dem man bestimmt viele interessante Menschen aus ganz neuen Perspektiven kennenlernt.
Ich soll die Hexe ignorieren (Ja, ich belasse es jetzt einfach dabei und nenne sie nur Hexe). Das ist ein hervorragender Tipp, aber leider habe ich gerade eben die vierte SMS von ihr bekommen. Mittlerweile klingt sie sogar etwas verstimmt. Sie meint, sie lässt sich nicht einfach so abschieben. Na ja, entschuldige, ich will dich nicht damit belasten. Aber für Außenstehende ist das ja sicher recht amüsant.
Schönen Abend noch!
Viele Grüße
René

Sie ließ sich nicht einfach so abschieben? Das würde sie doch nur schreiben, wenn er mit ihr …

Ich schrieb:

Nun ja, René, wenn du schon mit ihr schläfst, dann musst du auch damit rechnen, dass sie reagiert wie die Verrückte aus *Eine verhängnisvolle Affäre*.

Schon während ich auf Senden klickte, bereute ich es, die Mail abgeschickt zu haben. Musste ich unbedingt so einen blöden Spruch bringen? Am Ende dachte er jetzt noch, ich sei eifersüchtig.

Nach etwa zwanzig Minuten kam seine Antwort:

Bist du verrückt? Hab ich sie nicht ausführlich genug beschrieben?

Ich lächelte und streichelte liebevoll die Tastatur. Dann erschrak ich über mich. Drehte ich jetzt auch ab?

O mein Gott!

Nun musste ich aber aufhören, ständig Mails hin- und herzuschreiben. Morgen oder übermorgen würde ich Oliver antworten – schließlich sollte es nicht so aussehen, als würde ich nur darauf warten, dass er sich meldete, und dann sogleich in die Tasten hauen.

9

Oliver war entweder beruflich extrem eingespannt oder unzuverlässig. Er meldete sich erst Donnerstagabend, obwohl ich ihm Dienstagvormittag eine Antwort geschickt und für Samstag zugesagt hatte. Er schlug vor, in die Oper zu gehen. Er habe Karten organisiert. Oper? Oje.

Wenn ich Nein sagte, stand ich da wie ein Kulturbanause. Stundenlang dasitzen und … Oper? O mein Gott. Was dachte er sich nur dabei? Wir würden doch nur nebeneinandersitzen und könnten kein Wort miteinander reden. Ich überlegte, dass er womöglich viel Geld dafür ausgegeben hatte, um mir damit zu imponieren. Konnte ja sein; ein schmeichelnder Gedanke. Aber ausgerechnet Oper? Ich hatte so was von keine Lust dazu.

Lieber Oli,
das ist ein ganz zauberhafter Gedanke. Oper – wie wundervoll! Aber leider habe ich momentan eine Blasenentzündung und muss mir alle halbe Stunde die Nase pudern, wenn du verstehst, was ich meine. Es tut mir sehr leid! Vielleicht haben wir ja bald wieder die Möglichkeit dazu; das wäre wundervoll. Wie wäre es stattdessen mit Tapas? Es gibt einen klasse Laden mit toller Stimmung und super Essen in der Maxvorstadt.
Viele Grüße
Layla

Ich entschied mich für eine vertrauliche Anrede, weil ich wollte, dass es verbindlich und nett klang, wenn ich die Opernsache absagte. Und das mit der Blasenentzündung fand ich eine gute Lösung – er war Arzt, das würde sein vollstes Verständnis wecken.

Jedenfalls antwortete er erst zwei Tage später darauf.

Liebe Layla,
bitte nenne mich nicht Oli! Danke!
Natürlich habe ich Verständnis für deine Unpässlichkeit. Gerne können wir auch in diese Tapas-Bar gehen. Mailst du mir noch kurz Name und Adresse dieses Lokals? Ist achtzehn Uhr in Ordnung für dich?
Dein Oliver

Was hatte er nur immer mit seinen verdammten frühen Uhrzeiten? Wir würden die Ersten sein. Aber dann dachte ich an seine schönen Augen und daran, wie sympathisch er war.

Also meinetwegen. Ich antwortete, dass achtzehn Uhr okay sei, und nannte ihm den Namen der Tapas Bar.

»Ist ziemlich laut hier!«, schrie Oliver mir ins Ohr.

»Waaas?!«

»Ich sagte …«, plärrte Oliver aus Leibeskräften.

Ich hob abwehrend die Hände. »Stopp! Sollte nur ein kleiner Scherz sein.«

»Ach so.« Oliver lächelte.

»Schmecken dir die Tapas?«, wollte ich wissen.

Oliver knabberte an einem Chicken Wing herum. »Mh-hm.«

»Wirklich?«

»Na ja.« Er zuckte die Schultern. »Satt wird man nicht von dem Zeug.«

Ich lachte. »Stimmt schon.«

Er warf den Hähnchenknochen in eine der Schalen, dann wischte er sich die Finger an einer Serviette ab. »Du warst noch gar nicht auf Toilette«, sagte er plötzlich. Die Musik war ziemlich laut. Wahrscheinlich hatte ich mich einfach nur verhört.

»Du musst auf Toilette?«, fragte ich.

»Nein. *Du* warst noch gar nicht.«

»Äh … Ja, genau.« Was redete er da?

»Ist deine Blasenentzündung denn schon abgeklungen?«

Verdammt, die hatte ich ja total vergessen! »Nein … Das heißt, ja, doch. Ich nehme ein Medikament.«

»Welches?«

»Was? Also, ich kann mir diese Arzneinamen einfach nicht merken.«

»Na, macht ja nichts«, sagte Oliver und sah mich lächelnd an. »Möchtest du noch mal heiraten, Layla?«

Ich starrte ihn an, ohne etwas zu sagen.

»Irgendwann mal.«

»Du machst mir einen Heiratsantrag in einer Tapas Bar?«

»Einen Heiratsantrag?« Oliver zog die Augenbrauen zusammen und musterte mich prüfend. Offensichtlich konnte er gerade nicht einschätzen, ob ich das ernst meinte. »Nein«, sagte er sicherheitshalber, »es war nur eine Frage.«

»Das war doch nicht ernst gemeint, Oliver. Ich weiß, du willst mich nicht heiraten.«

Er lehnte sich nach hinten. »Das weiß ich jetzt noch

nicht. Ich habe nicht gesagt, dass ich dich nicht heiraten würde. So totalitär müssen wir es ja nicht drehen.«

Sein Blick und das süße Lächeln hatten eine gewisse Wirkung auf mich. Außerdem hatte er eine angenehme Stimme, so ähnlich wie René, tief und klar. Wobei die schönste Männerstimme, die ich kannte, eigentlich die von Moritz war. Sie hatte einen leicht rauen Touch.

»Oliver?«

»Ja?«

»Erzähl mal. Was genau machst du? Wie war deine Woche so?«

Oliver verzog die Oberlippe. »Ich hatte schon angenehmere Tage«, sagte er laut, damit ich ihn verstand. Er beugte sich weiter nach vorne, bis sein Gesicht von meinem nur noch ein paar Zentimeter entfernt war. »Besonders gestern war es schlimm, eine Stuhlinkontinenz und ein Analabszess nach dem anderen.«

»Oh. Wie … unangenehm.«

»Ich finde dich aufregend, Layla«, sagte er plötzlich, so kurz nach Analabszess. Aufregend? Wow! So hatte mich bisher noch kein Mann genannt. Aufregend? Ich fand die Tatsache, dass er mich aufregend fand, äußerst aufregend.

Meine Freude darüber wurde dadurch gedämpft, dass Oliver sagte: »So eine süße Frau wie dich habe ich noch nie kennengelernt.«

Süße Frau? O Gott! Was war denn das für eine Bezeichnung? So verniedlichend und harmlos.

»Oliver?«

»Hm?« Er blickte mir in die Augen.

»Findest du, wir sollten uns weiter treffen?«

»Was? Warum fragst du das plötzlich?« Es war nicht zu übersehen, dass er darüber erschrocken war. »Es ist wegen der *süßen Frau,* nicht wahr? Ich meinte das doch als Kompliment.«

»Schon klar, aber …«

»Ja, es ist unpassend. Du hast ja recht. Aber müssen wir wirklich jedes Wort zerpflücken? Okay, ich versuch's noch mal: So eine tolle Frau wie dich habe ich noch nie getroffen. Besser?«

»Das wirkt jetzt etwas kalkuliert.«

Er ließ den Kopf in die aufgestützten Hände fallen und tat gespielt verzweifelt.

»Tut mir leid«, sagte ich versöhnlich, »ich freue mich über das Kompliment.«

»Tust du nicht.«

»Doch.«

»Na gut.« Er lachte auf und berührte mich kurz am Arm.

Beim Abschied (immerhin um Viertel vor elf) gab Oliver mir ein leichtes Küsschen auf die Wange, bevor er versprach, bald mit mir in die Oper zu gehen.

Als Dominik um zwei Uhr nachts nach Hause kam, saß ich in der Küche, trank Grünen Tee und starrte an die Wand.

»In letzter Zeit finde ich dich immer so vor, als wenn du leicht neben der Spur wärst.« Er stand in der Tür und sah mich etwas besorgt an.

»Mir geht halt das eine oder andere im Kopf herum.«

»Ist es wegen diesem Oliver?«

Ich sah Dominik an und sagte: »Ein bisschen schon, ja.«

»Und wieso?«, wollte er wissen und setzte sich an die andere Seite des Tisches.

»Einerseits ist er ein wirklich netter Kerl. Klug, gutherzig, hat einen eigenen Charme …«

»Und was ist mit dem Andererseits?«

»Er ist etwas spießig.«

Dominik schreckte zurück. »Wäh!«

»Nein, nicht so ein richtiger Oberspießer, aber es lässt sich da eine gewisse Tendenz erkennen.«

»Ich weiß ja nicht, aber wenn dir dein Gefühl sagt, dass es nicht so richtig stimmt, dann wäre es vielleicht besser, diesen Typen abzuhaken.«

Seine Worte gaben mir zu denken. »Irgendwie finde ich es nicht gut, dass ich solche Gespräche mit dir führe«, meinte ich behutsam. »Du bist klug und auch reif für dein Alter – zumindest in gewisser Hinsicht –, aber das ist kein Thema, das ich mit meinem Sohn besprechen sollte.« Gerade, als ich mir Sorgen darüber machte, wie Dominik das aufnehmen würde, zuckte er die Schultern, stand auf und sagte: »Finde ich zwar übertrieben, aber okay.« Er nahm sich eine Cola aus dem Kühlschrank, und während er sie aufschraubte, sagte er: »Aber wenn du doch mal darüber reden willst, hör ich's mir gerne an.«

»Das ist lieb, Dominik. Danke.«

Am nächsten Tag war ich immer noch nicht schlauer. Sollte ich mich weiter mit Oliver treffen? Ich sollte meinen Sohn wirklich nicht mit meinen Männerproblemen belästigen. Da ich Moritz sowieso mal wiedersehen wollte, ging ich mit ihm ins Kino. Spontan hatte ich ihn angerufen und gefragt, ob wir uns mal wieder einen Film ansehen wollten. Zum Glück hatte ich nicht, wie befürchtet, vor Steffi lügen müssen, was Moritz anging. Sie hatte natürlich sofort verstanden, dass seine Auslandsreise nur vorgeschoben war. Da sie aber ohnehin keine Liebesbeziehung mit ihm wollte, schien sie das nicht weiter zu beschäftigen. Was mit ihm aber nicht stimmte, hatte sie mir immer noch nicht verraten, sondern lieber schnell das Thema gewechselt.

Moritz war irgendwie komisch, ganz ruhig und nachdenklich. Während wir für die Karten anstanden, wollte ich eigentlich gerade anfangen, von Oliver zu erzählen, um seine Meinung darüber zu hören, aber stattdessen erkundigte ich mich bei Moritz: »Alles in Ordnung bei dir?«

»Ja, klar«, war seine knappe Antwort. Ich dachte, es würde noch etwas nachkommen, aber er blieb weiterhin still.

Ich kramte in meiner Tasche nach seinem Geschenk. An der Verpackung war unschwer zu erkennen, dass es sich um eine CD handelte. Als ich ihm das silberverpackte Viereck reichte, verzog er geringschätzig den Mund.

»Alles Gute zum Geburtstag. Nachträglich.«

»Mh-hm«, machte er. »Ich will ja nicht vorwurfsvoll werden, aber es wäre nett gewesen, wenn du wenigstens eine SMS geschickt hättest.«

»Es klingt nach einer faulen Ausrede, aber an diesem anstrengenden Samstag war ich wegen meiner Familie so zerstreut …«

»… und wegen René.«

»Was? Wie kommst'n darauf?«

Er sah mich an, dann nahm er mir endlich sein Geschenk ab. »Übrigens hatte ich recht. Du bist mit ihm zurückgefahren.«

»Na und?«

»Nichts.« Er zuckte gleichgültig die Schultern. »Ich wollte nur erwähnen, dass ich recht hatte.«

»Okaaay, wenn dir das wichtig erscheint.«

Moritz riss das Papier auf und besah sich die CD. Keine Gefühlsregung seinerseits.

»Das ist die Neueste von Gotthard.«

»Das kann ich sehen, Layla. Ich bin ja nicht blind.«

Hey! So kalt hatte ich Moritz in all den Jahren selten erlebt. »Die hast du doch noch nicht, oder?«

»Nein.«

»Hm.« Mehr fiel mir nun auch nicht ein.

»Danke.«

»Bitte.«

Schweigen.

»Na ja«, quatschte ich drauflos, um dieses ungewohnte Schweigen zwischen uns zu unterbrechen, »die haben schon ein paar tolle Songs, finde ich. Am besten gefallen mir *Feel What I Feel* und *Yippie Aye Yay* von ihnen.«

»Ja«, sagte er bloß.

»Äh … Ja. Ich hoffe, es gefällt dir.«

»Sehr originelles Geschenk, wirklich. Eine CD. Da hast du dir ja ordentlich Gedanken gemacht.«

»Sag mal, spinnst du? Was ist denn los mit dir? Was hast du mir denn zu meinem letzten Geburtstag geschenkt? Bücher!«

»Nicht irgendwelche Bücher«, verteidigte er sich. Nun

gut, das stimmte. Es waren Goethes gesammelte Werke in einer wunderschönen Ausgabe. Moritz hatte bestimmt viel Geld dafür ausgegeben und beim Überreichen zu mir gesagt: »Weil du auf den so abfährst.« Das fand ich witzig, die Kombination von Goethe und auf ihn abfahren.

»Ich weiß, Moritz, aber ich wusste ja nicht, dass ich etwas falsch mache, wenn ich dir eine CD deiner Lieblingsband schenke.«

»Wie gesagt, danke.«

»Sieht aus, als wär' heute nicht so dein Tag, oder?«

Ich bekam keine Antwort auf meine Frage.

Während des Films, als die Hauptfigur gerade einen Weinkrampf wegen ihrer gescheiterten Liebesbeziehung hatte, sah ich zu Moritz, der zwar direkt neben mir saß, aber trotzdem ganz weit weg schien.

»Bist du irgendwie böse auf mich?«

Er wandte den Kopf und sah mich an. »Was? Wieso fragst du mich so was?«

»Ist das nicht naheliegend? Du sprichst ja kaum mit mir.«

Er seufzte leise. »Jetzt dramatisiere doch nicht so herum. Wir sind im Kino und nicht beim Kaffeekränzchen. Hier wird nicht gequatscht.«

»Du erzählst mir doch sonst alles und überall.«

»Es gibt nichts zu erzählen. Und jetzt sei bitte still, ich will mir den Film ansehen.«

Ich langte in meine Popcorntüte und kaute an dem komischen Zeug herum, an dem ich eigentlich noch nie Gefallen gefunden hatte. Es war die Macht der Gewohnheit, dass ich mir bei jedem Kinobesuch Popcorn kaufte. »Hat es etwas mit Steffi und eurer gemeinsamen Nacht zu tun?«

Moritz schloss für eine Sekunde genervt die Augen, dann blickte er wieder zu mir und sagte: »Tu doch nicht so.«

»Wie bitte?«

»Sie hat es dir doch sowieso erzählt.«

»Was erzählt?«

Wir sahen uns an, aber Moritz sagte nichts mehr.

»Ich schwöre, sie hat nichts gesagt, nur angedeutet. Also, sag du es mir!«

»Jetzt?«, zischte er. »Während des Films?«

»Na und? Der Kinosaal ist fast leer, und um uns herum sitzt niemand. Also?«

»Ich will jetzt den Film sehen.«

»Ach, komm schon. Eine Frau auf dem Selbstfindungstrip, als Actionkomödie getarnt. Das interessiert dich doch nicht wirklich, oder?«

»Doch, es interessiert mich brennend, also lass mich jetzt den Film anschauen.« Moritz wandte den Kopf wieder zur Leinwand, und ich saß da, während die Neugier mich beinahe auffraß.

Am nächsten Morgen stand ich mit meiner Kaffeetasse gedankenverloren vor dem Fenster und blickte hinunter auf die Straße. Meine Gedanken kreisten immer noch um Moritz. Konnte ich ihm irgendwie helfen? Steckte er in einer Art Krise? War er wütend, weil ich seinen Geburtstag vergessen hatte? Hatte sein Verhalten etwas mit Steffi und ihrer gemeinsamen Nacht zu tun? Oder war er nur so schroff gewesen, weil er einen schlechten Tag hatte? Langsam machten mich die beiden sauer. Ich musste in den nächsten Tagen zu Steffi und meine leichte Wut über diese Geheimniskrämerei zum Ausdruck bringen.

Es klingelte.

Ich stellte meine Tasse auf dem Küchentisch ab und ging zur Tür. Wahrscheinlich war das der Postbote mit dem Buchpaket, das ich bestellt hatte.

Ich öffnete die Tür, und da stand ein zierlicher Mann mit einem Blumenstrauß, der beinahe so groß war wie er. Langstielige rote Rosen. »Sind die für mich?«, fragte ich überflüssigerweise. Für wen sonst? Für Dominik?

»Sind Sie die Frau Lagla Sieling?«

»Lagla? Also, der Buchstabe, den Sie für ein G ansehen, ist ein Ypsilon.«

»Aha, na ja, auch wurscht. Hier, ist für Sie.« Umständlich reichte er mir den Strauß.

Kurz darauf ging ich in die Küche und zog eine Karte heraus. Als ich sie öffnete, wollte ich zuerst wissen, von wem sie war, also sprang mein Blick gleich nach unten, um den Namen zu erhaschen. Sie war von Oliver.

Liebe Layla,
es tut mir leid, dass ich ständig das Falsche sage und mich so dämlich anstelle. Ich sagte ja schon, dass ich in solchen Dingen nicht besonders erfahren bin. Jedenfalls muss ich viel an dich denken, und es wäre schön, wenn wir uns weiterhin sehen könnten, damit wir uns besser kennenlernen können.
Danke für deine Geduld mit mir und deine Freundlichkeit.
Dein Oliver

Ich wusste einfach nicht, was ich davon halten sollte. Das waren wunderschöne Blumen, und wie es aussah, machte er sich Gedanken. Die Karte war nett, hatte aber auch einen recht förmlichen Ton. Irgendwie konnte ich mich nicht richtig darüber freuen.

Gab es bei ihm noch viel zu entdecken – oder war das schon alles? War er nie verheiratet gewesen, weil er auf die Richtige gewartet hatte – oder weil mit ihm etwas ganz und gar nicht stimmte?

Oliver war ein Mann, wie ihn sich viele Frauen wünschten: äußerst attraktiv, seriös, beruflich erfolgreich und empfindsam. Aber war er der Richtige für *mich?* Möglicherweise stellte ich mir diese Frage nur deshalb, weil ich so einen Mann noch nie getroffen hatte. Oliver war immer nett, aber er war auch so brav und so weich. Wirklich sexy war das nicht. Meine bisherigen Männer waren alles andere als Machos gewesen, hatten aber diese Männermarotten, die ich als Frau nicht gerade unappetitlich fand.

Oliver war ganz anders, und vielleicht war das genau richtig. Er ging auf mich ein und war höflich. Ich fühlte mich in seiner Gegenwart wohl, und es gefiel mir, dass er um mich warb. Gut, er war offensichtlich ein Früh-zu-Bett-Geher und kein Virtuose mit Worten, aber waren das nicht Kleinigkeiten, an denen man arbeiten konnte?

Normalerweise sagte mir mein Bauchgefühl immer, wann ich jemanden in mein Leben lassen sollte und wann nicht. Bei Oliver war es das erste Mal, dass es kein klares Ja oder Nein gab. Ich beschloss, mich noch einmal mit ihm zu treffen und dann eine Entscheidung zu fällen. Oliver so nehmen, wie er war – oder den Kontakt endgültig beenden.

Nachdenklich steckte ich die Blumen in eine Vase und zupfte an ihnen herum.

»Hallo.«

Ich erschrak. »Dominik! Musst du dich so anschleichen?«

»Ich bin ganz normal in die Küche gekommen, wie immer.« Er ging an mir vorbei zur Kaffeemaschine und schenkte sich eine Tasse Kaffee ein.

»Hast du ein bisschen Zeit?«, fragte er, ohne sich umzudrehen. Er klang irgendwie komisch, fand ich.

»Wofür?«

»Zum Reden.« Er ging mit der Kaffeetasse zum Küchentisch und setzte sich.

»Du wirkst ziemlich bedrückt.«

»Mh-hm.«

Also ließ ich die Blumenvase stehen und setzte mich meinem Sohn gegenüber. »Jetzt red schon«, drängte ich, »du machst mir Angst.«

Dominik hob den Kopf. »Also, es ist kein Weltuntergang oder so, aber ich glaube, es wird dir nicht gefallen.«

»Was ist los?«

»Erst mal die gute Nachricht: Ich habe keinen Gehirntumor.«

Ich sah ihn zerstreut an.

»Habe keine Straftat begangen …«

???

»Habe nicht vor, ein Sozialfall zu werden …«

»Dominik«, sagte ich behutsam, »möchtest du mir sagen, dass du schwul bist?«

»Was? Nein! Es geht eher um das Gegenteil.«

Nun hielt ich es nicht mehr aus, und deshalb rief ich,

lauter als beabsichtigt: »Sag mir jetzt endlich, was los ist!«

»Na gut. Also, da ist eine gute Freundin von mir, und die ist schwanger.«

Ich kapierte erst nicht, was er mir sagen wollte, sondern dachte, eine Freundin von ihm habe Probleme. Da ihn das belastete, wollte er meine Meinung hören. »Ja, und?«, fragte ich deshalb.

»Hey! Ich hätte ja nicht gedacht, dass du das so locker wegsteckst. Danke!«

»Was?« Ich sah ihn noch ein paar Sekunden an, dann erfasste mich ganz langsam eine nackte Panik. Es war, als ob ich einen LKW auf mich zurasen sah, aber nicht mehr ausweichen konnte. »Du willst mir damit doch nicht sagen, dass du ein Mädchen geschwängert hast.«

»Ich kann echt nix dafür«, verteidigte er sich.

»Wie bitte?«

»Das Kon… also, das Verhütungsmittel hat versagt.«

Verzweifelt stützte ich den Kopf in die Hände und seufzte. Das durfte doch wohl nicht wahr sein!

»Mit vierundzwanzig! Ohne eigene Wohnung! Wie soll das alles nur …!«

»Moment mal, Mama«, unterbrach er mich schroff, »du und Papa, ihr wart ja noch ein paar Jahre jünger als ich jetzt, und was hattet ihr euch schon bis dahin aufgebaut?«

»Ah ja. Und jetzt hast du beschlossen, den gleichen Fehler wie wir damals zu machen?«

»O Entschuldigung!« Dominik hob abwehrend die Hände. »Ich wusste nicht, dass du mich als den größten Fehler deines Lebens betrachtest!«

»Spinnst du? Das habe ich nicht gesagt. Du bist das Beste in meinem Leben. Aber ich hätte dich lieber ein paar Jahre später bekommen. Das ist doch wohl nicht schwer zu verstehen, oder?«

Er seufzte und lehnte sich erschöpft zurück. »Ja, klar.«

Plötzlich kam mir ein etwas erschreckender Gedanke. »Sag mal, Dominik, hat Tanja denn einen Job?«

»Wer?«

»Na, die Schwangere.«

Er sah mich fragend an. Wie es aussah, konnte er mir überhaupt nicht folgen.

»Die Tätowierte, die kürzlich morgens in unserer Küche stand.«

»Ach, Tanja … Wie kommst'n jetzt auf die?«

»Reden wir nicht gerade von ihr?«

»Es geht doch nicht um Tanja. Um Gottes willen! Das wär ja krass. Nein, also … Tanja!?«

»Sondern?«

»Sie heißt Emily.«

»Emily, aha. Und wer ist Emily?«

»Ich war Anfang des Jahres für ein paar Wochen mit ihr zusammen.« Dominik wandte den Blick ab.

»Du hast sie nie erwähnt.«

Er zuckte die Schultern.

»Hast du denn etwas mehr für sie empfunden, oder war das nur so eine Episode?«

Eine ganze Weile schwieg er vor sich hin, dann erzählte er: »Eigentlich war ich ziemlich verliebt in sie. Aber sie ist so schwierig, gleichzeitig empfindlich und stur. Jedenfalls hatten wir heftigen Krach, weil sie so eifersüchtig war, dabei hatte sie gar keinen Grund. In der ganzen Zeit hab ich kein anderes Mädchen angefasst, nur so'n bisschen geflirtet, mehr nicht.«

Ich sagte nichts.

»Gestern Abend ruft sie mich an und sagt, dass sie sich mit mir treffen will. Bei dem Treffen erzählt sie mir, dass sie im dritten Monat ist. Sie wollte eigentlich abtreiben und war schon auf dem Weg zur Klinik, dann hat sie es aber doch nicht übers Herz gebracht. Sie hat gesagt, sie kann so was nicht. Ihre Eltern wollen sie unterstützen. Die haben ein Haus in Trudering, und jetzt richten sie für Emily die Mansardenwohnung her. Sie ist bald mit ihrem Studium fertig, Theaterwissenschaften, dann will sie sich ein Jahr für das Kind nehmen. Danach soll teilweise ihre Mutter das Kind betreuen, weil die von zu Hause aus arbeitet, und teilweise eine Tagesmutter.« Dominik machte eine Pause, und ich merkte, dass ihm das Ganze sehr naheging. »Ich hab gesagt, dass ich auch für das Kind da sein will und so, und meine Eltern bestimmt auch ihre Rolle als Oma und Opa spielen wollen, und Emily hat gesagt, das wäre sehr schön.«

Ich saß da, und mir rollten die Tränen übers Gesicht. Hektisch wischte ich sie ab.

»Tut mir leid, Mama. Ich hab das so nicht gewollt.«

Ich nickte ihm versöhnlich zu, während ich mir weiter übers Gesicht wischte. »Ich weiß.«

»Tja, jetzt weiß ich nicht, was ich noch sagen soll.«

»Ich auch nicht.«

10

Die nächsten zwei Stunden verbrachte ich am Küchentisch und starrte zum Fenster hinaus. Dominik war zu Emily gefahren, um sich bei ihren Eltern vorzustellen. Sie hatte ihn gefragt, ob er dazu bereit wäre, und er hatte Ja gesagt.

Wie sollte diese ganze Geschichte nun weitergehen? Ich als Großmutter, das war bis gestern für mich noch sehr weit weg gewesen. Nun konnte ich mein Bestes geben, und das Kind würde bei mir natürlich immer willkommen sein. Aber für Dominik würde sich so viel ändern. Es war nicht leicht, eine Beziehung zu führen, wenn da noch ein Kind im Spiel war. Das wusste ich aus eigener Erfahrung. Würde Dominik eine Frau finden, die sein Kind und Emilys Rolle in seinem Leben akzeptieren konnte?

Dann war da noch das Kind. Mein Enkelkind. Diese Vorstellung fühlte sich komisch an. Das Kind würde nicht in einer normalen Familie aufwachsen, nicht mit Vater und Mutter. Zumindest für mein Enkelkind hätte ich mir gewünscht, dass es mit beiden Eltern leben durfte, wenn schon Dominik ein Scheidungskind war. Auch das Mädchen, Emily, tat mir leid. Ich wusste, wie hart es als alleinerziehende Mutter sein konnte, selbst wenn das Umfeld half.

Mein Handy piepte, schon das dritte oder vierte Mal in

den letzten Stunden. Es interessierte mich gerade nicht, wer mir was schrieb. Aber nun stand ich doch auf und sah nach. Eine Nachricht war von Fabia. Sie fragte, ob ich mal wieder vorbeikommen wolle. Heute hatte ich wahrlich das Bedürfnis, mit jemand Vernünftigem zu reden, und schlug ihr gleich vor, dass ich am Abend vorbeikäme.

Die nächste Nachricht war von Moritz:

Ich hoffe, du bist nicht böse, dass ich letztes Mal so schroff war. Ja, hatte einen schlechten Tag. Wollen wir in den nächsten Tagen in unseren Biergarten gehen? Soll schönes Wetter werden.

Na gut, ich würde ihm später antworten.

Dann waren da noch zwei Nachrichten von Oliver.

Hallo Layla, na, was sagst du? Bin ich nicht ein Romantiker?

Und zwei Stunden später:

Sind die Blumen angekommen?

Die letzte Nachricht war mittlerweile auch schon eine Stunde alt. Ich würde ihn später anrufen.

Mittlerweile hatte Fabia geantwortet:

Gerne. Komm doch so gegen sechs. Ich mache uns Pfannkuchen mit Marmelade und heiße Schokolade.

An Arbeit war heute nicht mehr zu denken. Die Welt von *Hasi und Lurchi* kam mir plötzlich so banal vor, und bei der Thrillerübersetzung war ich von dem arg unterbelichteten Mörder mittlerweile ziemlich genervt.

Ich verrichtete nichtssagende Arbeiten wie Schubladen aus- und wieder einräumen und Bücher aus meinem Regal aussortieren, um sie bei Ebay zu verscherbeln.

Später kam Dominik und half mir ein bisschen beim Aufräumen. Er war bei Emilys Eltern gewesen, und laut seiner Aussage waren sie nicht unnett. Seinen Vater hatte Dominik noch nicht davon in Kenntnis gesetzt, dass er bald Vater werden würde. Ich sagte ihm behutsam, er solle René lieber gleich anrufen, bevor er es von jemand anderen erfuhr, denn das wäre ziemlich unpassend. Moritz rief mich kurz an und fragte, wann wir uns »biergartenmäßig« treffen wollten. Weil ich den Kopf gerade nicht freihatte, erwiderte ich, dass ich mich bald melden würde.

Fabia hatte eine Schürze um, auf der stand: *Zähl mal bis zehn, ich brauch 'ne halbe Stunde Ruhe.*

»Ein Geburtstagsgeschenk?« Ich zeigte auf die Schürze.

Sie warf einen Pfannkuchen in die Luft und fing ihn professionell mit der Pfanne wieder auf. Fabia war eine leidenschaftliche Hausfrau. Sie liebte es zu kochen und zu backen, und ihre Wohnung sah immer aus wie frisch aus einem Einrichtungskatalog. »Nö, hab ich mir selbst gekauft. Witzig, gell?«

»Ja, witzig. Übrigens, die neue Brille ist viel besser. Auch wenn ich sie mir nicht in Grün gekauft hätte, aber sie steht dir gut.«

»Danke.« Sie lächelte mir zu. »So, fertig. Willst du Schlagsahne zur heißen Schoki?«

»Nein, danke.«

Fabia setzte sich und rückte ihren Stuhl zurecht. Ich legte mir einen Pfannkuchen auf den Teller.

»Du wirkst traurig«, bemerkte Fabia, »ist irgendwas?«

»Hm, stell dir vor, ich werde … Großmutter.«

»Was?«

»Dominik wird Vater.«

»Ach echt? Ich wusste nicht einmal, dass er eine Freundin hat.«

»Die beiden waren nur ein paar Wochen zusammen. Sie ist im dritten Monat. Ihr Name ist Emily.«

»Kennst du sie überhaupt?«

Ich schüttelte den Kopf und hielt die Tränen zurück, aber Fabia merkte, wie sehr es mich fertigmachte. »Layla …«

»So eine Scheiße!« Ich schlug mit der Faust auf den Tisch, dass die Tassen wackelten. »Entschuldige, Fabia. Aber ich bin so aufgelöst, weißt du. Wie soll das nur weitergehen?«

»Wie soll *was* weitergehen?«

Ich glotzte sie an. »Na, diese ganze Geschichte halt.«

»Na ja …« Fabia zuckte lapidar die Schultern. »Müssen das nicht primär Dominik und Emily entscheiden?«

»Was?« Ich schob den Pfannkuchen auf dem Teller hin und her. »Ja, natürlich, aber wir Eltern haben doch mehr Lebenserfahrung, und sie sollten doch aus unseren Fehlern lernen.«

»Ach, wirklich?«

»Ja, sicher.« Was war denn mit Fabia los? Begriff sie den Ernst der Lage nicht?

»Layla, ich kannte dich damals zwar noch nicht, aber ich bin mir ziemlich sicher, dass dich und René die Lebenserfahrung eurer Eltern damals einen Dreck interessiert hat.« Fabia verwendete so gut wie nie solche Ausdrücke. Aber sie war noch nicht fertig mit mir: »Ihr könnt den beiden helfen, ihre eigenen Entscheidungen zu treffen. Ihr könnt ihnen auch mit dem Kind und der Betreuung helfen, aber in erster Linie solltet ihr ihnen doch moralische Hilfe bieten. Indem du das Ganze als furchtbar hinstellst, hilfst du ihnen nicht im Geringsten. Weißt du, was wirklich furchtbar ist? Dass da ein kleines Wesen unterwegs ist, und niemand sich so richtig darauf freut.«

Nun konnte ich die Tränen nicht mehr zurückhalten. Ich schluchzte und vergrub das Gesicht in den Händen.

»Layla!«

»Ja?«

»Ich hab das nicht gesagt, um dir wehzutun.«

»Ich weiß.«

»Das alles kommt sehr überraschend, aber du musst das doch nicht zur Katastrophe erklären. Dominik ist vierundzwanzig und nicht sechzehn.«

Ihre Worte beruhigten mich etwas. »Du hast recht, Fabia.«

»Probier jetzt endlich den Pfannkuchen. Und es heißt nicht umsonst *heiße* Schokolade.«

Als ich nach Hause kam, erschien Dominik aus seinem Zimmer und sagte, er habe mit René telefoniert.

»Wie hat er reagiert?«

Dominik wiegte den Kopf. »Ziemlich lässig eigentlich.

Zuerst war er überrascht, aber er hat sich ziemlich schnell gefasst.«

»So, so. Bin ich hier die Einzige, die hysterisch ist, oder wie?«

Dominik sah mich freundlich an, dann meinte er: »Du bist doch nicht hysterisch, nur besorgt. Daran ist doch nichts falsch.«

Ich lächelte, drückte ihm einen Kuss auf die Wange und verschwand im Badezimmer. Ein heißes Bad war jetzt genau das Richtige.

Dieser Tag hatte mich geistig erschöpft. Fabia hatte mir mit ihren klaren Worten wirklich geholfen. Im Grunde würde sich unser aller Leben dadurch etwas verändern, aber nicht unbedingt verschlechtern. Ich hatte mir lange Zeit nach Dominik noch ein Kind gewünscht, am liebsten ein Mädchen. Aber es kam niemand als Vater infrage. Als McDee dann den Kinderwunsch äußerte, spürte ich, dass es dafür einfach zu spät war und ich mit dem Thema unbewusst schon abgeschlossen hatte.

Ich hörte, wie im Flur mein Handy klingelte. Kurz darauf klopfte Dominik an die Tür. »Soll ich dir dein Handy reinbringen?«, rief er durch die geschlossene Tür.

»Was steht auf dem Display?«

»Oliver.«

»Ja, bring's rein. Ich zieh den Vorhang zu.«

Einen Augenblick später hörte ich Dominik durch den geschlossenen Vorhang: »Ich leg's dir ans Waschbecken.«

»Okay, danke.«

Als er draußen war, nahm ich das Handy. Ich hatte ein schlechtes Gewissen, weil ich auf Olivers Blumen nicht reagiert hatte. Ob er etwas beleidigt darüber war? Ich konnte das Telefonat so nett wie möglich beginnen, damit er gar nicht erst auf die Idee kam, mir Vorwürfe zu machen. Also sagte ich: »Hallo, Oliver. Ich liege zwar gerade in der Badewanne, aber das macht nichts. Wie schön, dass du anrufst. Ich …«

»Hallo, Layla. Für dein Schweigen gibt es zwei Erklärungen.«

»Äh …«

»Entweder, die Blumen gefallen dir nicht …«

»Oder?«

»Oder du hast einen triftigen Grund, weil etwas passiert ist. Bist du vom Balkon gefallen und musstest in die Notaufnahme? Wolltest du Brötchen holen und wurdest als Geisel genommen? Hattest du eine Vision, in der du vor mir gewarnt wurdest?«

Nun konnte ich ihm nicht böse sein, dass er mir zu Anfang ins Wort gefallen war. Oliver war oft so witzig, manchmal freiwillig und manchmal unfreiwillig. Also stieg ich darauf ein und antwortete: »Es ist die Geschichte mit dem Balkon. Ich hab mir beide Arme und beide Beine gebrochen. Außerdem habe ich eine Amnesie. Wer, sagten Sie, sind Sie?«

»Ich bin der Kerl, der dir zwanzigtausend Euro geliehen hat und den du als besten Lover aller Zeiten bezeichnest.«

»Ha! Stimmt also doch, was in dem Zeitungsbericht stand. Männer denken überwiegend an Geld, Macht und du weißt schon.«

»Und woran denken Frauen?«

»Das hab ich komischerweise vergessen.«

Oliver lachte. »Wahrscheinlich an dasselbe; nur ist Frauen Macht nicht so wichtig.«

»Ja, ja, witzig. Nein, ich glaube, es waren zwischenmenschliche Beziehungen, Selbstverwirklichung, Aussehen … so was in der Art.«

»Ob die Reihenfolge stimmt? Na, jedenfalls wäre es nett gewesen, wenn du dich mal kurz gemeldet hättest.«

»Wegen der Blumen?«

»So, wie du es sagst, klingt es, als würde ich zu viel Aufhebens drum machen.«

»Zwei Nachrichten und ein Anruf innerhalb von ein paar Stunden? Vielleicht gibt es auch noch fünf Mails; ich hab noch nicht nachgesehen.«

Er sagte nichts.

»Es war nur ein Scherz, Oli.«

»Bitte nenne mich nicht Oli.«

»Warum? Ich finde Oli süß.«

»Eben. Süß.«

»Na gut. Danke für die Blumen, Oliver. Ich wollte mich noch melden.«

»Ach ja? Wann denn?«

»Ich spüre da einen leichten Druck.«

»Druck? Du fühlst dich ja ziemlich schnell unter Druck gesetzt, wenn ich das mal sagen darf.«

Das versetzte mir einen Stich in der Herzgegend. Stimmte das? Verdammt, hatte das nicht auch McDee gesagt? Ja! Er hatte gesagt: »Du willst eine ernsthafte Beziehung, und du willst deine Freiheit, Layla. Beides geht aber nicht.« Dabei war er es doch, der wegen Kindern Druck gemacht hatte.

Ich lag da in der Badewanne, mit dem Handy in der

Hand und starrte an die Wand. Hatte ich gerade eine große Erkenntnis über mich gewonnen? War es wirklich so, dass ich die Nähe und Geborgenheit einer Beziehung wollte, mich aber gleichzeitig die Fesseln der geistigen und räumlichen Freiheit darin erdrückten? Was passierte hier gerade?

»Oliver?«

»Ja?«

»Herzlichen Dank für die Blumen. Wirklich. Sie sind wunderschön, und ich weiß, es war unhöflich, sich nicht zu melden, aber glaub mir bitte, es war mir nicht möglich, weil mein Sohn mir heute offenbart hat, dass er Vater wird.«

»Oh! Ja dann, ist doch klar, Layla. Das wusste ich nicht. Es ging mir doch nicht um das blöde Danke. Ich wollte nur gerne deine Stimme hören. Entschuldige bitte.«

»Aber nein, du musst dich doch nicht entschuldigen.«

»Du hast gar nicht erwähnt, dass dein Sohn auf dem Weg ist, eine Familie zu gründen.«

»Bis vor Kurzem wusste ich es selbst noch nicht.« Ich erzählte Oliver von Dominiks und Emilys kurzer Beziehung.

»Bei meinen Eltern war es auch so.«

»Wirklich?«

»Ja.«

»Hattest du denn Kontakt zu deinem Vater?«

»Hier und da. Er hat später geheiratet und mit seiner Frau drei Kinder, da hatte er nicht viel Zeit für mich. Aber meine Mutter war großartig.«

Alarmglocken!!!

Ein Mann, der seine Mutter idealisiert und auf einen Sockel hebt! Ich musste der Sache auf den Grund gehen.

»So gut wie jede Mutter liebt ihr Kind über alle Maßen.

Ich kann verstehen, dass du sie als beste Mutter der Welt siehst, aber andere Mütter sind für ihre Kinder ebenfalls gute Mütter.«

»Ja, sicher«, meinte er leichthin, wohl um das Thema zu beenden.

»Lebt sie denn noch?«

»Ja. Sie hat gesagt, sie wird nicht sterben, bevor ich nicht die Frau fürs Leben gefunden hab.«

»Ah ja …«, sagte ich bloß.

»Weißt du, Layla, du bist so ganz anders als meine Mutter. Aber das macht nichts. Ich hab dich trotzdem gern.«

Nein, ich war über diesen Satz nicht schockiert. Irgendwie hatte ich so etwas schon erwartet. »Kann ich dich mal etwas fragen, Oliver?«

»Ja, natürlich.«

»Beschreibe mir mal deine Traumfrau. Und bitte sei dabei ganz, ganz ehrlich.«

Schweigen am anderen Ende.

»Hör zu, langsam wird mein Badewasser kalt. Ich kann mir schon vorstellen, warum du nicht antwortest. Die Frau deiner Träume ist nicht gerade eine exakte Beschreibung meiner Person. Stimmt doch?«

»Wie soll ich sagen … die meisten von uns bleiben doch sowieso an jemandem kleben, der ganz anders ist als das Fantasiegebilde, dass sie sich erträumt haben.«

»Nun lass uns mal offen sprechen, Oliver. Ich will ganz bestimmt nicht, dass ein Mann *an mir kleben* bleibt, ich will, dass er verrückt nach mir ist. Verstehst du? Deshalb will ich jetzt, dass du mir die Frau deiner Träume beschreibst.«

»Du darfst aber nicht lachen?«

»Glaub mir, das hier ist für mich kein Gaudium.«

»Also gut. Was ich ganz toll finde … aber das darf man ja in der heutigen Zeit nicht aussprechen, ohne gesteinigt zu werden … ist, wenn die Frau so ein bisschen häuslich ist. Ich will kein Hausmütterchen, aber wenn sie gerne kocht und bäckt und einen kleinen Putzfimmel hat, finde ich das süß. Dann ist halt noch die Sache, dass ich gerne daheim bin, also, sie soll mich nicht jedes Wochenende irgendwo hinschleppen wollen. Ich gehe nämlich gerne früh ins Bett. Sie soll intelligent und gebildet sein, aber wenn sie dann noch so'n bisschen schüchtern ist und in ihrer ganzen Art natürlich und authentisch, dann ist das für mich die totale Traumfrau.«

Ich ließ seine Worte auf mich wirken. Es war zwar nicht gerade ein berauschendes Gefühl, dass seine Traumfrau kaum meiner Person entsprach, aber ich war deshalb nicht am Boden zerstört. Schließlich hatte ich mich noch nicht in ihn verliebt. Was wohl nicht von ungefähr kam.

»Glaub mir, Layla, ich finde dich echt toll. Als ich sagte, du bist aufregend, meinte ich das auch so.«

»Ach, Oliver. Ich weiß es doch zu schätzen, dass du gerade so offen warst. Du willst nicht alleine bleiben, und daran ist nichts verwerflich. Aber ich möchte für einen Mann kein Kompromiss sein, verstehst du?«

»Ja. Hm, war's das jetzt?«

»Nicht ganz.«

»Ach so?«

»Deine Traumfrau … Ich kenne sie.«

»Bitte was?«

»Ich würde dir gerne jemanden vorstellen, Oliver. Sie heißt Fabia.«

Später machte ich mir einen Tee und setzte mich an den Computer, um nach der Post zu sehen. Während er hochfuhr, spürte ich bezüglich Oliver ein überraschendes Gefühl: Erleichterung. Ich hatte die ganze Zeit gespürt, dass er nicht der Richtige war, und es hatte nur einen Auslöser gebraucht, um mir das klarzumachen.

In meinem Postfach war eine Mail. Sie war von René.

Hallo Layla,
tja, was kann man da sagen? Außer vielleicht das, was Pauline und Günter damals zu uns sagten: »Irgendwie geht es immer weiter. Ihr macht schon euren Weg.« Weißt du noch?
Trotzdem ist es ein kleiner Schock. Ich würde gerne mit dir darüber sprechen, und natürlich auch noch mal in Ruhe mit Dominik. Das Mädchen sollten wir ja auch kennenlernen. Aber ich will da nichts überstürzen.
Willst du dich in den nächsten Tagen mal mit mir treffen? Vielleicht in einem Café nach meiner Arbeit? Das wäre klasse.
Viele Grüße
René

Er hatte das einfühlsam und freundlich geschrieben. Was sollte dagegen sprechen, dass wir es so machen? Eigentlich nichts.

Hallo René,
geht klar. Wie wäre es am Dienstag um 18 Uhr im Café im Literaturhaus?

Übrigens: Das Mädchen heißt Emily, und wie ich vorhin erfahren habe, ist sie dreiundzwanzig.
Und noch etwas, weil dich das doch so interessiert hat: Ein Proktologe behandelt Stuhlinkontinenz, Hämorrhoiden, Analabszesse und so Sachen.
Tschüss
Layla

Als ich auf Senden drückte, spürte ich ein bisschen Aufregung. Ich würde mich mit René treffen! Wir beide alleine. Für einen kurzen Augenblick fühlte ich mich wieder wie achtzehn.

11

Es gibt Schlimmeres, als Großmutter zu werden.« Steffi saß auf der Couch und streckte die Beine von sich. »Dominik hat einen guten Job, und Emily landet mit dem Kind ja nicht unter der Brücke. Beide haben keine schlechten Perspektiven für die Zukunft, und eigentlich sind sie im idealen Alter, um Eltern zu werden.«

»Da ist nur das Problem, dass die beiden nicht zusammen sind und das Kind von Anfang an ohne Vater aufwächst.«

»Na ja, so selten ist das ja nicht. Valentin wächst auch ohne Vater auf. Siehst du uns deshalb weinen?«

»Aber wünschst du dir nicht, dass Valentin, wenn er mal Vater wird, ein präsenter Vater ist, der immer da ist?«

Steffi sah mich amüsiert an. »Zunächst mal interessiert es unsere Kinder herzlich wenig, was wir uns wünschen; und das ist auch gut so, sonst hätten wir was falsch gemacht. Du weißt genau, dass ich recht habe, aber als Mutter kann ich dich auch verstehen. Und kannst du mir bitte erklären, was ein präsenter Vater ist? Kennst du einen? Meinst du die Väter, die Karriere machen und ihren Kindern abends noch schnell ein Gute-Nacht-Küsschen geben? Oder meinst du die Väter, die abends vor der Glotze sitzen und die Kindererziehung den Frauen überlassen?«

Ich schüttelte den Kopf. »Es sind doch nicht alle so.«

Steffi dachte eine Weile nach. »Mir fällt eine einzige Ausnahme ein. Der Mann meiner Cousine.«

»Ach, du übertreibst«, warf ich ihr vor und nahm mir eine Handvoll Chips aus der riesigen Schüssel, die auf dem Wohnzimmertisch stand. »Weißt du noch, wie Moritz sich um Dominik gekümmert hat? Stell dir mal vor, wie hingebungsvoll er erst bei einem eigenen Kind gewesen wäre.«

Ruckartig wandte Steffi den Kopf und sah mich an. Ich wartete darauf, dass sie etwas sagte, aber sie schwieg.

»Dominik liebt ihn heute noch und sagt, er sei für ihn eine Art zweiter Vater gewesen.«

»Wie läuft es mit Oliver?«, fragte sie unvermittelt.

Ich seufzte, dann stopfte ich mir ein paar Chips in den Mund. »Kurz und knapp: Da läuft gar nichts. Hat sich erledigt.«

Sie sah mich interessiert an. »Ach? Und warum?«

»Oliver ist wirklich sehr nett, und sein Aussehen ist auch nicht zu verachten, aber … es hat nicht richtig gefunkt.«

»Das kenne ich. Der Mann ist irgendwie toll, aber trotzdem passiert nichts mit dir.«

Ich nickte. »Ja, genauso war's. Außerdem entspreche ich nicht dem Bild, das er sich von einer passenden Partnerin macht. Zumindest nicht ohne Zugeständnisse. Er hat mir seine Idealfrau beschrieben, und ich schwöre dir, Steffi, das ist Fabia, eins zu eins.«

»Fabia?« Steffi riss überrascht die Augen auf. »Tatsächlich?«

»Ja, absolut. Noch während er davon geredet hat, ist ihr Bild vor meinem inneren Auge aufgetaucht.«

Steffi kniff den Mund zusammen, dann meinte sie skeptisch: »Aber wissen wir, dass er auch für Fabia der Richtige ist?«

Oh, wie es aussah, hatte mein Plan eine Lücke. »Das habe ich nicht bedacht. Aber Oliver ist toll! Es kann nicht sein, dass er ihr nicht gefällt.«

»Das *kann* nicht sein? Also bitte!«

Ich nahm einen Schluck Wein und überlegte. »Schon klar, aber sie hat doch gesagt, dass sie gerne einen Freund hätte, und es gibt einfach keinen besseren als Oliver.«

»Ach, echt?«, meinte Steffi neckend. »Und warum nimmst du ihn dann nicht? Vielleicht passen sie von ihren Vorstellungen zusammen, aber die Chemie zwischen ihnen muss deshalb nicht unbedingt stimmen.«

Wir hingen für eine Weile beide unseren Gedanken nach.

»Ich muss dich etwas fragen, Steffi«, unterbrach ich die Stille.

»Jederzeit.« Sie lächelte mir aufmunternd zu.

»Warum erzählst du mir nicht, was mit Moritz ist?«

Es war nicht zu übersehen, dass sie mit dieser Frage nicht gerechnet hatte. »Da das mit Oliver und dir nichts wird, kann ich es dir sagen, glaube ich. Außerdem kommst du irgendwann selbst drauf.« Sie sah mich plötzlich skeptisch an, dann fügte sie hinzu: »Oder auch nicht, wie es aussieht.«

»Was meinst du? Und was hat denn Oliver damit zu tun?«

Steffi hob kurz die Augenbrauen und grinste. »Es hätte dich Oliver gegenüber blockiert, und das wollte ich nicht.«

Mit einem Mal war ich gar nicht mehr müde, sondern lehnte mich nach vorne. Allmählich kam mir so eine

Ahnung, aber ich wollte sie nicht aussprechen. Denn wenn es nicht stimmte, dass ich für Moritz mehr war als eine gute Freundin, dann würde ich mich lächerlich machen. Womöglich ging es um etwas ganz anderes? »Da gibt es einen Zusammenhang?«, fragte ich deshalb, so neutral wie möglich.

»Den totalen Zusammenhang.« Sie grinste.

»Nun sag schon, Steffi.«

»Ich wollte, dass du dich frei und unbefangen in die Beziehung mit Oliver stürzt. Wenn ich dir das mit Moritz erzählt hätte, dann wäre das vielleicht nicht mehr möglich gewesen. Aber da sich Oliver erledigt hat, kann ich es dir sagen.«

»Wird's bald?«

Steffi schien nach den passenden Worten zu suchen. »Als wir … äh … danach … du weißt schon … so nebeneinanderlagen und uns unterhalten haben, da habe ich ihn gefragt: ›Soweit ich weiß, hast du nie eine längere Beziehung gehabt. Hast du denn nie in deinem Leben jemanden geliebt?‹ Da ist er so komisch zurückgeschreckt und ist etwas rot geworden.«

»Na und? Deine Frage war aber auch ziemlich direkt, finde ich.« Ich zuckte die Schultern und wartete darauf, dass sie weitersprach.

»Er hat ein bisschen zickig zurückgefragt, warum ich so etwas Bescheuertes wissen will.«

»Und darüber wunderst du dich?«

»Keine Ahnung, aber dann kam eins zum anderen, und ich sagte, das wäre doch keine schlimme Frage und überhaupt, und er sagte, er wäre ja schließlich kein liebesunfähiger Soziopath. Also sagte ich das Erste, das mir in den Sinn kam.«

»Nämlich?« Nun war ich ziemlich gespannt.

»Ich fragte: ›Ist es Layla?‹ Darauf ist er aufgesprungen, hat sich angezogen und ist gegangen. Einfach so.«

Es dauerte eine Weile, bis ich die Worte verarbeitet hatte. »Warum … Was soll das, Steffi? Warum stellst du ihm so eine Frage?«

»Es kam einfach aus mir raus.« Sie hob abwehrend die rechte Hand. »Nein, nicht einfach so. Es war eine Eingebung. Bei seiner Reaktion keimte dieser Gedanke in mir auf – und dann war alles klar.«

»Was war klar?« Ich sprang von der Couch auf. »Was war denn klar, Steffi? Was tust du da?«

Sie legte sich die Hand auf die Brust und blickte erschrocken zu mir auf. »Ja, was mach ich denn Schlimmes?«

»Du zerstörst dieses wunderbare und unschuldige Band zwischen mir und Moritz!« Erst jetzt merkte ich, dass ich laut geworden war.

»Unschuldiges Band?« Steffi verzog ungläubig das Gesicht. »Sag mal, hörst du dich eigentlich selbst reden, Layla? Du kannst doch nicht die Tatsache verdrängen, dass ihr beide, Moritz und du, bestens zusammenpasst. Und wenn doch, warum tust du das?«

»Steffi!« Merkte sie wirklich nicht, dass ich gerade ziemlich wütend auf sie war? »Du bist die beste Freundin, die ich je hatte, aber das gibt dir nicht das Recht, alles wissen zu müssen und alles zu hinterfragen.«

Sie nickte langsam, während sie mir ins Gesicht sah, dann stand sie auf und sagte: »Gut, Layla. Vielleicht habe ich damit eine Grenze überschritten. Ich will niemanden verletzen; das musst du mir glauben.«

»Das weiß ich«, sagte ich eine Spur leiser.

Steffi streckte die Arme aus und nahm meine Hände. »Natürlich ist es deine Sache, wie du deine Freundschaften und Beziehungen pflegst. Ich … Ich dachte einfach, du solltest es wissen. Und falls daraus etwas werden könnte, dann …« Sie machte eine Pause, dann sagte sie: »Moritz liebt dich, Layla.«

Moritz hatte die Angewohnheit, »Zu viel Information!« zu sagen, wenn er etwas nicht wissen wollte.

Während ich auf der Couch im Wohnzimmer lag, Dolly Parton hörte und an Moritz dachte, kam mir diese Redensart in den Sinn. Ja, zu viel Information. Was sollte ich jetzt mit diesem Wissen anfangen? Wohin damit?

Es gab etwas, was ich stets für mich behalten und nie einer Menschenseele anvertraut hatte. Es waren zwei knisternde Situationen, die es mit Moritz gegeben hatte.

Ein paar Monate, nachdem ich ihn kennengelernt hatte, waren wir bei einer Kommilitonin auf einer Party eingeladen. René war mit dem kleinen Dominik übers Wochenende zu meiner Mutter und Günter gefahren. Plötzlich, aus heiterem Himmel, blieb mein Blick an Moritz haften. Er unterhielt sich mit jemandem, wandte mir sein Profil zu und hielt ein Glas Whiskey Cola in der Hand. Er lachte über etwas, und ich dachte: *Ist er nicht ein toller Kerl? Er ist klug, witzig, charmant, souverän …* In diesem Moment drehte er sich um und ertappte mich dabei, wie ich ihn anstarrte. Unsere Blicke trafen sich – für mehrere Sekunden. Er wurde ernst, und ich wusste nicht, wie ich reagieren sollte. Dann setzte ich mich einfach in Bewegung und ging ans Buffet. Ich weiß noch, dass ich dachte: *Er ist vielleicht toll – aber du bist sehr, sehr verheiratet!*

Wir haben nie über diesen Augenblick gesprochen, aber wir beide haben ihn nicht vergessen, und jeder von uns weiß, dass es auch der andere nicht vergessen hat.

Die andere Situation gab es, kurz nachdem René ausgezogen war. Ich hatte einen Zahnarzttermin und musste danach noch in die Stadt fahren, um Besorgungen zu machen. Moritz war gekommen, um auf Dominik aufzupassen. Als ich nach Hause kam, war Dominik schon im Schlafanzug und putzte sich im Bad die Zähne. Moritz lag im Wohnzimmer auf dem Boden und stöhnte: »Boah, bin ich fertig.« Wie es aussah, hatte er mal wieder richtig viel mit meinem Sohn getobt. Als ich noch darüber lachte, stolperte ich über ein Spielzeug und war schon dabei, vornüberzufallen, als Moritz sich ein wenig aufrichtete und die Arme ausstreckte, um mich aufzufangen. Beinahe wäre ich auf ihn gefallen, aber er fing mich ab. Ich spürte seine Hände auf den Hüften, und unsere Gesichter waren sich ganz nah, so nah, dass ich ihn riechen konnte. Es war ein angenehmer Geruch. Schnell befreite ich mich und stammelte irgendwas. Moritz stand auf und sagte, jetzt müsse er aber los. Das war so ziemlich der einzige Körperkontakt zwischen uns gewesen, in all den Jahren. Wir hatten uns nie in den Arm genommen, nur zwei- oder dreimal als Abschiedsgeste kurz am Arm berührt, aus sicherer Distanz.

Dieses Ereignis, als ich ihm buchstäblich in die Arme

gefallen war, geschah zum falschen Zeitpunkt. René war gerade vor einem Monat ausgezogen, und ich hatte immer noch ein gebrochenes Herz. Es war für mich unvorstellbar, mich gleich in eine neue Beziehung zu stürzen. Was Moritz darüber dachte, wusste ich nicht. Wahrscheinlich hätte er sowieso keine Frau gewollt, die in Gedanken und emotional immer noch an ihrem Exmann hing.

Danach passierte nie wieder etwas Knisterndes zwischen uns. Die Jahre vergingen, hin und wieder hatte ich eine meiner kargen Beziehungen, hin und wieder hatte Moritz jemanden, wobei das bei ihm nie länger als ein paar Wochen hielt. Obwohl ich mich nie ausgiebig mit der Frage *Käme Moritz als Mann für mich infrage?* beschäftigt hatte, wussten wir beide um die Gründe, die dagegen sprachen. Erstens die Tatsache, dass ich immer das Gefühl hatte, er wolle sich nicht binden. Einmal sagte ich ihm, dass er vielleicht Angst vor Nähe habe, woraufhin er leicht austickte. Er warf mir vor, leichtfertig mit Pseudodiagnosen um mich zu werfen. Vielleicht war der Vorwurf sogar berechtigt, aber es gab so manche Frau, die an ihm interessiert war, und er war grundsätzlich nur für eine Affäre zu haben. Zweitens war da seine Empfindlichkeit, die in den letzten Jahren allerdings nachgelassen hatte. Früher hatten wir deshalb viel gestritten. Er hatte so oft das Gefühl, ich würde ständig an ihm herumkritisieren. Manchmal waren das absolute Kleinigkeiten, wie etwa: »Geh mal wieder zum Friseur. Du siehst so verwahrlost aus.« Auf so eine Bemerkung hin konnte er dermaßen sauer werden, dass er mir entgegenschleuderte: »Kann dir doch egal sein, wie ich aussehe!«

Wir hatten uns beide verändert. Ich hatte nicht mehr das Bedürfnis, alles zu äußern, was mir gerade in den Sinn kam, und lernte allmählich, die Menschen weitgehend so zu akzeptieren, wie sie waren. Und Moritz war nicht mehr so aufbrausend und überspielte Wut heute eher mit einer Prise Ironie als mit Gegenschlägen. Als ich mich einmal bei meiner Mutter über Moritz und seine Sensibilität beschwert hatte, hatte sie gemeint: »Aber du weißt doch, Layla, dass uns nur Menschen verletzen können, die uns etwas bedeuten.« Damals hatte ich mich nicht weiter damit befasst, aber wenn ich so darüber nachdachte, wurde mir klar, dass Moritz tatsächlich immer nur bei mir so reagiert hatte.

Ich wusste einfach nicht, was ich von Steffis Erzählung halten sollte. Dass er einfach so abgehauen war, ließ darauf schließen, dass sie einen Nerv getroffen hatte. Ich kannte ihn. Ich kannte ihn besser als jeder andere. Aber ich konnte unmöglich mit ihm darüber reden. Wir beide konnten über alles reden, wirklich alles, aber nicht über uns beide, das hatten wir nie getan. Andererseits … hatte er selbst es nicht im Kino angesprochen und sogar in der Mail? Er wollte es einfach hinter sich bringen, aber da ich sagte, ich wüsste von nichts, konnte er die Sache noch nicht abhaken. Es blieb mir also nichts anderes übrig, als es anzusprechen. Ja, dann hätten wir es hinter uns. Aber was sollte ich sagen? Vielleicht: *Möchtest du darüber reden?* Großer Gott, nein. Ich würde einfach sagen, Steffi hat es mir erzählt, und es sei ja kein Problem, wenn er irgendwann in der Vergangenheit mal romantische Gefühle für mich hatte. Das war wohl am besten.

Ich hatte eine Mail von René, der kurz schrieb, dass er sich auf die Verabredung freue. Ich lächelte ein wenig darüber, dann schrieb ich eine Mail an Moritz.

Hallo Moritz,
wie sieht es am Mittwoch bei dir aus? Biergartenmäßig.
Wäre 18 Uhr okay? Oder vielleicht kannst du ja schon früher von der Arbeit weg.
Deine Layla

Die nächsten Stunden arbeitete ich an der Übersetzung. Ich versuchte mich abzulenken, und das tat mir gut. Als ich mir um ein Uhr nachts müde die Augen rieb und beschloss, ins Bett zu gehen, sah ich noch einmal nach der Post.

Hallo Layla,
ich bin zwischen halb sechs und dreiviertel sechs da.
Bis dann,
M.

Ich starrte auf den Monitor. Moritz unterschrieb immer mit *dein Moritz* – und jetzt dieses unpersönliche M. Warum tat er das? Es versetzte mir einen Stich ins Herz, so sehr kränkte mich das. Warum sponn er jetzt so rum? Moritz war wirklich der schwierigste Mensch, den ich kannte.

Am nächsten Tag saß ich den ganzen Tag am Computer und arbeitete an der Übersetzung. Ich wollte bis zum Abend damit fertig werden.

Gerade, als ich mich kurz vor acht erleichtert nach hinten fallen ließ und in meinem Bürostuhl wippte, klingelte das Telefon. »Fertig«, murmelte ich vor mich hin, »endlich fertig. Fünfhundertzwanzig Seiten. Puh!«

Dominik kam ins Zimmer und hielt den Telefonhörer in der Hand. »Oma ist dran.« Dann dämpfte er seine Stimme und meinte: »Sie ist etwas angepisst.«

»Ach ja?«

Ich nahm den Hörer und sagte: »Hallo?«

»Du hast es nicht für nötig befunden, mich darüber in Kenntnis zu setzen, dass Dominik Vater wird?«

»Was? Ach so, ja. Ich hab das selbst erst mal …«

»Günter hat René angerufen, und der erzählt ihm davon, und ich erfahre es dann von Günter.«

»Na ja, ich hätte dich natürlich bald angerufen, aber du hast es schließlich nicht aus der Zeitung erfahren, sondern über die Familie.«

»Trotzdem.«

»Tja, was sagst du denn dazu?«, wollte ich wissen.

»Ich habe keine Meinung dazu.«

»Ach so?« Was meinte sie denn damit, dass sie nichts meinte?

»Die Neuigkeit hat mich überrascht.«

»Ja, das haben Neuigkeiten so an sich.« Ich lachte kurz auf, weil ich dieses Gespräch als sonderbar empfand.

»Blöd, dass die beiden nicht zusammen sind«, meinte sie schließlich.

»Ja. Blöd.«

»Alles andere wird sich schon regeln.« Sie klang nun etwas freundlicher.

»Das denke ich auch, ja.«

»Tja.« Meine Mutter war ungewöhnlich wortkarg heute. Außerdem hatte sie einen leicht gereizten Unterton.

»Und wie geht es dir so?« Ich stellte diese Frage ganz unbefangen und erwartete nicht mehr als ein *Gut, danke,* aber was dann kam, ließ mich erstarren. Meine Mutter sagte: »Günter und ich haben eine Ehekrise. Vielleicht lassen wir uns scheiden.«

Zuerst dachte ich an einen schlechten Scherz. Außerdem hörte sie sich so sachlich an, als hätte sie gerade gesagt, sie habe Teewasser aufgesetzt. »Was … Wie meinst du denn das?«, fragte ich benommen.

»Wie ich das meine? Also, noch klarer kann ich es doch kaum sagen, oder?«

»Wieso denn eine Ehekrise? Gibt es … eine dritte Person?«

»Was denn für eine dritte Person?« Ihre Stimme war hoch geworden, beinahe schrill.

»Du weißt doch, was ich meine. Hat Günter jemanden kennengelernt? Oder du?«

Meine Mutter prustete in sich hinein. Allerdings hatte ich ganz und gar nicht den Eindruck, dass ihr zum Lachen zumute war. Sie war so eine stolze Frau und stets darauf bedacht, Fassung zu wahren. »Layla! Ich bin achtundsechzig Jahre alt. Glaubst du, in meinem Alter verknallt man sich noch?«

Die Situation war zu ernst, als dass es lustig gewesen wäre, aber trotzdem fand ich ihre Aussage irgendwie komisch. »Das soll vorkommen. Warum sollte man sich denn im hohen Alter nicht mehr verlieben können?«

»Egal. Darum geht es jedenfalls nicht.«

»Und worum geht es dann?«

»Günter nimmt mich gar nicht mehr wahr. Er hat schon immer gerne im Garten und am Haus gearbeitet, und dann abends vor der Glotze gesessen. Allerdings hat es früher zumindest sexuell zwischen uns gestimmt und …«

»Äääh«, unterbrach ich sie, »können wir diesen Teil überspringen?«

»Mein Gott, wir sind schließlich beide erwachsene Frauen, oder?«

»Das sind wir, aber … Na ja … Zu viel Information.« Moritz' Spruch fiel mir schon wieder ein. »Ich fühl mich einfach nicht wohl dabei.«

»Aha. Ich wusste ja nicht, dass es hier um *dich* geht, aber gut.« Manchmal war sie etwas egozentrisch. Komischerweise war sie das früher nicht gewesen (oder nur minimal), es hatte sich tatsächlich erst in den Wechseljahren bei ihr manifestiert.

»Eigentlich habe ich mich nie so richtig getraut, das zu sagen, aber … wie soll ich es formulieren … ich finde, ihr geht nicht gerade liebevoll miteinander um. Manchmal habe ich sogar den Eindruck, als ob ihr euch nicht leiden könnt. Ich meine, diese Seitenhiebe und diese sarkastischen Bemerkungen … Ist das denn wirklich nötig?«

Sie räusperte sich verlegen. »Ja, das ist nicht schön«, sagte sie bloß.

»Das mit der Scheidung ist nicht wirklich ernst gemeint, oder?« Natürlich war mir ihr liebloses Verhalten zueinander längst aufgefallen, und es war höchste Zeit, etwas dagegen zu unternehmen, aber die Vorstellung, dass Günter und meine Mutter in Zukunft getrennte Wege gehen würden, machte mich traurig.

»So genau weiß ich das noch nicht, aber mir kommt dieses Nebeneinanderherleben so sinnlos vor. Wir sprechen nur noch beim Essen miteinander, aber selbst dann nörgelt er ständig an irgendetwas herum oder kritisiert mich als Person.«

»Glaubst du, ihr könntet offen miteinander sprechen und einen Neuanfang starten? Trotz allem liebt ihr euch doch?«

»Ich hab ihn ja gern«, meinte sie, »aber ein Liebespaar sind wir schon längst nicht mehr.«

»Vielleicht solltet ihr versuchen, neue Impulse in eure Beziehung zu bringen. Jedenfalls könnte es nicht schaden, respektvoller miteinander umzugehen.«

»Wenn's was bringt«, murmelte meine Mutter missmutig. »Günter kann so ein Sturkopf sein.«

»Wenn das alles nicht funktioniert, könnt ihr euch immer noch trennen.«

»Aber in unserem Alter …«, murmelte sie.

Ich glaubte, mich verhört zu haben. »Du meinst, eine Scheidung lohnt sich gar nicht mehr, für die paar Jahre?«

»So hätte ich es nicht ausgedrückt, aber es trifft in etwa den Kern.«

»Und was, wenn du fünfundachtzig oder neunzig werden solltest? Dann wären es vielleicht zwanzig Jahre, die dir noch bleiben. Willst du diese Zeit einfach absitzen, weil sich etwas nicht lohnt? Jeder Tag zählt. Und weißt du, was Mark Twain gesagt hat? Gib jedem Tag die Chance, der schönste deines Lebens zu werden.«

Das ging ihr nah. Das merkte ich daran, dass sie sich ausgiebig schnäuzte. Ich spürte, dass sie meinen Beistand brauchte, dass es sie interessierte, wie ich darüber dachte. »Egal, wie du dich entscheidest, Mama, ich bin immer auf deiner Seite.«

Ein paar Sekunden vergingen, dann sagte sie: »Das bedeutet mir sehr viel.«

12

Ich war immer ein sehr pünktlicher Mensch. Normalerweise. Nur heute nicht. Schon von Weitem sah ich René in dem vereinbarten Café am Fenster sitzen und in sein Handy tippen.

Dominik hatte mich aus der Arbeit angerufen und erzählt, dass er ein Appartement gefunden habe. Eigentlich hatte er erst im Herbst ausziehen wollen, aber er meinte, dass er dieses Angebot nicht ausschlagen könne. Sein Freund Lukas, genannt Lucki, war vor Kurzem in dieses Mietshaus gezogen und auf diese Weise wäre sein bester Freund nun sein Nachbar. Die Miete war, zumindest für Münchner Verhältnisse, günstig, und die Wohnung lag in Altschwabing. So hatte ich mich am Telefon mit Dominik verplaudert, und als ich gerade aufgelegt hatte, rief meine Mutter an, um mir zu berichten, dass Günter und sie nun nicht mehr miteinander sprachen und er im Gästezimmer schlief. Ich wusste nicht recht, welchen Rat ich ihr geben sollte, deshalb sagte ich, sie solle über ihren Schatten springen und ein klärendes Gespräch mit ihm führen. Auf dem Weg zum Treffen mit René hatte ich darüber nachgedacht, ob es nicht irgendwie heuchlerisch von mir war, ihr so etwas zu raten, denn war ich nicht über viele Jahre einem Gespräch mit René ausgewichen? Wäre das alles mit René heute passiert und nicht vor über zwanzig Jahren, wie würde ich damit umgehen? Wahrscheinlich könnte ich mich nicht vernünftig mit ihm an einen Tisch setzen und sagen: »Nun erzähl mal, Schatz, warum hast du mich betrogen?« Aber bestimmt würde ich nicht so die Fassung verlieren wie damals, und womöglich würde ich nicht einfach so eine Ehe hinschmeißen, ohne vorher den Versuch zu machen, das Ganze genauer zu betrachten oder sogar zu bereinigen.

Ich betrat das Lokal. René blickte auf, als er mich näher kommen sah, und steckte sein Handy in die Hosentasche. »Hallo«, sagte er nur, ohne einen Vorwurf wegen meines Zuspätkommens.

»Entschuldige, dass ich mich verspätet habe.« Ich setzte mich auf den zierlichen Stuhl.

René warf einen Blick auf seine Armbanduhr. »Zwanzig Minuten, hm. So viel, dass man sich wundert, aber zu wenig für ein gewichtiges Vorkommnis.«

»Gewichtiges Vorkommnis? Aha. Na ja, ich wurde aufgehalten. Von Dominik und von meiner Mutter.«

René nickte. »Betrifft wohl die zwei überraschenden Neuigkeiten in unser beider Leben.«

Ich nickte. »So ist es wohl.«

»Was möchtest du trinken?«

»Einen Cappuccino und ein Mineralwasser.«

René bestellte für mich und orderte für sich noch einen Kaffee. Er sah mich an und meinte: »Du siehst müde aus, Layla.«

Welche Frau hörte das schon gerne aus dem Mund eines Mannes? Ich beschloss, darüber hinwegzusehen und mich an der Tatsache zu erfreuen, dass er um mich besorgt schien.

»Ich hab die letzten Nächte nicht so gut geschlafen«, gab ich offen zu.

»Wegen Dominik?« René stützte die Arme auf dem Tisch auf und sah mich an. Er wirkte ganz gelassen, und er hörte sich so herzlich an, beinahe mitfühlend.

»Ja, aber auch wegen meiner Mutter und Günter.«

René rieb sich die Augen. »Tja, das hab ich irgendwie auch nicht kommen sehen.«

Ich lächelte gequält. »Wem sagst du das.«

»Und? Wie findest du es, dass wir bald Oma und Opa werden?« Wie es aussah, wollte er lieber beim Thema Dominik bleiben.

»Ich weiß nicht. Es ist ein bisschen aufwühlend.«

René sah mich nachdenklich an. »Was weißt du denn so über diese Emily?«

»Nicht besonders viel.« Ich erzählte René von ihrem Studium, der Wohnsituation und den Plänen zur späteren Betreuung des Kindes. »Das war's auch schon, was ich berichten kann. Dominik war wohl nur ein paar Wochen mit ihr zusammen.«

Die Bedienung brachte unsere Getränke, und so entstand eine Pause, und eine komische Spannung lag in der Luft. Nicht unangenehm, aber spürbar.

»Tja, ich hab mir das irgendwie anders vorgestellt«, sagte René, mehr zu sich selbst.

»Was denn?«

»Na ja, du weißt schon. Das mit dem Enkelkind. Ich habe zwar nie wirklich darüber nachgedacht, aber ich dachte immer, Dominik würde den klassischen Weg gehen. Heiraten, erstes Kind und nach zwei Jahren das zweite

Kind. Klingt spießig, aber insgeheim wollen wir das doch alle.«

»Ja, aber es lässt sich nun mal nicht ändern.«

Gedankenverloren rührten wir in unserem Kaffee herum. »Aber wir können ja das Beste daraus machen.« Ich bemühte mich, positiv zu klingen.

»Na klar. Vielleicht können wir uns so weit arrangieren, dass alle mit der Situation zufrieden sind. Du weißt, was ich meine.« René gestikulierte mit den Händen. »Emily bringt das Kind, und wir … also ich … oder du … oder wir beide gehen in den Zoo, und so Zeug halt.«

Ich verkniff mir ein Lächeln. »Ja, genau, das ganze Zeug halt.«

René lachte kurz auf, was ein leises Kribbeln in meinem Bauch verursachte. Ich sah weg und tat so, als würde mich der Schaum auf meinem Cappuccino ziemlich faszinieren.

»Dominik hat ein Appartement gefunden, in Altschwabing«, erzählte ich.

»Ja? Das ist gut.« René nickte lächelnd.

Ich berichtete ihm, was Dominik mir gesagt hatte.

»Es wird auch dir guttun, Layla.«

Ich blickte auf. »Wie meinst du das?«

»Wie soll ich sagen … dass er jetzt auf eigenen Beinen steht … dass du jetzt loslassen kannst.«

Ich biss mir auf die Lippen. »Vielleicht«, quetschte ich hervor, »aber ich werde ihn vermissen.«

»Er ist ja nicht am Ende der Welt.«

»Du verstehst das nicht. Es tut trotzdem weh. Ich bin eine Mutter.«

»Und eine sehr gute, wie ich finde. Du hast echt einen tollen Job gemacht, Layla.«

Das berührte mich. Vor allem, dass ausgerechnet René das sagte. »Du bist ebenfalls kein übler Vater.«

René lächelte noch immer und sah mich schweigend an.

Sein durchdringender Blick machte mich etwas nervös, und ich sprach ein neues Thema an. »Wegen meiner Mutter und Günter … Also … Er hat ja übernächsten Samstag seinen siebzigsten Geburtstag. Meine Mutter hat darüber aber kein Wort verloren. Hat Günter etwas zu dir gesagt?«

»Nein. Aber es ist ein runder Geburtstag, und ich kann mir nicht vorstellen, dass sie es beide vergessen haben.«

René hatte die beiden zu Günters Geburtstagen natürlich immer besucht. Ich hatte angerufen und war dann manchmal ein paar Tage später hingefahren. Aber nachdem René und ich am Hochzeitstag beide dort gewesen waren, konnte Günter uns doch jetzt beide zusammen einladen. »Vielleicht ist ihnen einfach nicht nach Feiern?«

René machte eine ungläubige Grimasse. »Nicht nach Feiern? Und was machen sie stattdessen an diesem Tag? Das Haus putzen und Unkraut jäten?«

Ich schüttelte leicht den Kopf. »Das wohl kaum, aber vielleicht sind sie bis dahin gar nicht mehr zusammen.«

Er machte eine relativierende Handbewegung. »Nun mal doch nicht gleich den Teufel an die Wand. Mir ist sowieso nicht klar, warum die beiden sich trennen wollen, in ihrem Alter.«

»Bitte was?« Ich konnte nicht glauben, was er da sagte. Wie es schien, war er der gleichen Auffassung wie meine

Mutter. »Du meinst, das würde sich nicht lohnen? Also sollen sie eben ausharren, im besten Fall noch zwanzig Jahre lang?«

»Mit siebzig sein Leben noch mal komplett umzukrempeln, aus Sturheit oder wegen Selbstentfaltung, das scheint mir nicht gerade die beste Art, seinen Lebensabend zu verbringen.«

»Klar«, kam es ironisch von mir, »ist bestimmt viel vernünftiger, in einer Beziehung zu bleiben, um sich den ganzen Stress zu ersparen.«

»Also … Keine Ahnung … Sie streiten ziemlich viel, wie mir scheint. Aber worum es da manchmal geht, ist an Banalität kaum zu überbieten.«

»Ich kapiere auch nicht, warum die beiden dieses Genörgel nicht in den Griff bekommen. Ständig steigern sie sich in irgendwelche Rechthabereien hinein. Am Ende verteidigt jeder nur noch entschlossen seine Position und will nicht nachgeben. Und danach schmollen sie sich gegenseitig an.«

René betrachtete mein Gesicht, ohne etwas darauf zu sagen.

»Ich weiß genau, was du jetzt denkst«, sagte ich und hielt seinem Blick stand.

»Was denn?« Um seinen Mund lag ein winzig kleines Lächeln.

»Ach«, winkte ich ab, »lassen wir das. Wenn du etwas zu sagen hast, dann sag es. Wenn nicht, ist es auch okay.« Ich war müde und hatte nicht die Kraft, ihn damit zu konfrontieren, dass er ganz offensichtlich an den Zusammenbruch unserer eigenen Ehe gedacht hatte.

»Soweit klar«, kommentierte er bloß.

Ich nahm den Faden wieder auf. »Fändest du es denn schlimm, wenn sie sich trennen würden?«

Er dachte kurz darüber nach, dann sagte er: »Doch, ein wenig traurig wäre ich schon.«

Seine Offenheit überraschte mich. »Ja?«

»Natürlich.«

»Und was machen wir jetzt wegen Günters Geburtstag?«

»Na, die werden uns doch wohl noch einladen, oder?«

»Und wenn nicht?«

»Dann schicken wir 'ne Karte.« René grinste.

»Ach, komm schon. Wir sind doch keine Arschlöcher.«

»Oder wir schicken Blumen. Oder wir schenken ihnen eine Reise für einen zweiten Honeymoon.« Er lachte kurz auf, dann nahm er einen Schluck Kaffee.

»Das ist gar keine schlechte Idee«, überlegte ich laut.

»Was?« René kniff skeptisch die Augen zusammen. »Das ist doch nicht dein Ernst? Sollten wir das Geld nicht eher darauf verwenden, Dominik und Emily etwas unter die Arme zu greifen? Kannst du dir das leisten, für so ein Geschenk so viel Geld auszugeben?«

Ich spürte, wie die Wut in mir hochkroch. »Weißt du, René, nicht nur Leute, die in der Bank arbeiten, können mit Geld umgehen.«

Er schnaufte hörbar aus. »Jetzt sei nicht gleich beleidigt. Es war doch nur eine Anregung. Schließlich kannst du mit deinem Geld machen, was du willst.«

»Sehr nett, danke.«

»Layla …«

»Was denn?«, stieß ich genervt hervor.

»Es tut mir wirklich leid. Es war nicht so gemeint. Glaub mir bitte.« René streckte seinen Arm aus und legte seine Hand auf meine. Mein Herz klopfte etwas schneller. »Ich weiß, dass du gerade ein Déjà-vu hattest.«

»Was du nicht alles weißt.«

»Ich hab dir oft Vorwürfe gemacht, aber heute verstehe ich, dass du eine junge Frau warst, die sich auch ab und zu etwas gönnen wollte.«

Seine Hand lag immer noch auf meiner. Wann hatte er vor, sie wegzuziehen? Nicht, dass es unangenehm gewesen wäre, aber es machte mich etwas angespannt.

Ich nickte. »Mir ist schon klar, dass du heute bestimmt anders darüber denkst, aber ich möchte einfach nicht zurechtgewiesen werden, wie ich meine Finanzen regle. Das geht dich nicht das Geringste an. Wir werden ein gemeinsames Enkelkind haben, aber ich habe deshalb nicht vor, mich mit dir an einen Tisch zu setzen und einen Finanzplan aufzustellen. Jeder von uns soll das so handhaben, wie er es für richtig hält.«

»Natürlich.«

»Hm. Okay.« Ich warf einen Blick auf seine Hand, die immer noch auf meiner lag.

René bemerkte es, dann zog er seine Hand ganz langsam zurück.

»Also?«

»Also was?« Er sah mich fragend an.

»Was wollen wir ihm schenken? Oder wollen wir noch mal in Ruhe darüber nachdenken?«

René nickte. »Das wäre wohl das Beste.«

Ich stützte die Arme auf der Tischplatte ab, dann grinste ich. »Moritz sagt, je mehr Geld man für ein Geschenk ausgibt, desto weniger hat man sich Gedanken darüber gemacht.«

Renés Miene nahm spöttische Züge an. »Was weiß Moritz schon über Finanzen. Der übernimmt ja für niemanden Verantwortung.«

»So ein Blödsinn!«, rief ich. »Du hast gar keine Ahnung, wie viel ihm seine Eltern und seine Schwester bedeuten. Er fühlt sich ihnen sehr verbunden und übernimmt dabei sehr wohl auch Verantwortung.«

René zuckte gelangweilt die Schultern. »Wenn du das sagst.«

Ich wollte keine schlechte Stimmung aufkommen lassen, deshalb fuhr ich fort: »Ach, noch mal wegen Günter ... Wir könnten doch alle zusammenlegen und ihm etwas wirklich Schönes kaufen. Tante Erna und Onkel Albert fragen, ob sie mitmachen wollen, und ...«

»Ich hasse das«, unterbrach er mich abrupt.

»Was?«

»Jemandem die Pistole auf die Brust zu setzen, dass er sich an etwas beteiligt.«

Ich verzog den Mund. »Wir setzen doch niemandem die Pistole auf die Brust. Sie können auch Nein sagen.«

»Wenn man bei so etwas Nein sagt, fühlt man sich mies, und deshalb sagt man meistens nicht Nein.«

»Quatsch!«, beharrte ich. »Als Moritz seinen Vierzigsten hatte, haben seine Eltern, seine Schwester und ich zusammengelegt und ihm eine Stereoanlage gekauft.«

René verdrehte die Augen. »Moritz schon wieder.

Übrigens, hat der immer noch bloß Musik und Weiber im Kopf?« Seine Stimme zeigte eine gewisse Härte.

»Was soll das? Du kennst ihn doch so gut wie gar nicht.«

Er zuckte die Schultern und tat betont lässig. »Nee, ich weiß nur, dass er nie Verantwortung übernehmen wollte, und …«

»Wow!«, unterbrach ich ihn barsch. »Wie leichtfertig wir hier mit Bewertungen um uns werfen und unsere eigene Unzulänglichkeit nicht bemerken, nicht wahr?«

»Ach Gott«, stieß er genervt hervor, »du hast ihn immer schon in Schutz genommen! Warum eigentlich?«

»Warum? Ich will dir sagen, warum. Er war immer für mich da. Und es gab eine Zeit, da war er mehr für Dominik da als du!«

René funkelte mich an. Es dauerte ziemlich lange, und sein Blick stieß mir einen symbolischen Dolch ins Herz. Dann griff er in seine Hosentasche, holte zwanzig Euro heraus, warf sie auf den Tisch, stand auf und ging.

Da saß ich, mit vor Erstaunen offenem Mund, und starrte auf den Geldschein. Nun hatte ich schon zum zweiten Mal so etwas Grauenhaftes zu René gesagt. Nachdem ich mich nach der Raststation-Episode per Mail entschuldigt hatte, war die Sache gut ausgegangen. Aber dass ich ihm unter die Nase rieb, dass mein Freund sich mehr um unser Kind gekümmert hatte als er selbst, würde eine nette Entschuldigungsmail nicht wiedergutmachen können. Schnell nahm ich meine Tasche, stand auf und rief unserer Kellnerin zu: »Das Geld liegt auf dem Tisch. Entschuldigung, aber ich muss schnell weg.«

Als ich die Tür aufstieß und nach draußen trat, sah ich

zuerst nach links, aber René war nicht zu sehen. Hastig wandte ich den Kopf nach rechts – und da sah ich ihn. Er ging elegant und geschmeidig auf dem Bürgersteig dahin, leider ziemlich schnellen Schrittes, sodass ich mich beeilen musste, um ihn einzuholen. Also setzte ich mich in Bewegung und fing an zu rennen. Noch nie in meinem Leben war ich einem Mann nachgerannt, weder buchstäblich noch in übertragenem Sinn.

Als ich ihn endlich eingeholt hatte, packte ich ihn am Arm. »René!«

Er drehte sich zu mir und wirkte gar nicht überrascht, eher abwartend.

»Also … ich …«, hechelte ich außer Atem, »das war … scheiße.«

Ein paar Sekunden betrachtete er mich, dann meinte er: »Ändert aber nichts an der Tatsache, dass du es so siehst.«

»Was? Nein! Das ist nicht wahr. Wirklich.«

»Warum hast du es dann gesagt?«

»Weil ich es nicht mag, wenn jemand etwas Schlechtes über einen Menschen sagt, der mir etwas bedeutet.«

»Moritz.«

Ich sah ihn prüfend an. »In dem Fall: ja, Moritz. Ich hab ihn gern, und ich will nicht, dass du abfällig über ihn sprichst.«

»Ist es denn umgekehrt genauso?« Sein Blick ruhte auf meinem Gesicht. Es ist nicht übertrieben, wenn ich sage, dass ich in seinen Augen Eifersucht las. Ich musste mich zurückhalten, um mich nicht darüber zu freuen.

»Wie meinst du das?«, fragte ich und gab mir alle Mühe, nicht strahlend zu lächeln.

»Wenn Moritz etwas gegen mich sagt, verteidigst du mich dann auch?«

Und es lag ihm sogar noch daran, ob ich für ihn einstand! Wenn ich nicht eine Frau von Format gewesen wäre, hätte ich gesagt: »Küss mich! Hier und jetzt!«

Stattdessen versuchte ich, mich zu sammeln und ganz nüchtern und gefasst zu wirken. »Es kam total falsch rüber. Du bist ein guter Vater, René. Aber ich bin Moritz sehr dankbar dafür, dass er immer für uns da war. Mehr wollte ich damit nicht sagen.«

»Soso, dann ist ja hiermit Moritz heiliggesprochen.«

Mein Gott, wie süß! Aber ich konnte ihm jetzt schwerlich um den Hals fallen, oder?

Also nahm ich mich zusammen und sagte: »Weißt du was, René? Du kannst es doch nicht wirklich so drehen wollen, dass du es Moritz zum Vorwurf machst, wenn er immer für unser Kind da war.«

»Ach, Layla, ich bitte dich! Als ob er das ganz und gar uneigennützig getan hätte.« Renés Handy klingelte.

»Was redest du da?« Das verstand ich wirklich nicht.

»Der steht doch schon seit zwanzig Jahren auf dich.«

Sprach er immer noch von Moritz? Wie kam er denn darauf? Okay, es war vielleicht möglich, nach dem, was Steffi mir gesagt hatte, aber René konnte das unmöglich wissen.

»Was reimst du dir denn da zusammen?«

René setzte einen wissenden Gesichtsausdruck auf. »Ich denke einfach nur logisch.«

»Liebe hat mit Logik nicht viel zu tun. Dein Handy klingelt.«

»Ich weiß, bin ja nicht taub«, meinte er mürrisch.

»Willst du dich nicht melden?«

Widerwillig nahm er sein Handy aus der Sakkotasche und sah auf das Display. »Na, die hat mir gerade noch gefehlt.«

»Wer?«

»Die Verrückte.«

»Welche Verrückte?«

»Die Hexe.« Er verdrehte genervt die Augen.

»Ach, die. Wahnsinn. Die ist ja wirklich so eine Art Stalkerin. Gib mal her.« Noch bevor er den Anruf annehmen oder ablehnen konnte, riss ich ihm das Handy aus der Hand und drückte auf den Knopf. »Hortensia Sieling.« Es war Renés und mein Nachname, also hatte ich damit schon mal nichts falsch gemacht. Ich sah, wie René die Hände über dem Kopf zusammenschlug und sich abwandte. Hortensia hatte meine Oma geheißen, und der Name war mir spontan eingefallen.

»Wer ist da?«, hörte ich die tiefe, raue Frauenstimme am anderen Ende fragen. Sie hörte sich an, als würde sie seit dreißig Jahren in einer Bar arbeiten und hinter dem Tresen hauptsächlich rauchen und Longdrinks trinken.

»Hortensia Sieling.«

»Sind Sie Renés Mutter?« Okay, das konnte ich ihr bei meiner Namenswahl nicht übelnehmen.

»Nein, ich bin seine Frau. Und wer sind Sie?«

Ein paar Sekunden herrschte Schweigen, dann kam es stockend: »Ich hab mich wohl … verwählt.«

»Aber Sie wollten doch René sprechen, demnach haben Sie sich nicht verwählt. Haben Sie mit meinem Mann etwa ein Techtelmechtel?« Aus den Augenwinkeln konnte ich sehen, wie René sich vornüberbeugte und die Hände an den Oberschenkeln abstützte, als müsste er sich übergeben. Ob vor Lachen oder Fassungslosigkeit, wusste ich nicht.

»Ich? Äh … nein!« Dann entschiedener: »Nein!«

»Ich kann Ihnen nur sagen, dass mein Mann ein hirnloser Schürzenjäger ist. Es geht ihm nur um sein Vergnügen, und er nimmt keine Rücksicht auf die Gefühle der Frauen.«

»Ach so? Das hätte ich ja nicht gedacht. Aber wieso sind Sie dann noch mit ihm zusammen?«

»Weil er gedroht hat, er werde mich finden, wenn ich ihn verlasse und Leah, Lara, Linus, Lukas und Leon mitnehme.«

»Wer sind'n die?«

»Wer die sind?« Ich sah zu René, der wieder aufrecht stand und mich anstarrte. Über meinen letzten Satz machte ich eine Bewegung mit der flachen Hand vor meinem Gesicht, um ihm zu suggerieren, dass ich voll auf seiner Seite war, was diese Frau anging. »Das sind unsere Kinder.«

»Sie haben vier Kinder?«

»Fünf. Leah, Lena, Linus, Lukas und Leon.«

»Heißt eine nicht Lara?«

»Was? Na ja, sie hat einen Doppelnamen. Manchmal nennen wir sie Lara und manchmal … anders. Und jetzt hören Sie mal zu, ja? Wenn Sie meinen Mann noch einmal anrufen, dann werden Sie das verdammt bereuen!«

Klack.

»Hallo?«, rief ich in den Hörer. Als ich sicher war, dass Hexe die Leitung unterbrochen hatte, drückte ich ebenfalls auf den Knopf und sagte lässig zu René: »Die bist du los. Da bin ich mir sicher.«

Er nahm sein Handy, und während er es zurück in die Sakkotasche steckte, meinte er: »Das Wort *hirnlos* nehme ich dir etwas übel, das muss ich schon sagen.«

»Ich hab dich als notorischen und charakterlosen Fremdgänger bezeichnet, und du nimmst mir das Wort *hirnlos* übel? Interessant.«

»Na gut«, meinte er lächelnd, »dann will ich mal nicht so sein.«

»Übrigens, gern geschehen.«

»Ja, danke.« Er sah mich amüsiert an. »Für einen Augenblick hast du mir Angst gemacht, Layla.«

»Nicht nur dir, mein Freund, nicht nur dir.«

Er lachte, und dann musste ich auch lachen.

13

Frauen sind doch die miesesten Luder, die's gibt.« Der Mann neben mir hatte sein Handy fest ans Ohr gepresst und ließ mich an seinem Liebesleben teilhaben. Der Biergarten war zur Hälfte gefüllt, vor mir standen zwei Radlermaß, die ich an der Kasse schon bezahlt hatte, und während ich auf Moritz wartete, wurde ich von Mister Frauenhasser unterhalten.

»Den Fernseher hat sie auch mitgenommen, das Miststück. Ich will nie wieder 'ne Frau, Fredi. Echt, die machen einen nur fertig.«

Ich gebe es ungern zu, aber es hätte mich interessiert, was Fredi dazu sagte. »Was hat'n der Kerl, das ich ned hab, hä?«

Ich betrachtete ihn unauffällig. *Ein gepflegtes Äußeres? Ein breites Vokabular? Hosen, die weiter als bis zur Hälfte der Po-Ritze reichen?* Mein Blick blieb an dem besagten Körperteil haften, und ich starrte darauf, weil ich es nicht glauben konnte. Da quollen jede Menge Haare hervor, und da waren Pickel und … Keine Ahnung, was sich sonst noch finden würde, wenn ich weiter darauf starrte. Also wandte ich den Blick ab und starrte stattdessen auf mein Radler. »Nie wieder fang ich 'ne Beziehung an, Fredi. Ich schwör's dir. Ich mach nur noch Wonneitständs. Da haste keinen Stress und weißt, woran du bist. Da haste kein gebrochenes Herz.«

Ich reckte den Hals in der Hoffnung, Moritz endlich zu erspähen.

»Ja, ich weiß«, schüttete der Mann dem armen Fredi weiter sein Herz aus, »hab immer noch meinen Job, ja. Und es läuft ja auch echt gut mit dem Import-Export-Geschäft.«

Ach, Moritz. Du hast ja so recht: zu viel Information.

Der Frauenhasser legte endlich auf. Als er sein Handy neben sich legte, hob er den Kopf, sah mich – und er lächelte mich an und zwinkerte mir zu.

Ich trank einen großen Schluck aus meinem großen Glas.

»Haben Sie sich schon im Voraus eingedeckt, oder warten Sie auf jemanden?« Der Frauenhasser zeigte auf die beiden Gläser vor mir.

»Mein Mann müsste jeden Augenblick hier sein.«

»Aha, Ihr Mann. Ah ja, ist ja klar, dass so eine Frau wie Sie einen Mann hat, gell?«

Ich zog der Form halber ein wenig die Lippen auseinander, dann wandte ich wieder den Blick ab. »Mich hat grad meine Frau verlassen. Die hat mich betrogen, mit einem Arbeitskollegen.« Er rutschte etwas näher zu mir heran. Auch das noch! »Aber wissen Sie, was das Schlimmste ist?«

Ich schüttelte den Kopf.

»Sie war es, die Scheiße gemacht hat, und dann nimmt sie auch noch alles mit. Die Eckbank, den Herd, den Wohnzimmerteppich, die Waschmaschine … und …« Er grübelte.

»Den Fernseher«, kam ich ihm zu Hilfe.

»Genau! So was macht man doch nicht, oder?« Er rutschte noch ein Stück näher, wodurch er jetzt kaum mehr als einen halben Meter von mir entfernt saß, zwischen uns nur noch der Durchgang. »Hat Sie auch schon mal jemand verlassen?«

»Äh ... Wissen Sie ... Ich finde nicht, dass ...«

»Haben Sie schon mal jemanden verlassen?«

»Was? Also, mein Mann müsste jeden Augenblick eintreffen und ...«

»Ja, ja, das macht doch nix. Ich mein, wir knutschen ja hier nicht herum oder so was. Wir reden doch bloß.«

Großer Gott! Mach, dass es aufhört!

Offenbar wurde mein kurzes Gebet erhört, denn im nächsten Augenblick sah ich Moritz näher kommen. Ich hob kurz den Arm, damit er mich sah. Er steuerte direkt auf mich und Frauenhasser zu, der mich gerade darüber aufklärte, dass seine Frau auch seine erste Freundin war. Als Moritz am Tisch angelangt war, sah er zu Frauenhasser und fragte: »Was macht *er* hier?« Es klang nicht freundlich.

Frauenhasser hob den Kopf, sah Moritz an und sagte: »Ich hab mich mit Ihrer Frau nur unterhalten.« Abwehrend hob er die Arme. »Hab sie nicht angegraben oder so was, echt nicht. Sie sind ja verheiratet, gell? Ich hab Respekt vor der Ehe, da mach ich nix mit 'ner Verheirateten ...«

»So, Meister. Jetzt aber genug gequatscht.«

Frauenhasser rutschte brav wieder auf seinen vorherigen Platz zurück.

Moritz setzte sich mir gegenüber und sah mich an. »Wie lange sitzt du schon da?«

»Etwa zehn Minuten.« Ich machte eine leichte Kopfbewegung nach rechts, in Richtung Frauenhasser. »Zehn Minuten zu viel.«

Moritz lächelte, kaum merklich. »Danke fürs Radler.«

»Gern geschehen.«

»Was hast'n da für 'ne komische Bluse an?« Er musterte missmutig meinen Oberkörper.

»Wie bitte?«

»Kleine Blümchensträuße, also echt. Und was hast du dann untenrum an? Einen Faltenrock und Birkenstock-Sandalen?«

Auch wenn ich versuchte, mir meinen Ärger nicht allzu deutlich anmerken zu lassen, es gelang mir nicht. »Ich kann mich nicht erinnern, dich um ein Statement bezüglich meiner Garderobe gebeten zu haben.«

»Na ja, musst du wissen.« Er nahm den Maßkrug in die Hand und trank.

»Das sehe ich auch so. Übrigens scheinst du in letzter Zeit nicht allerbester Laune zu sein.« So, jetzt sollte *er* mal mit ungefragten Kommentaren klarkommen.

Moritz setzte den Maßkrug wieder ab und sagte: »Aha.«

»Aha? Das ist alles, was du dazu zu sagen hast?«

Er nickte. »Ja. Wenn's nicht so wär, dann würde ich doch mehr darauf sagen, oder?«

»Aber du bist …«

»Lassen wir doch diese Du-bist-Sachen, ja? Weißt du denn nicht, dass man lieber Ich-Botschaften senden sollte?« Er lächelte mich an und wirkte plötzlich ein bisschen freundlicher.

»Was du nicht sagst.«

»Sag mir lieber mal, was ist denn das mit Dominik? Er wird Vater, hast du am Telefon gesagt?«

»Ja.«

»Ist er denn mit dem Mädchen zusammen?«

»Nein, leider nicht.«

»Okay … und können die beiden damit klarkommen?«

»Sieht so aus, ja.« Etwas gedankenverloren betrachtete ich die gelbliche Flüssigkeit in meinem Bierkrug. »Dominik zieht bald aus. Er hat eine Wohnung gefunden, im selben Haus, wo auch Lukas wohnt.«

Moritz hob kurz die Hände und meinte: »Das ist gut. Dann kann er ja auch später das Kind übers Wochenende nehmen und Zeit mit ihm verbringen.«

»Das könnte er so doch auch.« Ich kniff den Mund zusammen. »Aber ich weiß, was du meinst. Es ist besser, wenn er auf eigenen Füßen steht.«

Moritz betrachtete mein Gesicht. »Wie findest du denn den Gedanken, dass du Großmutter wirst?«

Ich zuckte die Schultern.

»Freust du dich auf dieses Kind?«

»Ja«, sagte ich wahrheitsgemäß.

»Aber du fühlst dich dadurch … älter?«

»Ja.« Ich spürte, wie meine Lippen anfingen, ein bisschen zu zittern, aber ich sprach trotzdem weiter. »Irgendwie habe ich deshalb so ein schlechtes Gewissen, weil ich dieses Gefühl so borniert finde, und eitel.«

Moritz sah mich an und verzog keine Miene.

»Findest du mich borniert und eitel?«, fragte ich.

»Nein, das tue ich nicht. Wärst du so, dann hättest du zu Dominik nicht so ein gutes Verhältnis.« Er betrachtete mich weiterhin.

»Das ist lieb von dir, dass du das sagst. Wirklich.«

Er wandte den Blick ab. »Äh … und außerdem ist es nicht schlimm, Großmutter zu werden. In anderen Ländern haben die Leute mit Anfang dreißig schon Enkelkinder.«

Ich winkte ab. »Ja, ja. Aber trotzdem habe ich ein schlechtes Gewissen, weil ich … keine Ahnung … Es ist nicht besonders erwachsen, sich nicht alt fühlen zu wollen.«

»Tss, erwachsen. Wenn ich das schon höre! Wer stellt eigentlich diese Regeln auf, was erwachsen ist und was nicht? Wo steht denn geschrieben, wie man mit zwanzig, mit dreißig und mit sechzig sein soll? Du bleibst doch immer derselbe Mensch, mit all deinen Macken und Vorzügen, und manchmal machst du den gleichen Fehler eben noch mal. Na und? Darf man mit fünfzig nicht mehr verunsichert sein? Dieses Erwachsensein-Gequatsche geht mir so dermaßen auf den Geist! Wie du weißt, bin ich erst mit dreißig von daheim ausgezogen, und du glaubst gar nicht, wie man da zusehen kann, wie sich bei den Frauen die inneren Schubladen öffnen, wenn man sagt, man wohnt mit Ende zwanzig immer noch bei den Eltern. Und wenn man in meinem Alter noch nie eine längere Beziehung hatte, ist man sowieso gestört und therapiebedürftig.«

Moritz hatte so offen gesprochen, deshalb wollte ich jetzt nicht den Finger auf die Wunde legen, sofern es eine Wunde war. Deshalb formulierte ich meine Frage etwas vorsichtig. »Wie hat sich das eigentlich ergeben, dass du … nie so richtig … Also, ist dir denn nie eine Frau über den Weg gelaufen, mit der du es hättest versuchen wollen?«

Er blinzelte mich an, was hieß, dass er sich gerade unwohl fühlte.

»Ich meine, Bettina war doch zum Beispiel ganz nett, und hübsch war sie auch.«

»Bettina war eine Lästertasche.«

»Wirklich?« Erstaunt wich ich ein Stück zurück. »Das hast du nie erzählt.«

»Sie hat gesagt, dass deine Frisur zum Würgen ist, und sie hat dich als Pseudo-Intellektuelle bezeichnet.«

»Waas? Und mir gegenüber war sie immer so scheißfreundlich! So eine falsche Schlange!«

»Das hab ich doch gerade gesagt«, meinte Moritz gelassen. »Plädierst du immer noch für Bettina?«

Ich brauchte eine Minute, um aus meinem emotionalen Aufruhr herauszufinden. Das hätte ich nun wirklich nicht von dieser Frau gedacht, und ich hatte ihr sogar noch einen Haufen Krimis und Thriller geschenkt, die sie angeblich so gerne las.

»Und was war mit Charlotte? Ich hatte das Gefühl, dass ihr euch gut versteht und euch recht ähnlich seid.«

»Ach, Charlotte«, schnaufte er bloß.

»Ja?«, beharrte ich.

»Die hat mich nach drei, vier Wochen vor die Wahl gestellt.« Moritz wandte wieder den Blick ab.

»Vor was für eine Wahl denn?«, wollte ich wissen. »Hat sie gesagt: ›Dein Sarkasmus oder ich‹?«

Einen Moment war er ganz still, dann presste er hervor: »Nein, sie sagte: ›Layla oder ich!‹«

Ich riss die Augen auf und starrte Moritz an, aber er redete schnell weiter: »Und dann hat mich auch noch ihr unsäglicher Ordnungssinn narrisch gemacht. Ständig hat sie hinter mir hergeräumt. Wir waren gerade mal zehn Tage zusammen, da hat sie meine Sockenschublade …«

»Wieso hat sie denn so was gesagt? Hast du so nett von mir gesprochen?« Ich lachte etwas verlegen auf. »Hast du ihr Grund zur Eifersucht gegeben?«

Er prustete in sich hinein. »Schmarrn! Ich hab doch keine Ahnung, was in ihrem Kopf vorgegangen ist.«

»Es muss doch einen Auslöser gegeben haben.«

»Nee«, meinte er lapidar. »Vielleicht hat sie Verfolgungswahn gehabt oder so etwas.«

»Ah ja.«

Sollte ich ihm die nächste Frage stellen? Oder lieber nicht? Ach, was soll's dachte ich, nun sind wir doch schon beim Thema. »Und dann hast du dich entschieden? Für mich?« Es kostete mich Mut, das zu sagen, aber wenn ich es nicht gesagt hätte, käme die Gelegenheit, ihn das zu fragen, vielleicht so schnell nicht wieder.

»Was? So ein Unsinn!«

Okay, das war gerade etwas demütigend.

Moritz sah mich direkt an. »Ich hab gesagt, dass ich mich nicht erpressen lasse. Dann bin ich gegangen.«

»Ach so.«

Moritz steckte sich eine Zigarette an. Er war eine Art Gelegenheitsraucher. »Wieso stellst du mir eigentlich diese komischen Fragen? Warum ausgerechnet jetzt?«

Ich beschloss, nicht darauf einzugehen. »Warum hast du deine letzte Mail so komisch verfasst?«

Moritz nahm einen tiefen Zug aus seiner Zigarette,

wobei er mich verständnislos ansah. »Sag mal, ist das dein erstes Radler heute? Was soll das?«

»Was soll *was?* Du hast nicht *dein* geschrieben und nur M Punkt.«

Er lachte ein bisschen. Nein, er lachte mich nicht aus, vielmehr schien es ihn wirklich zu amüsieren. »Und das geht dir so auf den Zeiger, dass du jetzt eine Stellungnahme verlangst?«

»Moritz, bitte! Sag mir, warum deine Mail so förmlich war und auch, warum du letztes Mal im Kino so blöd zu mir warst – und ehrlich gesagt finde ich dich auch heute irgendwie blockiert.«

»Ach, echt?« Er lächelte wieder, und wir sahen uns schweigend in die Augen. Das hatten wir schon tausendmal gemacht, aber diesmal war es anders.

»Ja«, sagte ich bloß.

»Jeder hat mal einen schlechten Tag und …«

»Steffi hat's mir gesagt«, platzte ich heraus. Im nächsten Moment tat es mir leid, weil es nicht zu übersehen war, wie er augenblicklich erstarrte.

»Was hat sie dir denn gesagt?«, kam es förmlich, dann etwas emotionaler: »Was hat sie dir denn großartig sagen können? Dass ich abgehauen bin, als sie angefangen hat, bescheuerte Fragen zu stellen? Vielleicht sollte ich das jetzt auch tun. Aufstehen und gehen – weil du mir bescheuerte Fragen stellst.«

»Oh, jetzt weiß ich, warum du etwas dagegen hast, dich in die Erwachsenenwelt zu begeben. Du führst dich doch auf wie ein Zwanzigjähriger!«

Frauenhasser blickte in unsere Richtung und rutschte

etwas näher heran, um unsere Unterhaltung besser mitverfolgen zu können.

Moritz blickte direkt in seine Richtung und funkelte ihn an. »Was ist? Noch nie ein streitendes Ehepaar gesehen?«

Frauenhasser rutschte wieder in seine Position zurück. Wenn er so weitermachte, würde er die Bank mit seinem Hosenboden blitzeblank putzen.

Moritz wandte sich wieder mir zu und sprach nun etwas gedämpfter. »Weißt du was, Layla? Ich hab es satt, dass ich mich ständig deinen Launen und Bedürfnissen anpassen soll. Ich soll immer der Rolle entsprechen, die gerade in dein Lebenskonzept passt …«

»Was!?«

»… wenn du eine Schulter brauchst, bin ich da; wenn du einen Babysitter brauchst, bin ich da; wenn du einen Begleiter brauchst, bin ich da; und wenn du gerade etwas Trost in deinem Leben suchst, wer ist da?«

»Moritz, willst du mir damit etwa sagen, dass du dich von mir ausgenutzt fühlst? Das kann ich nicht glauben.«

Er schien darüber nachzudenken. »Nein, das nicht, aber seien wir doch ehrlich, Layla. Jedes Mal, wenn du eine Beziehung hattest, habe ich oft wochenlang nichts von dir gehört. Besonders bei Cem und McDee war es so.«

Ich starrte ihn an und konnte einfach nichts darauf sagen. War es wirklich so gewesen? Ich wusste es nicht mehr.

»Wenn du mich dann wieder angerufen hast, traurig oder enttäuscht, habe ich dich wieder aufgefangen.«

»Ich … ich … wollte nicht …«

»Und jetzt ist der gute alte René wieder da. Du wirst ihm eine zweite Chance geben, und wenn nichts draus wird, dann wirst du mich wieder anrufen. Und wenn etwas daraus wird, dann werde ich vermutlich kaum noch etwas von dir hören.« Moritz drückte seine Zigarette aus, stand auf und sagte: »Ich hab es einfach satt, dein Pausenclown zu sein, Layla.« Er drehte sich um und ging.

14

Die nächsten Tage dachte ich viel nach, ging spazieren und fing ein neues Kinderbuch an, um mich abzulenken und mich nicht in meinen Gedanken festzubeißen. Zum ersten Mal probierte ich es mit einer Geschichte für Kinder ab zehn Jahren. Es ging um ein Mädchen, das bis dahin Einzelkind war und nun ein Geschwisterchen bekommt. Vielleicht hatte mich Emilys Schwangerschaft dazu inspiriert. Von Donnerstag bis zum Samstagabend hatte ich fünfzig Seiten geschrieben, aber ich wusste aus Erfahrung, dass ich an scheinbar produktiven Tagen vieles im Nachhinein wieder streichen musste, weil Spontaneität nicht immer gute Ergebnisse brachte.

Am Freitagnachmittag ging ich in den Park spazieren, weil ich dort am besten meine Gedanken ordnen konnte. Ich setzte mich auf eine Parkbank und dachte wieder einmal über das nach, was Moritz gesagt hatte. Fühlte er sich wirklich so von mir behandelt? Hatte ich mich so verhalten? Berechnend? Egoistisch? Was war denn los mit mir?

Nachdem er aufgestanden war, war ich minutenlang wie gelähmt gewesen. Zuerst sah ich ihm nach, und als er hinter den Kastanienbäumen verschwunden war, spürte ich, wie mir die Tränen in die Augen schossen.

Während ich nun so dasaß und auf den Park starrte, beschloss ich, ein paar Dinge in Ordnung zu bringen. Ich musste mit den Menschen in meinem Leben ordentliche Beziehungen herstellen! Ich wollte nicht mehr streiten, schmollen, ständig recht haben müssen … All diese Dinge hatten mein Leben nicht einfacher gemacht. Zuallererst musste ich Moritz um Verzeihung bitten. Ich wollte mich dafür entschuldigen, dass ich mich ihm gegenüber so verhalten hatte.

Dann musste ich an meine Mutter denken. Wie viel nahm ich an ihrem Leben teil? So gut wie gar nicht. An Günters Geburtstag konnte ich vielleicht mit ihr sprechen. Es tat mir leid, dass ich nicht schon früher mehr Zeit mit ihr verbracht hatte, dass mir noch heute die Zeit zu schade war, um sie mit einem Wochenende bei ihr zu »vergeuden«. Hätte ich mehr Interesse an ihrem Leben, hätte ich die Krise zwischen ihr und Günter vielleicht schon längst erkannt.

Ich würde mit René sprechen müssen, mein Bedauern darüber äußern, dass ich ihn wegen seines damaligen Fehlers zwanzig Jahre lang büßen und bluten ließ.

All das war geschehen, ohne dass ich es wirklich böse mit den anderen meinte, aber vielleicht habe ich meine Beziehungen zu anderen Menschen immer nur durch meine eigene Brille gesehen und es versäumt, mich in ihre Lage zu versetzen.

Am Samstagabend stand ich vom Schreibtisch auf und beschloss, die Wohnung zu saugen. Während ich mit dem Staubsauger von Raum zu Raum ging, dachte ich, wie komisch es war, dass ich mich in dieser Situation gar nicht bemitleidenswert fand. Mal ganz ehrlich, aber am Samstagabend staubzusaugen hatte beinahe etwas Verschrobenes, so wie an einem Sonntagmorgen auf einen Gipfel zu steigen, um Vögel zu beobachten. Nicht besorgniserregend oder schockierend, aber ziemlich schrullig.

Jedenfalls erfuhr ich eine Art inneren Frieden, anders konnte man es kaum erklären. Ich wollte mit den Menschen, die mich gernhatten und denen an mir gelegen war, ein besseres Verhältnis, und das verschaffte mir ein gutes Gefühl. Nein, ich würde bestimmt nie altruistisch werden, aber Moritz hatte mir über bestimmte Dinge die Augen geöffnet. Es war mir bis dahin nicht klar gewesen, dass er die Freundschaft mit mir so empfunden hatte. Zuvor hatte er sich nie beschwert und mir nichts dergleichen vorgeworfen. Genau das machte mir klar, wie wertvoll die Freundschaft mit ihm war.

Als ich mit dem Staubsauger in Dominiks Zimmer kam, sah ich mich überrascht um. Aufgeräumt und sauber. So war es das letzte Mal vor etwa zehn Jahren gewesen, als wir einmal so heftig über seine Unordnung gestritten hatten, dass ich ihm eine Woche Fernsehverbot erteilte. Im nächsten Moment spürte ich eine Woge von Traurigkeit in mir aufsteigen. Wie sehr würde ich ihn vermissen! Aber in Zukunft würde ich diese Tatsache lieber für mich behalten. Plötzlich schossen Bildfetzen durch meinen Kopf: Dominik als ewig plärrendes Baby … seine ersten Schritte … weinend am Fenster des Kindergartens, als ich davonging … der Eintritt in die Pubertät und die damit verbundenen kleinen Erschütterungen wie freche Antworten. Nein, ich wollte nicht weinen. Es war gut so, wie es war. Der Lauf des Lebens. Wie sagte man: Wenn sie klein sind, gib ihnen

Wurzeln, wenn sie groß sind, gib ihnen Flügel. Alles war gut, und es war schließlich nichts verkehrt daran, dass es schmerzte loszulassen.

Am nächsten Samstag war Günters Geburtstag, und eine Woche darauf stand schon Dominiks Auszug bevor. Ich nahm mir fest vor, nicht weinend im Türrahmen zu stehen, sondern mich zu freuen, dass für Dominik ein neuer Lebensabschnitt begann.

Gestern hatte Günter angerufen und uns zu seiner Geburtstagsfeier eingeladen. Wie es aussah, sprachen er und meine Mutter wieder miteinander, denn er reichte den Hörer an sie weiter mit den Worten: »Magst auch was sag'n? D'Layla is dran.«

Von René und Moritz hatte ich in den letzten Tagen nichts gehört. Am Donnerstag hatte ich Moritz auf seinem Handy angerufen, aber er hatte sich nicht gemeldet und auch nicht zurückgerufen, obwohl er doch sehen konnte, dass ich angerufen hatte!

Morgen würden Fabia und Oliver auf einen Kaffee vorbeikommen. Ich hatte Oliver eine Mail geschickt, und er schrieb zurück, dass er sich »riesig freut«. Ich musste schmunzeln, als ich das las. Wie es aussah, war er mächtig aufgeregt, seiner Traumfrau bald gegenüberzutreten. Fabia war ziemlich verunsichert gewesen, als ich ihr von Oliver erzählte und die Einladung vorschlug. Ich hatte gesagt, ich hätte bei ihnen beiden ein gutes Gefühl, und was sollte schon passieren? Im schlimmsten Fall würde sie kein Wort rausbringen – aber das machte nichts, weil Oliver schüchterne Frauen toll fand. Damit war ihr Interesse geweckt.

Um zehn Uhr abends setzte ich mich doch noch einmal an den Computer, weil das Fernsehprogramm nichts hergab und ich auf keines der Bücher, die noch ungelesen im Regal standen, Lust hatte. Nachdem ich die ersten fünfzig Seiten, die ich in den letzten drei Tagen geschrieben hatte, durchgearbeitet hatte, waren es am Ende nur noch siebenunddreißig. Kurz nach Mitternacht rieb ich mir die Augen und beschloss, noch schnell in mein Postfach zu sehen.

Nichts! Ich starrte auf die Null, die meine Nachrichtenzahl anzeigte. René meldete sich nicht ... Na gut, überlegte ich, wir müssen jetzt auch nicht dreimal pro Woche Kontakt halten. Aber dass von Moritz nichts kam, war ungewöhnlich, denn es war ansonsten nicht seine Art, auf meinen Anruf nicht zu reagieren. Ich hatte ihn doch wohl nicht verloren, oder? Waren seine Sätze eine Art »Schlussmachen« gewesen? Wollte er nicht mehr mit mir sprechen? Dieser Gedanke schnürte mir die Kehle zu. Ich konnte mir überhaupt nicht vorstellen, ohne Moritz zu sein. Es verging manchmal eine Woche, in der wir nicht telefonierten, und manchmal auch mehrere Wochen, die wir uns nicht sahen, aber das waren eher Ausnahmen. Ich kannte ihn, seit ich zwanzig war, und er hatte mich immer begleitet, mehr als jeder andere außer Dominik. Die Höhen und Tiefen meines Lebens hatte er hautnah miterlebt, und diesen weiten Weg war er gemeinsam mit mir gegangen. Auf niemanden hatte ich mich je so verlassen können wie auf Moritz. Was ich zu René in dem Café gesagt hatte, hätte ich so nicht sagen dürfen, aber es war keine Übertreibung. Tatsächlich war Moritz mein Fels in der Brandung gewesen, häufig auch für Dominik. Zwei- oder dreimal hatte René abgesagt, weil er am Wochenende etwas vorhatte und deshalb Dominik nicht zu sich nehmen konnte (oder wollte), und zufällig hatte ich ausgerechnet an diesen Wochenenden wichtige Termine. Ich konnte eine Lesung schließlich nicht einen Tag vorher absagen. Ein anderes Mal hatte ich eine Wochenendreise nach Salzburg gebucht. Unnötig zu erwähnen, wer eingesprungen war: Moritz natürlich. Als ich vor ein paar Jahren meine Schilddrüsenoperation hatte, war Moritz jeden Tag im Krankenhaus vorbeigekommen und hatte mich mit Leckereien und Lesestoff versorgt. Blöderweise hatte ich vergessen, fürs Krankenhaus Unterwäsche einzupacken und ihn gebeten, ob er mir Einmalslips kaufen könnte, denn ich hätte ihm nicht zumuten wollen, dass er die Unterhosen, die er mir kaufte, auch noch vorher wusch. Sogar das machte er und überreichte sie mir mit den Worten: »Ich kauf schon ungern Blumen für 'ne Frau, aber das hier toppt alles.«

Ich musste lächeln, als ich jetzt daran dachte. Ja, er war manchmal etwas rau und schroff, aber er war gleichzeitig auch sehr empfindsam und hatte so ein großes Herz.

Was, wenn er nun nichts mehr mit mir zu tun haben wollte? Es war ein Fehler gewesen, damit herauszuplatzen, was Steffi mir gesagt hatte. Das Ganze war ihm peinlich, aber ich hatte ja unbedingt meine blöde Neugier befriedigen müssen.

Kuchenbacken war nicht mein Ding. Hätte ich mal lieber welchen gekauft! Diese Eierlikörtorte sah auf dem Foto so toll aus, aber meine glich eher einem runden Haufen

Essensreste, die man zusammengeworfen hatte. In anderthalb Stunden würden Fabia und Oliver kommen.

Ich lag also gut in der Zeit, weshalb ich beschloss, noch mal Moritz anzurufen. Ich nahm mein Handy von der Küchenkommode und wählte seine Nummer. Viermal klingelte es, bis er sich meldete. »Ja?« Er klang etwas reserviert, fand ich. Aber es war schön, wieder seine Stimme zu hören. Ich war ein bisschen aufgeregt.

»Hallo, Moritz.«

»Hallo.«

»Wie geht's denn so?« Oje! Warum hatte ich mir vorher nicht einen besseren Einstieg überlegt!?

»Gut.«

»Hm. Okay.«

»Und dir?« Jetzt wirkte er ein kleines bisschen offener.

»Gut.«

Pause.

»Also weißt du, Moritz … Ich … Äh …« Verrückterweise hoffte ich, dass er mich jetzt unterbrechen würde, um etwas zu sagen. Wahrscheinlich aus dem Grund, weil ich nicht wirklich wusste, wie ich mein Anliegen formulieren sollte und mir die Worte fehlten. Leider schwieg er, und die Tatsache, dass er sich gerade mein Gestammel anhörte, mache mich noch nervöser. »Bist du noch da?«

»Natürlich bin ich noch da.«

»Ja? Gut.«

Wieder entstand eine Pause.

»Willst du vielleicht vorher etwas sagen?«, fragte ich. Wie kam ich denn auf diese blöde Idee? Warum sollte er denn etwas sagen? Schließlich war ich es, die angerufen hatte.

Außerdem hatte er doch letzten Mittwoch im Biergarten schon alles gesagt.

»Was soll'n das werden, Layla? Warum soll ich *vorher* was sagen wollen? Willst du ein Plädoyer halten, oder was?«

»Das nun nicht, aber ich dachte, vielleicht willst du noch etwas loswerden an Vorwürfen und Schuldzuweisungen.« Als ich das ausgesprochen hatte, wusste ich sofort, dass ich mich alles andere als geschickt ausgedrückt hatte. Ich hatte ihm klarmachen wollen, dass er mir alles offen sagen konnte, wenn ihm noch etwas auf der Seele lag, und danach wollte ich mich aufrichtig dafür entschuldigen, wie undankbar ich ihm gegenüber immer gewesen war. Leider war das bei Moritz so angekommen, wie ich befürchtete.

»Sag mal, willst du mich verarschen?«

»Nein! Du hast das total missverstanden. Ich wollte …«

»Was denn für Vorwürfe? Ich habe dich zum ersten Mal kritisiert, und du kannst nicht damit umgehen …«

»Können wir uns treffen? Ich würde gerne mit dir reden. Oder komm doch zu mir, oder ich komm zu dir.«

»Lieber nicht.«

Ich erschrak. »Was? Warum?«

»Ach, komm schon. Steffi hat dir diesen Schmarrn in den Kopf gesetzt, und jetzt denkst du, ich bin verliebt in dich … und du denkst: *Och, der arme Moritz leidet wegen mir …*«

»Kannst du bitte aufhören mit diesem Blödsinn?«

»Ist so.«

»Nein, so ist es nicht! Ich habe dich angerufen, um mich zu entschuldigen und dir zu sagen, dass mir einiges klar geworden ist, und …«

»Was ist dir klar geworden?«, unterbrach er mich. Er klang gespannt, beinahe neugierig.

»Na, dass ich mich dir gegenüber nicht immer richtig verhalten habe.«

»Mh-hm …«

Ich hatte das Gefühl, dass er etwas anderes erwartet hatte. »Du bist nicht gerade kooperativ.«

»Ich soll kooperieren, damit du dich entschuldigen kannst? Erstens glaube ich, dass du das ganz alleine hinkriegst. Zweitens brauche ich von dir keine Entschuldigung.«

»Sondern?«

»Was heißt denn jetzt wieder *sondern?*«

»Es muss doch einen Grund geben, warum du dich die letzten Tage zurückgezogen hast. Also bist du böse mit mir, was wiederum heißt, dass du eine Entschuldigung erwartest.«

»Ich erwarte gar nichts.«

»Also irgendwas musst du doch erwarten. Es geht gar nicht, dass du nichts erwartest.«

»Hör mal, Layla, du quatschst rum und quatschst rum und redest von Entschuldigung und tust es dann doch nicht …«

»Weil du es nicht willst!«, sagte ich ziemlich laut.

»Komm doch einfach auf den Punkt!«, rief er noch lauter.

»Wie denn? Du blockst doch total ab! Da kann sich doch kein Mensch öffnen, wenn der andere so auf Widerstand geht!«

»Wenn man etwas zu sagen hat, dann tut man es einfach und wartet nicht auf perfekte Voraussetzungen und geniale Umstände!«

Nun könnte ich zurückschreien und mich verteidigen, aber wenn wir so weitermachten, dann würden wir uns im Kreis drehen, und ich hätte mit diesem Anruf alles nur schlimmer gemacht.

»Moritz, bitte. Ich will nicht streiten. Wir sollten uns treffen und über alles reden.«

»Na gut«, sagte er ruhig. »Ich melde mich.«

»Oh … Wollen wir nicht gleich etwas ausmachen?«

»Ich hab in nächster Zeit einiges zu tun und weiß noch nicht, wann ich kann.«

Ich schluckte. »Ach so«, meinte ich gefasst, aber ich war es nicht wirklich.

»Bis dann, Layla.«

»Ja, bis dann.«

Moritz legte auf.

Ich starrte den Hörer an und fühlte mich mies. Warum hatte ich mich auf diesen Anruf nicht besser vorbereitet? Ich konnte nur hoffen, dass ich Moritz nicht verloren hatte! Eines stand jedoch fest: Zwischen uns veränderte sich etwas, und es würde nie mehr werden wie früher – ob das positiv oder negativ war, wusste ich noch nicht.

15

Fabia war zuerst da. Sie saß auf meinem Küchenstuhl und sah mir zu, wie ich den Tisch deckte.

»Warst du beim Friseur?«, fragte ich überflüssigerweise. Sie hatte sich einen Stufenschnitt und mittelblonde Strähnen machen lassen.

»Ja. Bei der Kosmetikerin war ich auch, weil doch meine Poren so groß sind, und kuck mal.« Sie streckte mir ihre Hände entgegen, um ihre French Manicure zu zeigen.

»Hm.« Ich stellte den Zucker auf den Tisch und sah sie an. »Du siehst sehr hübsch aus, aber ...«

»Findest du, ja?«

Ich nickte. »Absolut, ja. Aber findest du nicht, Fabia, dass du ... wie soll ich sagen ... du selbst bleiben solltest?«

»Der Mann ist äußerst gut aussehend, hast du gesagt, und er ist Arzt und hat gute Umgangsformen.«

»Das stimmt auch alles, aber ich finde, man sollte sich nicht verbiegen, um jemanden an Land zu ziehen, Fabia.«

Sie warf einen Blick auf die ihre Nägel. »Ich weiß, was du meinst, aber zum Friseur wollte ich sowieso. Das hat jetzt nichts mit Oliver zu tun.«

Ich winkte ab, dann setzte ich mich auf die Eckbank. »Du musst dich nicht rechtfertigen. Vielleicht hätte ich auch nicht ungefragt meine Meinung zum Besten geben sollen. Du bist alt genug, um zu wissen, was du tust.«

Sie besah sich wieder ihre Nägel, streckte die Hände weit von sich, dann wieder näher zu sich. »Das mit den Nägeln hätte ich vielleicht lassen sollen. Das sieht an meinen Pranken irgendwie bescheuert aus – und ich habe Pranken. Sieh dir doch mal meine kurzen Finger an. Die kommen jetzt erst richtig zum Vorschein.«

»Kannst du bitte aufhören, dich so niederzumachen? Du hast zierliche Hände und keine Pranken.«

Fabia ließ die Hände in den Schoß fallen. »Ach ja, vielleicht findet Oliver das ja auch.«

»Genau.« Ich lächelte.

»Schade, dass Moritz kein Interesse an mir hat.«

Mein Lächeln erstarb. »Na ja, er findet dich nett.«

Fabia machte ein säuerliches Gesicht. »Alle tollen Männer finden mich *nett*. Aber ich habe noch nie jemanden sagen hören: ›Ich bin hin und weg von dieser Frau, weil sie so nett ist.‹«

»Aber es ist eines der Kriterien, würde ich sagen. Ich habe nämlich auch noch nie jemanden sagen hören: ›Ich bin hin und weg von dieser Frau, obwohl sie alles andere als nett ist.‹«

Es klingelte.

»O mein Gott, da ist er!«, rief Fabia und fasste sich mit der manikürten Hand an den Brustkorb.

»Du wirst sehen, er wird begeistert von dir sein!«, rief ich über die Schulter, während ich in den Flur zur Sprechanlage ging.

Zwei Minuten später stand Oliver vor mir, freundlich lächelnd und dezent duftend. Er trug eine schwarze Jeans und ein enganliegendes weißes T-Shirt, das lässig über die Hose fiel.

Als ich ihn in die Küche führte, um ihm Fabia vorzustellen, saß diese völlig steif auf ihrem Platz. Mit hochrotem Kopf reichte sie ihm die Hand und sagte: »Fabia Kirschner. Angenehm.«

Oliver nahm ihre Hand und schüttelte sie ziemlich kräftig, wobei Fabias Oberarme etwas wabbelten. »Oliver Eisenberg. Es freut mich.«

Was war das hier? Ein Nachmittagstee in einem Barbara-Cartland-Roman? »Äh … Nimm doch bitte Platz, Oliver. Du trinkst doch auch Kaffee, oder?«

Er setzte sich ins Eck neben Fabia. »Ist der koffeinfrei?«

Ich sah ihn verwundert an, mit der Kaffeekanne in der Hand.

»Nun, wahrscheinlich nicht, nehme ich an. Dann bitte nur ein Schlückchen. Das wäre nett.«

Fünf Minuten später saßen wir alle drei am Tisch und stopften schweigend die Torte in uns hinein. Ich konnte nicht behaupten, dass es zwischen den beiden gut anlief.

»Was machen Sie denn beruflich, Fabiane?«

Oje, den Namen falsch gespeichert, das auch noch!

»Ich heiße Fabia.« Sie hörte sich leicht verärgert an, aber nur ganz leicht.

»Entschuldigen Sie, aber ich wusste das natürlich.«

»Ach?« Fabia sah ihn an, mit der Kuchengabel in der Luft. »Das heißt, Sie wollten mich nur testen?«

»Nein, ich dachte, das sei die Kurzform für Fabiane, und da ich generell eine Aversion gegen Abkürzungen habe, weshalb ich es auch nicht mag, wenn mich jemand Oli nennt …« (ein vorwurfsvoller Blick in meine Richtung, dann wieder zu Fabia), »dachte ich einfach, ich spreche Sie bei Ihrem vollen Namen an.«

Schön, dass ihr das geklärt habt.

»Wie dem auch sei, ich bin Grundschullehrerin.«

»Grundschullehrerin, ah ja.« Oliver wirkte beeindruckt, oder er tat so, schwer zu sagen. »Sehr verantwortungsvoller Beruf.«

»Sie sind Arzt?«

»Ja, ich bin Proktologe.«

Fabia nickte. »Das ist auch ein verantwortungsvoller Beruf.«

»Ja«, meinte Oliver nur und nahm einen Schluck Kaffee, wobei er sich eher Kaffee in die Milch gegossen hatte als umgekehrt.

»Und was machen Sie sonst so, Oliver? Haben Sie Hobbys?«

Oliver dachte nach, viel zu lange, wie ich fand. »Früher bin ich oft Schlittschuh gelaufen, aber dafür habe ich heute kaum noch Zeit. Ich arbeite viel, aber wenn es meine Zeit zulässt, sehe ich mir gerne einen guten Film an oder lese ein gutes Buch.«

»Na ja, warum sollten Sie sich auch einen schlechten Film ansehen und ein schlechtes Buch lesen.«

»Wie bitte?«, fragte Oliver freundlich.

»Ach, vergessen Sie's.« Fabia zog die Lippen auseinander, um ein Lächeln zu suggerieren.

Ich musste irgendwie eingreifen, damit die beiden auf einen gemeinsamen Nenner kamen. Aber was sollte ich sagen? »Ihr beiden habt viel gemeinsam«, sagte ich plötzlich, bevor ich wusste, was ich tat.

Fabia und Oliver sahen mich schweigend an. Offenbar warteten sie auf meine verbale Liste. Von mir aus, sollten sie haben. »Ihr beiden habt viel übrig für Wintersport. Oliver fährt gerne Schlittschuh, Fabia fährt gerne Ski … Ihr mögt diese häuslichen Sachen … sauberes Heim, Kochen, Backen … Ich meine, so diese konventionelle Seite und so … also … tja … und ihr seid beide noch unverheiratet und habt beide … verantwortungsvolle Berufe …«

Schweigen. Ich hatte keine Ahnung, wie das hier weitergehen sollte. Die beiden waren aber auch ziemlich steif und so gar nicht offen füreinander.

Es klingelte. Gott sei Dank! Egal, wer das war, mir war jede Unterbrechung recht. Ich stand auf und ging zur Tür. Es war Steffi. »Hey, ich wollte heute Abend mal wieder Kaiserschmarrn machen, hab aber nur drei Eier. Kannst du mir noch ein paar leihen?«

»Ja, klar, komm doch kurz rein.«

Steffi trat in den Flur und warf einen Blick in die Küche. »Hallo, Fabia«, rief sie und winkte. »Hallo, schöner Unbekannter.«

Während ich zum Kühlschrank ging, musste ich ein bisschen lachen. Das war eben typisch Steffi.

»Entschuldigung«, sagte ich, »komm doch rein, Steffi. Das hier ist Oliver, mein Bekannter. Und das ist Steffi, meine Nachbarin und Freundin.«

Die beiden reichten sich die Hand, und Oliver erhob sich kurz, so wie es sich für einen Gentleman gehörte.

»Ah, Sie sind der Geldbörsen-Pralinen-Mann.«

»Exakt«, meinte Oliver lachend, »und jetzt bin ich der

Bekannte. Ich würde sagen, ich habe eine Beförderung erhalten.«

Steffi lachte auch. »Ha! Dann warten wir mal auf die nächste Sprosse auf der Bekanntschaftsleiter, gell?«

Oliver lachte wieder, und überhaupt lachten die beiden ständig hin und her.

Fabia schaufelte einfach nur den Rest ihres Tortenstücks in sich hinein.

»Sie machen Kaiserschmarrn?«, fragte Oliver, wobei ich nicht übertreibe, wenn ich sage, er hatte dabei leuchtende Augen. Ob wegen des Kaiserschmarrns oder wegen Steffi konnte ich nicht wirklich einschätzen. Vielleicht von beidem etwas.

Steffi nickte. Ich hielt ihr drei Eier hin, was sie gar nicht registrierte, weil ihr Blick an Oliver hing. »Mögen Sie Kaiserschmarrn?«, fragte Steffi. Ich bemerkte, wie ihr Brustkorb sich hob und senkte. Wow!

»Nein«, kam es von Oliver, »ich *liebe* ihn. Den hat meine Oma immer gemacht. Das klingt vielleicht komisch, aber wenn ich Kaiserschmarrn esse, versetzt mich das zurück in meine Kindheit, und ich erinnere mich an meine Oma.«

Ich konnte sehen, wie Fabia kurz den Kopf hob, Oliver ansah und dann irritiert den Mund verzog.

Steffi betrachtete Oliver verständnisvoll. »Das hört sich doch nicht komisch an, Oliver. Bei mir ist es ganz genauso. Das Rezept habe ich ja auch von meiner Oma.«

Ungläubig sah ich Steffi an, sagte aber kein Wort. Das Rezept hatte sie von mir – und ich hatte es aus dem Internet.

»Wirklich?«, rief Oliver begeistert, als hätte sie ihm

gerade erzählt, sie liege mit ihrem Kaiserschmarrn auf dem ersten Platz der Weltrangliste.

Steffi nickte heftig.

»Sagen Sie, Stefanie, ist das ein Ehering da an ihrem Finger?«

»Das?« Sie hob den Arm, an dem der vermutete Ehering war, dann schob sie mit dem Zeigefinger der anderen Hand den befestigten Stein wieder obenauf und meinte: »Das ist doch bloß ein Ring meiner Patentante, den sie mir zum achtzehnten Geburtstag geschenkt hat.«

Oliver wirkte erleichtert. »Sehr hübsch, Stefanie.«

»Ich oder der Ring?«

Die beiden lachten, schon wieder.

Steffi sah mich an und sagte: »Er nennt mich Stefanie.«

»Das macht er bei jedem«, kam es grimmig von Fabia.

»Er nennt jeden Stefanie?«

Fabia schüttelte den Kopf. »Er nennt jeden bei seinen vollen Namen, weil er eine Aversion« – hier malte sie mit Zeige- und Mittelfingern Anführungszeichen in die Luft – »gegen Abkürzungen hat.«

Ich hielt Steffi nochmals die drei Eier hin. Geistesabwesend öffnete sie die Hand, und ich legte sie ihr in die Handfläche. »Das gefällt mir, Oliver.« Steffi klang begeistert. »Diese Anti-Abkürzungs … Sie wissen schon.«

Oliver winkte ab. »Ja, ich weiß schon. Die meisten Menschen finden das allerdings engstirnig.«

»Die meisten Menschen?« Steffis Stimme wurde plötzlich so schrill. »Sehe ich aus wie die meisten Menschen?«

Oliver schüttelte hektisch den Kopf. Sah ich richtig? Hatte er da etwa Schweißperlen auf der Stirn?

Nun entstand eine Pause, und eine leichte Spannung hing in der Luft. Offenbar waren die beiden doch noch zur Erkenntnis gelangt, dass dieses Treffen eine andere Intention gehabt hatte.

»Tja, dann gehe ich mal wieder und mache meinen Kaiserschmarrn, gell.« Sie ging zur Tür. »Tschüss dann, und viel Spaß noch.«

Spaß ist das Letzte, was wir drei hier haben.

»Falls Ihr später auf ein bisschen Kaiserschmarrn vorbeikommen wollt …« Steffi blieb noch mal stehen und sah von einem zum anderen.

»Wir haben gerade Torte gegessen«, gab ich zu bedenken.

»Ich fahre dann nach Hause.« Fabia putzte ihre Brille mit ihrer Bluse, dann fuhr sie fort: »Layla und Oliver können also gerne nachkommen. An mir soll's nicht liegen.«

»Ich wollte heute noch an meinem neuen Manuskript arb…« Weiter kam ich nicht, weil Oliver mich unterbrach: »Ich komme gerne. Für einen guten Kaiserschmarrn bin ich immer zu haben.«

»Schön!« Steffi lachte ihn an. »Bis später!«

Oliver lachte auch und sagte: »Bis später, Stefanie.«

Als Steffi die Tür hinter sich schloss, stand Fabia auf. »Es war schön, Sie kennenzulernen, Oliver.«

»Was?« Oliver war bei seinen Gedanken wohl immer noch bei Steffi. »Ach, ja, genau. Das finde ich auch, Fabia. Danke.«

»Danke? Wofür?«

»Habe ich danke gesagt? Ich weiß auch nicht.«

Oliver und ich saßen da und tranken unsere Kaffeetassen leer.

»Ich sage es einfach frei heraus, Layla.«

»Ja?«

»Sie ist einfach umwerfend!«

»Fabia?«, fragte ich scherzhaft.

Olivers Lächeln verflog einen Moment lang. »Nein, also, ich meinte eigentlich Stefanie. Das heißt natürlich nicht, dass Fabia nicht ganz zauberhaft wäre. Ich bin sicher, sie ist eine großartige Frau.«

»Ja, schon gut. Es hat eben nicht geklappt. Dafür kann niemand etwas.«

»Ich habe nie an die Liebe auf den ersten Blick geglaubt, aber als ich Stefanie gesehen habe, da ist etwas in mir passiert.«

Ich seufzte, dann lächelte ich ihn aufmunternd an, um sein einzigartiges Erlebnis nicht zu trüben. »Nun geh schon zu deinem Kaiserschmarrn«, sagte ich, dann setzte ich murmelnd hinzu: »Obwohl der wahrscheinlich eher symbolisch ist.«

»Ach, Layla, du bist so eine tolle Frau. Ich kann überhaupt nicht verstehen, dass du immer noch alleine bist.«

Merkte er nicht die Ironie an dieser Aussage? Hatten wir nicht etwas in dieser Richtung … Ach, egal. Ich konnte unmöglich nur ihm die Schuld daran geben, dass es zwischen uns nicht funktioniert hatte. In diesem Moment war ich erleichtert darüber, dass ich auf mein Herz gehört und zu Oliver Nein gesagt hatte.

»Nun geh schon, Oli.« Ich grinste.

Oliver lächele darüber, dann fragte er: »War sie schon mal verheiratet?«

»Steffi? Nein. Aber sie hat ein Kind. Valentin ist elf.«

Oliver strahlte. »Oh, wie zauberhaft. Ich liebe Kinder. Wir werden viel Spaß haben.«

»O ja«, sagte ich nur. »Ganz bestimmt.«

Nachdem Oliver ebenfalls gegangen war, spülte ich das Geschirr und stellte den Rest der misslungenen Torte in den Kühlschrank. Vielleicht wollte Dominik etwas davon haben. Während ich so vor mich hin wischte, dachte ich darüber nach, wie irrsinnig die Liebe war. Olivers Beschreibung seiner Traumfrau hatte perfekt auf Fabia und überhaupt nicht auf Steffi gepasst. Sie war das genaue Gegenteil dessen, was er sich ausmalte.

Mich hat er ja nicht so unbedingt gewollt.

Na ja, er hatte ein gewisses Interesse gezeigt, mehr aber auch nicht. Die Begeisterung in seinen Augen und diese Kaiserschmarrn-Euphorie hatte ich bis jetzt nicht an ihm entdecken können. Aber wenn ich ehrlich war, hatte *er* mich auch nicht mitgerissen. Hatte ich nicht von Anfang an Zweifel gehabt? Meistens war es doch so, dass das Interesse oder Desinteresse beiderseits bestand. Fabia tat mir irgendwie leid. Nicht, dass sie Mitleid verdient hätte, denn sie war eine interessante und hübsche Frau. Aber erst war ihre Zuneigung zu Moritz unerwidert geblieben, und dann hatte es auch zwischen ihr und Oliver überhaupt nicht gefunkt.

Moritz. Er ging mir sowieso nicht mehr aus dem Kopf. Ständig taten sich vor meinem inneren Auge irgendwelche Rückblenden auf, und ich bemühte mich, die Frage zu beantworten, wie er wirklich zu mir stand.

Ich wusste, dass wir gut zueinanderpassten. Auch als Paar?

Diese Vorstellung trieb mir Röte ins Gesicht, obwohl doch niemand da war, der meine Gedanken lesen konnte.

Und René? Empfand er noch etwas für mich? Oder sollte ich lieber fragen, empfand er *wieder* etwas für mich?

Aber warum beschäftigte mich das überhaupt? Diese Fragen stellten sich doch gar nicht, da keiner der beiden etwas in dieser Richtung angedeutet hatte.

Was wohl Steffi und Oliver gerade machten? Aber da heute Sonntag war und Valentin wahrscheinlich zu Hause, würden sie über den Kaiserschmarrn wohl nicht hinauskommen. Außerdem war Oliver nicht der schnelle Typ. Ich stellte ihn mir vor, wie er sich, heiß vor Leidenschaft, die Kleider vom Leib riss und Steffi voller Begierde aufs Bett warf, aber es gelang mir nicht. Wahrscheinlich war er um achtzehn Uhr gegangen.

Als ich in der Küche alles erledigt hatte, rief ich Fabia an. Sie war bestimmt schon zu Hause. Als sie sich meldete, fiel ich gleich mit der Tür ins Haus und äußerte mein Bedauern darüber, wie sich das Zusammentreffen entwickelt hatte.

»Ach, Quatsch«, meinte sie gelassen, »da kannst du doch nichts dafür, dass wir uns nicht mögen.«

»Und es macht dir wirklich nichts aus, dass Steffi … äh … dazwischengekommen ist?«

»Nein, gar nicht. Steffi war die Rettung. Ich hätte es keine Viertelstunde länger mit dem Kerl ausgehalten.«

»Wirklich? Aber Oliver ist doch toll! Ich verstehe das gar nicht.«

»Aber wenn er so toll ist, warum hast du ihn dann nicht genommen?«

»Das habe ich dir doch erklärt, Fabia. Aber warum findest du ihn denn so schrecklich?«

»Schrecklich ist übertrieben. Er ist vielleicht ganz nett, aber er kommt mir vor, als wäre er einer Zeitmaschine entstiegen. Es fehlte nur noch das *gnädige Frau*.«

Ich lachte kurz auf. »Das ist ein bisschen hart.«

»Ich will so jemanden wie Moritz.«

Ich sagte nichts.

»Moritz ist lustig, herzlich, frech und haach …«, sie nahm einen tiefen Seufzer, »… so ein besonderer Mann.«

»Was kann ich sagen, Fabia? Oliver ist eben nicht Moritz.«

»Nee, das ist er nicht. Aber gut, nichts gegen Oliver. Ich nehme an, er wurde von Steffi bereits … wie würde man das in seinem Beruf beschreiben … ausführlich untersucht?«

»Das weiß ich nicht. Aber Valentin ist zu Hause, also eher nicht.«

»Ach so. Na ja, jedenfalls taucht der Richtige für mich vielleicht irgendwann noch auf.«

»Ganz bestimmt, Fabia.«

Die nächsten Stunden arbeitete ich an meinem neuen Manuskript. Als ich um halb elf noch in mein Postfach sah, war da eine Nachricht von René. Von Moritz nichts.

Hallo Layla,
Günter hat mich angerufen und für Samstag eingeladen. Er sagte, du und Dominik würdet auch kommen. Wollen wir wieder zusammen fahren? Ich denke, es wäre am besten, wenn ich euch um neun Uhr abhole und wir dann

abends wieder zurückfahren. Nachdem die beiden schon miteinander Stress haben, sollten wir vielleicht nicht dort übernachten und ihnen Umstände machen. Wie siehst du das?

Ich habe noch mal wegen dem Geschenk für Günter überlegt. Was hältst du davon, dass wir das jeder für sich machen? Gib mir bald Bescheid.

Übrigens, Hexe hat sich nicht mehr gemeldet. Also, vielen Dank noch mal an dieser Stelle ☺
Tschüss
René

Seine Smileys in den Mails fand ich süß. Normalerweise neigten doch eher Frauen dazu, dieses Symbol unterzubringen, für einen Mann war das eher ungewöhnlich. Moritz würde das niemals machen. Ich glaube, Moritz hatte noch nie im Leben ein Smiley in eine Mail eingebaut.

Ich antwortete:

Hallo René,
danke für das Angebot, uns mitzunehmen. Ich denke, das geht klar so. Du hast recht, wir sollten am selben Tag zurückfahren. Ich habe zwar noch nicht mit Dominik gesprochen, aber wir können das so machen; neun Uhr passt gut.
Das mit dem Geschenk habe ich mir durch den Kopf gehen lassen und bin zu der Erkenntnis gekommen, dass du recht hattest, also wegen dem Geld, und dass es ja nur gut von dir

gemeint war. Außerdem bin ich ebenfalls dafür, in nächster Zeit das Geld zusammenzuhalten. Wie ich kürzlich in einer Zeitschrift las, kostet die Erstausstattung für ein Baby mehrere Tausend Euro. Jeder für sich – das ist wohl am besten.
Tschüss
Layla

P.S.: Das wegen Hexe: gern geschehen. Eine Exfrau muss tun, was eine Exfrau tun muss.

16

Steffi und ich trafen uns im Hausflur. Sie kam gerade vom Einkaufen, als ich zum Briefkasten wollte, und schwärmte mir sofort von Oliver vor. Noch stundenlang hätten sie zusammengesessen und geredet, er sei erst um elf Uhr gegangen. Ich konnte es nicht fassen. Bei mir war er ab neun nicht mehr zu gebrauchen gewesen. Sie hätten sich auch schon verabredet und Nummern ausgetauscht.

»Ist das für Fabia in Ordnung?«, fragte sie mich.

»Ist es für diese Frage nicht ein bisschen spät, Steffi?«

»Das stimmt wohl.« Sie wirkte plötzlich etwas geknickt. »Aber was soll man denn machen, wenn man plötzlich vom Blitz getroffen wird?«

Ich nickte verständnisvoll. »Mach dir darüber keine Gedanken. Fabia will ihn gar nicht. Zwischen den beiden hat es überhaupt nicht gefunkt. Ehrlich gesagt, es war richtig furchtbar.«

»Oliver hat gesagt, er habe sich gerade eine Ausrede überlegt, warum er losmüsse, als ich geklingelt hab.«

»Na, das ist aber auch nicht fein von ihm«, sagte ich ganz offen.

»Aber es spricht für mich und unsere Anziehungskraft, und du weißt ja: Liebe ist egoistisch.«

Als ich später am Schreibtisch saß, musste ich über Steffis letzten Satz nachdenken. Ich versuchte, mich immer wieder auf mein neues Kinderbuch zu konzentrieren, aber meine Gedanken schweiften ständig ab, hin zu Moritz, René und der seltsamen Tatsache, dass Steffi und Oliver offenbar gut zusammenpassten. Mir war klar, dass diese ganzen Gedanken im Grunde nichts brachten und ich mich im Kreis drehte.

In den nächsten Tagen arbeitete ich hauptsächlich an meinem Kinderbuch. Am Donnerstag bekam ich einen Auftrag für eine neue Übersetzung, der Krimi einer amerikanischen Debütantin. In dem Buch gab es einige Slang-Ausdrücke, es würde eine kleine Herausforderung werden, diese Passagen zu übersetzen. Normalerweise mochte ich bei meiner Arbeit Herausforderungen, aber in der momentanen Situation fand ich so etwas eher lästig. Den Auftrag nahm ich trotzdem an, denn ich musste schließlich Geld verdienen, und auch andere Leute mussten in ihrer Arbeit manchmal Dinge tun, die sie weniger mochten.

Am Freitag wollte ich mir dann eine kleine Auszeit nehmen, da mir vom vielen Sitzen mittlerweile schon der Rücken ziemlich wehtat. Also ging ich ins Freibad, schwamm ein paar Runden und las auf der Wiese den Krimi, den ich übersetzen sollte.

Als ich genug geschwommen war und genug gelesen hatte, fuhr ich zum Marienplatz, um mir zwei, drei neue T-Shirts zu kaufen und ein Geschenk für Günter zu suchen. Ich kam zufällig an der Baby-Abteilung vorbei, wo ein paar hinreißende Strampelhosen hingen. Wie süß! Die Auswahl war riesig, und ich fragte mich, welche Farben wohl am besten waren, wenn man das Geschlecht des Babys noch nicht wusste. Eigentlich war mir das Geschlecht egal, zumindest mehr oder weniger. Natürlich wäre es schön, wenn es ein Mädchen würde, weil ich einen Sohn hatte, aber im Grunde war es nicht wichtig.

Sollte ich etwas kaufen? War es nicht zu früh dafür? Andererseits, warum sollte es zu früh sein? Es konnte doch nicht schaden, schon mal etwas zu haben. Dann kam mir der Gedanke, dass Emily vielleicht etwas dagegen haben könnte, wenn ich für das Baby einkaufte. Schließlich wusste ich nicht, wie sie tickte. Trotzdem nahm ich einfach die zwei süßesten Strampelhosen vom Haken und ging damit zur Kasse.

Als mir die junge Kassiererin das Wechselgeld übergab, fragte sie: »Wann ist es denn so weit?« Sie sah mich lächelnd an.

»Ich … Also … Das hier ist für mein Enkelkind.«

»Ihr Enkelkind? Nicht, dass Sie schwanger aussehen, manche Mütter sind ja mit ihren Einkäufen sehr früh dran, wissen Sie. Enkelkind … hätte ich nun nicht gedacht.«

»Danke.« Mit der Tüte in der Hand ging ich in Richtung Rolltreppe und kam an einem Spiegel vorbei. Ich sah hinein. Vielleicht lag es an den netten Worten der Kassiererin, aber wie eine Oma sah ich wirklich nicht aus, fand ich. Aber wie sah eine Oma aus? Früher hatten die Großmütter graue Haare, trugen randlose Brillen und beigefarbene Gesundheitssandalen. Heute liefen sie in Jeans und T-Shirts herum, wie sie das mit zwanzig und dreißig getan hatten.

Später kaufte ich für Günter einen Werkzeugkoffer. Wirklich originell war das nicht, und wahrscheinlich besaß er auch schon einen, aber etwas anderes fiel mir einfach nicht ein.

Als ich damit nach Hause kam, kam Dominik gerade mit nassem Haar aus dem Bad. »Hey«, rief er und zeigte auf den Werkzeugkoffer, »hast du ein neues Hobby entdeckt?«

»Der ist für Günter. Ich gebe zu, mit deinem Grill kann er nicht mithalten, aber vielleicht freut er sich trotzdem.«

Dominik hob beschwichtigend die Hand. »Klar freut er sich. Ich meine, was ist ein Mann ohne Werkzeugkoffer?«

Ich entledigte mich meiner Taschen und Tüten. »Hat jemand angerufen?«

»Nein, warum?«

Hätte ja sein können, dass Moritz auf dem Festnetz anruft, macht er ja manchmal.

»Nur so.« Ich streifte mir die Ballerinas von den Füßen.

»Was ist eigentlich mit Moritz?«, fragte er plötzlich.

Innerlich erschrak ich ein wenig über die Frage, aber äußerlich wirkte ich ganz gefasst. »Was soll denn mit ihm sein?«

»Er war schon länger nicht mehr hier, und ich hör auch nicht, dass du mit ihm telefonierst. Habt ihr Krach?«

»Krach? Nö.« Ich schüttelte betont den Kopf, woraufhin mir Dominik einen argwöhnischen Blick zuwarf. »Ach Gott, jede Freundschaft hat doch ihre guten und schlechten Phasen.« Ich bückte mich und machte mich daran, meine Einkäufe aus den Tüten zu holen. Zuerst meine T-Shirts, dann eine Capri-Hose, die bei Dominik keine Beachtung fanden.

»Aber es gab nie schlechte Phasen bei euch. Bis jetzt. Oder?«

Es war nicht so, dass ich meinem Sohn gegenüber nicht offen sein wollte oder konnte, aber ich mochte ihm die Sache mit Moritz einfach nicht erzählen, zumindest nicht jetzt. Um das Thema zu wechseln, holte ich die Strampelhosen aus der Tüte. Das würde ihn auf andere Gedanken bringen. »Kuck mal.« Ich hielt in jeder Hand eine Strampelhose. »Welche findest du schöner, die gestreifte oder die mit den kleinen Luftballons?«

Dominik riss die Augen auf und starrte auf die winzigen Kleidungsstücke. »Passt du da wirklich rein?«

»Witzig.«

»Die sind beide schön. Na ja, soweit ich das beurteilen kann. Hab mir bis jetzt nie Strampelhosen angeschaut. Ich muss erst mal die neue Wohnung einrichten und den Kontakt zu Emily ausbauen, dann kümmere ich mich um die Strampelhosen-Sachen und so.«

»Ja, klar.«

Er atmete hörbar aus.

Mein Handy klingelte lauter und immer lauter! Ich nahm es in die Hand, und auf dem Display stand: Moritz. Aufgeregt drückte ich auf den Knopf, um den Anruf entgegenzunehmen, aber das Handy klingelte einfach immer weiter. Immer wieder drückte ich den Knopf, aber das Klingeln hörte nicht auf, sondern wurde nur immer lauter. Dann brach es ab!

»Steh auf! Wir haben verpennt!« Dominiks Stimme drang gedämpft zu mir durch. Ich versuchte, die Augen aufzumachen, aber es gelang mir nur mühsam.

»Es ist halb neun. Ich setz schnell Kaffee auf. Wenn du noch duschen willst, dann sofort, weil ich gleich nach dir ins Bad will.«

»Zu viel Text für halb neun!«, rief ich.

»Steh auf!«

Als ich fünf Minuten später unter der Dusche stand, wurde ich allmählich etwas wacher. Ich hatte bis vier Uhr morgens wachgelegen und gegrübelt. Über Dominik und das Baby, über meine Mutter und Günter, über René, Moritz und darüber, ob Liebe wirklich egoistisch war, wie Steffi sagte. Dieser Satz beschäftigte mich ziemlich.

Nachdem ich aus der Dusche gestiegen war, sah ich mein Gesicht im Spiegel an. Ich kann nicht behaupten, dass mir gefiel, was ich sah. Der Schlafmangel ließ mich fahl und erschöpft aussehen. Unter den Augen hatte ich dunkle Ringe, die ich mit einer dicken Schicht Concealer übertünchte. Ein wenig half es, aber meine Erscheinung war heute alles andere als strahlend.

Dominik und ich schütteten den Kaffee in uns hinein und stopften schnell noch einen Toast mit Marmelade in den Mund, als wir René unten kurz hupen hörten.

»Wieso hupt Papa? Das macht er sonst nie.« Dominik sah aus dem Fenster, mit der Kaffeetasse in der Hand.

»Vielleicht, weil es zehn nach neun ist?«

Dominik warf einen Blick auf die Wanduhr. »Es ist zehn *vor* neun.«

»Die ist gestern stehen geblieben. Ich wollte noch die Batterie wechseln, hab's dann aber vergessen.«

Er ging in den Flur, um sich seine Sneakers anzuziehen. »Jetzt komm schon.«

»Geh schon mal vor. Ich bin in fünf Minuten da.«

Er sah mich stirnrunzelnd an. »Wieso? Was machst du denn noch?«

»Ich muss mir noch die Haare föhnen.« Als ich Dominiks ungläubigen Blick sah, fügte ich schnell hinzu: »Nicht aus ästhetischen Gründen, aber du weißt doch, wie schnell ich mich erkälte.«

Dominik nahm die Geschenke für Günter, die vorbereitet neben der Haustür standen. »Bis jetzt wusste ich das nicht.«

Dominik verschwand durch die Tür, und ich lief schnell ins Bad, holte meine Rundbürste aus der Schublade und versuchte, eine einigermaßen brauchbare Frisur hinzubekommen. Das Ergebnis war gar nicht schlecht, fand ich. Ich beschloss, die Jeans gegen eine schwarze Stoffhose auszutauschen. Als ich mein Spiegelbild sah, kam ich zu dem Schluss, dass die dunkelblaue Bluse dazu nicht gut aussah. Also zog ich sie aus und nahm meine weiße Leinenbluse aus dem Schrank.

Kurz darauf rannte ich die Treppe hinunter. Aus den fünf Minuten waren leider zwanzig geworden. Die Zeit rannte aber auch, wenn man sich zurechtmachte. Ungerecht war das. Warum verging die Zeit nicht so schnell, wenn man auf den Bus wartete oder auf dem Amt anstand? Da hatte Einstein völlig recht gehabt, als er die Relativitätstheorie mit den Worten erklärt, hatte: *Wenn man zwei Stunden lang mit einem Mädchen zusammensitzt, meint man, es sei eine Minute. Aber wenn man eine Minute auf einem heißen Ofen sitzt, meint man, es seien zwei Stunden.*

Von Weitem sah ich schon, dass Dominik hinten saß. Ich machte die Autotür auf und nahm neben René Platz.

»Hallo«, sagte ich freundlich, »tut mir leid, aber ich musste mich noch umziehen, weil ich mir Kaffee über die Bluse geschüttet habe.« Es war nicht nett zu lügen, aber was hätte ich denn sagen sollen?

René kniff kurz die Lippen zusammen, dann ließ er demonstrativ langsam den Motor an. »Wenn der Blusenwechsel bei dir zwanzig Minuten dauert, dann kann man wohl nichts machen.«

»Aber dann hat halt die Hose auch nicht mehr dazu gepasst. Ach«, winkte ich ab, »du verstehst das nicht.«

René fuhr los. »Das ist leider wahr. Oder sollte ich in dem Fall lieber sagen: Gott sei Dank?«

Ich blinzelte etwas genervt. »So viel Gequatsche am frühen Morgen …«, murmelte ich.

»Halb zehn ist für dich ein früher Morgen? Na ja, du bist Künstlerin, ihr seid ja keine Frühaufsteher.« An seiner Stimme hörte ich, dass er lächelte. »Aber, um dich zu zitieren: Wir können reden, müssen aber nicht.«

»Ich glaub, ich pack mal meinen MP3-Player aus«, kam es von Dominik, »kann sich ja kein Mensch anhören, was ihr da redet.« Aber dann tat er es doch nicht.

»Ja, ja«, meinte René und warf einen kurzen Blick nach hinten, »aber wehe, du fängst an zu quengeln: ›Wann sind wir endlich daaa!?‹«

Darauf musste ich ein bisschen lachen.

Die nächste halbe Stunde schwiegen wir vor uns hin. Dominik saß schweigend hinten, und René hatte einen Regionalsender eingestellt, der gerade *Amadeus* von Falco spielte, als ich fragte: »Was schenkst du denn Günter zum Geburtstag?«

»Eigentlich wollte ich ihm das Buch *Liebe dich selbst und es ist egal, wen du heiratest* schenken, aber dann erschien mir das doch etwas unpassend.«

»Ah ja. Und stattdessen?«

»Einen Werkzeugkoffer.«

»Ha ha«, machte ich, »sehr witzig.«

René schüttelte den Kopf. »Leider ist das kein Witz. Als Dominik das Ding vorhin angeschleppt hat, kam mir der Gedanke, dass wir uns vielleicht hätten absprechen sollen.«

»Oje«, stöhnte ich, »das ist doch total behämmert.«

»Der treffende Ausdruck in Bezug auf Werkzeugkoffer.«

Wir mussten alle drei lachen. Für einen Moment fühlte es sich an, als wären wir eine ganz normale Familie.

Wir waren erleichtert, dass Günter sein Doppelgeschenk mit Humor nahm. »Versteh scho, ihr habts gedacht, der zwaade is für d'Reserve, geh?«

Wir nickten.

Tante Erna und Onkel Albert waren da sowie Mario, ein Freund und ehemaliger Arbeitskollege von Günter. Er hatte Mario hin und wieder erwähnt, aber ich hatte ihn nur damals auf der Hochzeit gesehen, wirklich kennengelernt hatten wir uns noch nicht. Meine Mutter hatte mal über ihn gesagt: »Ein netter und anständiger Mann, wenn er nur nicht diesen Hang zum Holzhammerhumor hätte.« Ich hatte keine Ahnung, was sie damit meinte.

Sidonie hatte einen Hexenschuss und deshalb nicht kommen können, und Onkel Johannes war auf der Hochzeit einer Frau, die er bereits getauft hatte und schon ihr Leben lang kannte. Hochzeiten waren für Onkel Johannes sowieso wichtiger als Geburtstage.

Meine Mutter hatte Dampfnudeln mit Vanillesoße gemacht, außerdem stand für diejenigen, denen die Süßspeise nicht genug war, noch eine Platte mit Brotzeithäppchen am Tisch. So saßen wir alle beieinander und lobten ihr Essen. Sie brauchte das. Ganz besonders jetzt.

»Super Dampfnudel«, meinte Mario mampfend. Er hatte eine Glatze und war, da Halbitaliener, ein dunkler Typ. »Na, dampfen tut sie ja, aber eine Nudel kann ich hier auf meinem Teller nirgends entdecken. Ha ha ha!«

Okay, das hatte sie also mit Holzhammerhumor gemeint. Alles klar.

Wir lächelten, und Günter lachte auch ein bisschen, höflichkeitshalber.

Eigentlich hatte ich gedacht, dass es damit genug wäre, aber Mario setzte noch eins drauf: »Das ist wie mit dem Leberkäse, gell. Weder Leber noch Käse. Ha ha ha.«

Ich sah zu René hinüber, der meinen Blick auffing und in sich hineinlachte, und da konnte ich auch nicht anders. Als Mario sah, dass wir lachten, musste er das wohl missverstanden und gedacht haben, dass seine Bemerkungen wahre Schenkelklopfer wären, also fuhr er fort: »Oder Rohrnudel. Habt ihr schon mal ein Rohr in eurem Teller entdeckt? Ha ha ha.« René und ich konnten nicht mehr aufhören zu lachen.

Dominik kommentierte leise: »Ich glaub, ich bin im Horrorfilm.«

Tante Erna fragte Onkel Albert, der sich die Dampfnudel schmecken ließ: »Tja, lustig, gell?«

»Ich hör gar nix.« Onkel Albert kaute weiter.

»Du Glücklicher«, kam es leise von Tante Erna. Da sie in der Nähe von mir und René saß, hatten wir das gehört, Mario aber nicht. Der war gerade dabei, das Wort Trübsal zu verreißen.

Später ging ich zu meiner Mutter in die Küche. Leise schloss ich die Tür hinter mir, dann stellte ich mich zu ihr und half ihr mit dem Geschirr. »Ich hab in letzter Zeit ein bisschen nachgedacht.«

»Ach ja?«, meinte sie, während sie die Essensreste von den Tellern kratzte. »Worüber denn?«

»Ach, dies und das.«

»Wegen dem Baby?«

»Ja, das auch.« Ich räumte das Geschirr in die Spülmaschine.

»Es wird alles gut, Layla. Die beiden sind erwachsen, und wenn sie es einigermaßen vernünftig anstellen, können sie und das Kind gut damit klarkommen.«

»Dominik zieht nächstes Wochenende aus.«

»Ja, ich weiß.«

»Kann ich dich mal etwas fragen?«

Sie hielt in der Bewegung inne und sah mich an. »Natürlich.«

»Na ja …«

Sie stellte den Teller ab, dann drehte sie sich zu mir und sah mir ins Gesicht. »Was ist denn, Layla?«

Ich erzählte ihr von meinem Treffen mit Moritz, und was er gesagt hatte. »Findest du, und sei bitte ehrlich, dass ich ein egoistischer Mensch bin? Das bin ich, oder? Wie oft habe ich mir gedacht, dass es mir zu mühsam ist, dich zu besuchen und ein Wochenende bei dir … nicht, dass ich dich nicht gerne öfter sehen würde, aber …«

»Ach, Layla, natürlich würde ich mich freuen, wenn wir uns öfter sehen würden, aber ich kann doch verstehen, dass du dein eigenes Leben hast und Verpflichtungen. Eltern können schließlich nicht erwarten, dass die Kinder jedes Wochenende auf der Matte stehen, nur weil sie selbst jetzt pensioniert sind und genug Zeit haben.«

»Du weißt gar nicht, wie viel mir das bedeutet, dass du deswegen nicht böse mit mir bist.«

Sie schüttelte den Kopf. »Zerbrich dir darüber bitte nicht mehr den Kopf.«

Ich nickte. »Na gut.«

Sie stellte sich näher vor mich hin, dann fragte sie: »Aber warum hat Moritz dir auf einmal so etwas gesagt? Wenn er das wirklich manchmal so empfunden hat, warum hat er dann nicht schon früher etwas erwähnt?«

»Ich weiß nicht. Er ist stark und verlässlich und … wahrscheinlich wollte er mich nicht verletzen.«

Meine Mutter sah mich prüfend an, erwiderte aber nichts.

»Vielleicht ist es etwas anderes«, meinte sie schließlich.

»Was denn?«

»Na ja«, sie zuckte die Schultern, »vielleicht … aber das ist nur eine Vermutung … hat er nie etwas gesagt, weil er dich nicht verlieren wollte, und … du weißt schon … jetzt ist René wieder aufgetaucht, und ihr versteht euch besser und werdet bald ein gemeinsames Enkelkind haben …«

»Komm bitte auf den Punkt, Mama.«

Sie neigte den Kopf, dann verzog sie lächelnd den Mund. »Du bist doch nicht dumm, Layla, oder?«

»Ach, ich weiß nicht. Vielleicht ist es leicht, so etwas hineinzuinterpretieren.«

»Frag ihn doch.«

»Bitte was?«, fragte ich ungläubig und verschränkte die Arme vor der Brust. »Ich soll ihn direkt fragen, ob er in mich verliebt ist?«

»Ja. Nur so bekommst du Gewissheit. Auch wenn er nicht darauf antwortet, du wirst es an seiner Reaktion merken.«

»Ich weiß nicht. Du kennst ihn doch, er wird niemals darauf eingehen.«

»Na ja, *kennen* ist übertrieben. Ich habe ihn ja in all den Jahren nur ein paarmal gesehen.«

»Kann ich dich noch etwas fragen? Ich sag dir gleich, die Frage ist wahrscheinlich blöd, aber nur so aus Neugier.«

Meine Mutter wandte sich ab und drehte den Wasserhahn auf, um eine Schüssel einzuweichen. »Du kannst mich alles fragen.«

»Also gut. Nehmen wir mal an, rein hypothetisch natürlich, du könntest dir einen Partner für mich wünschen. Wer wäre dir lieber, René oder Moritz?«

»Du hast recht.«

»Womit?«

»Die Frage ist wirklich blöd.«

»Nun sag schon.«

Sie dachte ein paar Sekunden nach, dann meinte sie: »Ich werde dir diese Frage nicht beantworten, Layla, aus dem einfachen Grund, weil ich dich damit beeinflussen würde. Aber interessant zu wissen, dass René infrage kommt. Bahnt sich da etwas an?«

»Minimal.«

»Aha.« Sie lachte ein wenig auf, dann warf sie mir einen interessierten Seitenblick zu.

»Aber kannst du mir wenigstens sagen, dass es einer von beiden ist, den du gerne an meiner Seite sehen würdest?«

»Nun gut, das gebe ich zu.«

»Es ist wahrscheinlich René, oder?«

»Von mir erfährst du kein Wort.«

Die nächsten fünf Minuten werkelten wir schweigend vor uns hin. Schließlich fragte ich: »Und was ist denn nun mit dir und Günter?«

»Wir werden uns trennen.«

»Ihr werdet euch trennen? Sicher?«

»Ja, ganz sicher.«

»Und weiter? Wer von euch beiden zieht aus?«

Meine Mutter seufzte. »Wir werden das Haus verkaufen. Es kotzt uns beide nur noch an. Der Garten, die viele Arbeit, diese Abgeschiedenheit. Ich vermisse München. Ich will wieder ins Theater gehen, ins Kino, in ein schönes Restaurant oder auf ein Konzert.«

»Das kann ich gut verstehen.«

»Wir werden das Geld in zwei Wohnungen investieren, möglichst nahe beieinander, damit wir füreinander da sein können.« Sie sah mich an. »Wir wollen Freunde bleiben. Das mag sich abgedroschen anhören, aber wir lieben uns immer noch, auf menschlicher Ebene, verstehst du?«

Ich nickte.

»Aber wir sind kein liebendes Ehepaar mehr, und wir wollen nicht mehr in dieser Lüge leben.«

Darauf hätte ich so gerne etwas gesagt, aber was meine Mutter eben erläutert und wie sie es beschrieben hatte, war so klar und ehrlich, dem war nichts mehr hinzuzufügen.

17

Den restlichen Nachmittag beobachtete ich Günter und meine Mutter. Was ging in ihnen vor? Wie kamen sie wirklich damit zurecht? Die Tatsache, dass sie beide nicht wirkten, als wären sie am Boden zerstört, erleichterte mich zwar, aber es verwirrte mich auch. Nie hätte ich geglaubt, dass sie sich jetzt doch trennen würden, und dann auch noch auf so friedliche und einvernehmliche Weise. Dass sie sich Wohnungen in Nähe zueinander nehmen wollten, rührte mich. Waren sie für uns nicht ein Vorbild darin, wie man sich in Frieden und Dankbarkeit trennen konnte? Wahrscheinlich würden die beiden in Zukunft besser miteinander auskommen als in diesen letzten Jahren ihrer Ehe. Meine Mutter würde wieder in München wohnen, und ich merkte, dass ich darüber froh war, sie in meiner Nähe zu wissen.

Bei der Verabschiedung umarmte mich Günter, klopfte mir unbeholfen zweimal auf die Schulter und sagte: »Wir sehen uns, ja?«

»Wir sehen uns«, gab ich zurück.

Meine Mutter hatte ein bisschen Tränen in den Augen, als sie mich an sich drückte. »In ein paar Monaten werden wir uns öfter sehen.«

»Ich freue mich darüber, ganz ehrlich.«

Sie lächelte und drückte kurz meine Hand. »Mach dir

um uns bitte keine Sorgen. Wir kommen gut damit zurecht.«

»Ja, das sehe ich. Das beruhigt mich.«

»Es tut mir leid, dass ich dir deine Frage nicht beantwortet habe«, flüsterte sie mir zu, »aber wenn in dir wirklich diese Frage reift und dich zu einer Entscheidung drängt, dann solltest du auf deine eigene Stimme hören.«

Auf der Rückfahrt dachte ich darüber nach. Natürlich war es richtig, dass man so etwas letztendlich selbst wissen musste, aber manchmal sahen Außenstehende bestimmte Dinge klarer. Hatten wir nicht alle schon mal eine Beziehung scheitern sehen, noch bevor die Beteiligten es selbst wirklich wussten? Hatten wir nicht alle schon mal den scheinbar richtigen Weg für jemanden gewusst, der sich aber anders entschieden hatte, und am Ende stellte sich heraus, dass der von uns erahnte Weg der richtige gewesen wäre? Aber ich konnte meine Mutter auch verstehen. Sie würde sich die größten Vorwürfe machen, wenn sie mich beeinflusste, ich auf sie hörte und am Ende vor einem Scherbenhaufen stand.

Wieder kam mir der Gedanke, dass all dieses Gegrübel vielleicht unnötig war, da weder René noch Moritz mit mir eine Liebesbeziehung wollten. Moritz hatte sich nicht geäußert, und vielleicht war Steffis Interpretation einfach nur vollkommen überzogen. Und René? Er war nett zu mir und schien froh darüber, dass wir wieder gut miteinander klarkamen. Und das war's vielleicht schon. Die beiden würden womöglich Tränen lachen, wenn sie wüssten, dass ich mir mit einem von ihnen eine Zukunft vorstellen konnte.

Ja, natürlich könnte ich noch andere Männer als René und Moritz kennenlernen, und vielleicht war da draußen wirklich der Mann, mit dem ich mein Glück finden würde. Man konnte auch mit fünfzig oder auch mit sechzig einer großen Liebe begegnen. Aber ich fand die Vorstellung schön, dass man irgendwann dem geliebten alten Mann die Hand hielt, der einen schon gekannt hatte, als man noch jung war.

Dominik streckte den Kopf zwischen den beiden Sitzen nach vorne. »Könnt ihr mich bei Lucki absetzen?«

»Ja, sicher«, antwortete René, »dann können wir uns auch gleich mal das Haus ansehen, in dem du wohnen wirst.«

»Die Wohnung kann ich euch leider noch nicht zeigen, weil ich den Schlüssel erst am Donnerstag kriege.«

»In welcher Straße ist es denn?«

»Augustenstraße.«

René nickte. »Was sagst du eigentlich dazu, dass Oma und Opa sich trennen?«

»Was soll ich dazu sagen? Wäre natürlich schöner, wenn's nicht so wär, aber die beiden werden schon wissen, was sie tun. Vielleicht wird manches sogar besser.«

»Wie meinst du das?«

»Na ja, Opa hat doch gesagt, dass sie beide nach München ziehen, also werden wir sie dann öfter sehen.«

»Hättest du eigentlich lieber eine Tochter oder einen Sohn? Oder ist dir das nicht wichtig?«

Dominik zuckte die Schultern. »Das ist mir überhaupt nicht wichtig.«

René sah mich kurz an, dann blickte er wieder auf die Straße. »Onkel Johannes ist übrigens traurig darüber, dass das Kind unehelich zur Welt kommt. Er hat gesagt, er versteht die Welt nicht mehr.«

Dominik schwieg eine Weile, dann sagte er: »Irgendwie tut er mir leid. Wie soll ich sagen, wir müssen ja sein Weltbild nicht verstehen, aber es ist halt seine Welt, und die wird durch die Familie immer wieder erschüttert. Erst erfährt er von der Trennung von Oma und Opa, und dann komm ich mit meiner Geschichte.«

René seufzte, dann sagte er: »Opa hat mir gesagt, dass Onkel Johannes dich in den nächsten Tagen anrufen wird, um dich zu einer Heirat mit Emily zu überreden.«

»Spinnt der?«, meinte Dominik grantig. Seine Empathie hatte sich augenblicklich verflüchtigt.

»Sieht nett aus«, bemerkte René, als wir uns das Haus vom Auto aus ansahen.

»Mh-hm, hat halt keinen Aufzug. Wenn man vom Einkaufen kommt, muss man also erst mal die fucking Treppe hochgehen.«

»Na ja«, meinte René, »ist doch bloß fucking Gewohnheit und fucking Einstellung.«

Ich musste ein bisschen lachen.

»Okay, ihr Alten«, kam es scherzhaft von Dominik, während er ausstieg, »bleibt cool und so.« Dann setzte er hinzu: »Obwohl, der Zug ist bei euch abgefahren.«

»Hey!«, rief René, »wir sind cooler, als du denkst. Gell, Layla, wir sind cool?«

»Aber so was von cool.«

Dominik warf lachend die Tür zu. René und ich kicherten noch darüber, als er anfing zu erzählen: »Als Dominik ungefähr fünf war und das Wochenende bei mir war, habe ich beim Frühstück Zeitung gelesen und ›Arschloch‹ vor mich hingemurmelt. Da hat Dominik gesagt: ›Die Mama sagt, man darf nur das A-Wort sagen oder das W-Wort.‹ Darauf wollte ich wissen, was das W-Wort ist, worauf Dominik gesagt hat: ›Das heißt Fixer.‹«

Darüber musste ich so lachen, dass ich mich nach hinten fallen ließ. René sah mich an, und seine Augen leuchteten vom Lachen.

Als er zehn Minuten später vor meiner Haustür hielt und ich den Gurt löste, bemerkte er: »Ich war noch nie bei dir zu Hause.«

Natürlich verstand ich den Wink, aber ich sagte darauf einfach das Erste, das mir einfiel: »Ich auch nicht bei dir.«

»Das ist wahr.«

Die Sekunden verstrichen. Wir saßen einfach so da und warteten darauf, dass der andere etwas sagen würde. Was sollte ich jetzt tun? Mein Herz klopfte ein wenig, als ich das Schweigen brach: »Willst du dir meine Wohnung ansehen?«

»Hast du auch eine Briefmarkensammlung?« Um seinen Mund spielte ein Lächeln.

»Oh, leider nicht«, tat ich bedauernd, »auch keinen Kaffee, und es gibt auch keine Website, die ich dir jetzt unbedingt zeigen will …«

René lachte mit geschlossenem Mund. »Kann ich vielleicht eine Glühbirne auswechseln?«

»Nein, nicht wirklich. Schade, dass ich keinen Pool habe, dann könntest du den reinigen. Wie du weißt, habe ich auch kein Auto, sonst könntest du das waschen …«

»Du hast ja interessante Bilder im Kopf.«

»Was? Nein.« Ich glaube, ich wurde rot. »Also, wenn du magst, kannst du dir gerne meine Wohnung ansehen.«

»Ja? Gut, wenn du unbedingt willst.«

Ich sah ihn an. »Was? Unbedingt will? Äh …« Aber da war er auch schon ausgestiegen.

»Schön hast du's hier«, bemerkte René, als er gerade von der Küche ins Wohnzimmer ging.

»Danke.«

Er blieb stehen und betrachtete die Fotos an der Wand über der Kommode. »Wow«, rief er und verzog beeindruckt den Mund. »Vier Fotos von Moritz, aha.«

»Was?« Ich stellte mich neben ihn und sah an die Wand. »Also, erstens sind das drei …«

»Eines hängt im Flur.«

»Da war er mit Dominik im Freizeitpark, da ist auch Dominik mit drauf. Und zweitens sind die paar Fotos innerhalb von vielen Jahren entstanden. Es ist ja nicht so, als hätte ich eine Foto-Chronologie von jedem Jahr.«

»Von mir hast du kein einziges.«

Ich wandte mich zu ihm um. »René, ich bitte dich! Wir haben viele Jahre lang kaum miteinander gesprochen. Und das wäre doch die Voraussetzung, wenn ich dich um ein Foto bitten würde.«

Ernst blickte er mir in die Augen und fragte: »Hast du je was mit ihm gehabt?«

»Mit wem? Moritz?«

»Nein, mit SpongeBob Schwammkopf. Natürlich meine ich Moritz.«

»Nein, hab ich nicht.«

»Hat er jemals was versucht?«

»Nein.«

»Ach ja, er ist ja so ein Heiliger«, bemerkte er ironisch.

»Es ist schon das zweite Mal innerhalb kürzester Zeit, dass du versuchst, seinen Anstand und seine Charakterstärke gegen ihn zu verwenden. Ich finde das nicht gerade fair.«

»Fair«, wiederholte er missmutig, »er hat doch nur deshalb mit Dominik so viel Zeit verbracht, um an dich ranzukommen.«

Die nächsten paar Sekunden schossen mir verschiedene Gedanken durch den Kopf, und ich wurde von ambivalenten Gefühlen durchströmt.

Er ist eifersüchtig! Heißt das, dass er mich immer noch oder wieder liebt? Will er mich auf diese Weise erobern?

Als ich mich einigermaßen gefasst hatte, sagte ich einfach das, was mir in den Sinn kam: »Falls du eifersüchtig bist, dann kann ich nicht leugnen, dass mir das sogar ein bisschen schmeichelt …«

Er sah mir ins Gesicht, wirkte dabei aber etwas angespannt.

»Aber dass du ihm vorwirfst, er habe das alles aus Kalkül getan, hat Moritz nicht verdient. Ich kenne ihn, und du kennst ihn nicht, was heißt, du kannst dir solche Urteile über ihn nicht erlauben.«

»Beeindruckend, wie du für ihn einstehst.«

»Ja, das tue ich.«

»Nehmen wir mal an, ich wäre tatsächlich eifersüchtig.«

Ich wurde verlegen, biss mir auf die Lippen und war gespannt, was er jetzt sagen würde.

»Hätte ich denn Grund dazu? Könntest du behaupten, dass da überhaupt nichts ist zwischen euch?«

Damit hatte ich nicht gerechnet. Was sollte ich jetzt sagen? Hätte er mich das ein paar Wochen zuvor gefragt, hätte ich wohl völlig anders reagiert. »Können wir das Thema bitte abschließen?«

»Na, damit ist die Frage wohl beantwortet.«

»Du steigerst dich da ganz schön rein, finde ich.«

René sah mich noch eine ganze Weile an, dann ging er zur Couch und setzte sich. »Hast du etwas zu trinken da?«

»Ja, natürlich. Entschuldige. Möchtest du Orangensaft? Oder lieber eine Cola oder Limo?«

»Cola wäre klasse.«

Während ich in der Küche zwei Gläser Cola einschenkte, überlegte ich, dass alles dafür sprach, dass René sich einen Neuanfang mit mir vorstellen konnte. Seine Äußerung über Moritz sollte ich ihm vielleicht nicht allzu übel nehmen. Vielleicht war Liebe wirklich egoistisch, wie Steffi sagte. Ich ging mit den beiden Gläsern ins Wohnzimmer, stellte sie auf den Couchtisch und setzte mich neben René. »Findest du, dass Liebe egoistisch ist?«

»Wie kommst du auf diese Frage?«

»Das hat Steffi kürzlich gesagt.«

»Natürlich ist Liebe egoistisch. Ein so starkes Gefühl kann ohne Egoismus gar nicht entstehen.«

»Aha. Okay.«

»Was ist eigentlich mit diesem Oliver? Trefft ihr euch noch?«

»Oliver? Großer Gott, nein. Der ist jetzt in Steffi verknallt.«

»Was? Wie …«

»Ach«, winkte ich ab, »das ist zu kompliziert. Jedenfalls war es bei den beiden Liebe auf den ersten Blick.«

»So wie bei uns«, bemerkte René.

Wir sahen uns an.

»Kann sein, ja.«

René streckte den Arm aus und fuhr mir mit den Fingern durch die Haare. Ich wandte verlegen den Blick ab. Plötzlich kam ich mir wieder vor wie mit achtzehn. Er schien das irgendwie putzig zu finden, obwohl ich mich selbst ein wenig über meine Schüchternheit ärgerte. Leise lachte er in sich hinein.

Was, wenn wir etwas Neues anfingen und es dann nicht zu Ende brachten? Ein zweites Mal scheitern, mit demselben Mann? Nanu? Was machten denn meine Gedanken gerade? Warum dachte ich jetzt über so einen Blödsinn nach?

Scheiße, ich hatte heute meine Bauch-weg-Unterhose an, die schottenkarierte, die bis zur Brust ging.

Ich hatte mir heute Morgen noch die Beine rasieren wollen und es dann nicht mehr geschafft.

Sollte ich es wirklich so weit kommen lassen? Wenn Moritz das wüsste, wäre er dann … Was!? Hat er nicht auch mit Steffi geschlafen?

Was, wenn René und ich es wirklich tun würden, würde René dann auf eine feste Beziehung drängen? War ich überhaupt so weit? Wollte ich das?

»Was denkst du gerade?«, wollte René wissen.

Das behalte ich wohl lieber für mich!

»Nichts. Ich denke an nichts.«

»Äußerst glaubwürdig.«

»Na ja, ich weiß nicht, ob das so gut ist, was wir hier …« Weiter kam ich nicht, denn er zog mich plötzlich mit aller Kraft zu sich heran und presste seinen Mund auf meinen.

Eigentlich wollte ich ihn wegstoßen und Nein schreien, aber ich schaffte es nicht. Ich spürte nur noch Renés Körper an meinem und seine Zunge in meinem Mund. Er fühlte sich so gut an, und er roch so gut, und das mit Cem, meinem letzten Freund, war zwei Jahre her. René wurde fordernder und schob seine Hand unter meine Bluse. Wie sollte ich ihm bloß das mit der karierten Bauch-weg-Unterhose erklären? Aber ich könnte natürlich auch schnell ins Bad oder Schlafzimmer … Aber dann wäre der Zauber weg und die Erregung unterbrochen. Außerdem war das merkwürdig, wenn jemand aufsprang, wegging und dann wiederkam. Ich würde mich auch fragen, was derjenige in der Zwischenzeit gemacht hatte. Videokamera installiert? Zehennägel geschnitten? Bett frisch bezogen?

»Wollen wir … du weißt schon …«, stammelte René, »ins Schlafzimmer?«

Wollen wir? Will ich? Irgendetwas hemmte mich. René ist hier! Du hast ihn mal geliebt! Es kann vielleicht wieder so werden wie früher. Nein, es sollte und konnte nicht werden wie früher.

Mit aller Kraft stieß ich ihn weg, sah ihn an und sagte: »René, ich kann das einfach nicht, ohne dass ich mit dir über etwas gesprochen habe.«

»Jetzt?«

»Ja«, sagte ich entschieden.

Er atmete hörbar aus, dann ließ er von mir ab und saß wieder gerade auf der Couch. »Und was?«

»Dieser rosa Zettel, auf dem stand: *Ich vermisse dich und denke nur noch an dich,* von wem war dieser Zettel?«

René hob die Hände, fuhr sich damit durch die Haare und wirkte auf einmal sehr erschöpft. »Ausgerechnet jetzt willst du darüber reden?«

»Tut mir leid. Ich kann sogar verstehen, dass du das nicht als idealen Zeitpunkt betrachtest, aber ich muss endlich die ganze Geschichte wissen.«

René beugte sich nach vorne und stützte die Arme auf den Knien ab. »Es war nur eine kurze Affäre, und für mich hatte das nichts zu bedeuten. Sie hat sich davon wohl mehr versprochen.«

»Wie lange ging das zwischen euch?«

»Ein paar Wochen.«

Ich schluckte. »Hattest du kein schlechtes Gewissen mir gegenüber?«

»Doch, hatte ich, aber du warst so überfordert mit der ganzen Situation mit Dominik und mit dem Studium. Ja, ich weiß jetzt, du warst jung und … Na ja, aber ich war es auch, und ich war so reingepresst in diese Rolle und dann fragte ich mich: Soll das jetzt schon alles gewesen sein?« Er wandte mir das Gesicht zu. »Ich hab dich geliebt, Layla, aber ich habe manchmal diese Anflüge von Panik gespürt und hatte das Gefühl, mich im Kreis zu drehen.«

»Wer war sie?«

»Sie hieß Liane, und ich hab sie im Englischen Garten kennengelernt. Es war das Wochenende, als du mit Dominik zu Pauline und Günter gefahren bist und ich für die Prüfung lernen musste. Du musst mir glauben, das war von mir nicht geplant gewesen. Ich wollte nur ein bisschen

Sonne tanken und hab den Prüfungskram mitgenommen, dort meine Decke ausgebreitet und … da hab ich sie halt kennengelernt, weil sie neben mir lag und mich gefragt hat, ob ich ein Tempo habe, weil sie Apfelsaft über ihr Shirt verschüttet hat.«

»Wie billig!«, hörte ich mich abfällig sagen.

Er zuckte die Schultern.

»Wie alt war sie?«

»Zwei Jahre älter als ich.«

»Verheiratet?«

»Nein.«

»Wusste sie denn, dass du verheiratet bist?«

»Ich hab's ihr nicht gesagt, und komischerweise hat sie gar nicht gefragt. Später hab ich ihr dann gesagt, dass ich eine Frau und ein Kind habe.«

»Aha«, sagte ich, »als sie anfing, dir auf die Nerven zu gehen.«

René sagte nichts.

»Warum hast du dich nie bei mir entschuldigt?«

»Wann denn? Du hast eine Riesenszene gemacht, mich aus der Wohnung geworfen und danach den Kontakt auf das Nötigste beschränkt.«

Ich hielt die Tränen zurück und versuchte, das Bild von den beiden im Englischen Garten wegzuschieben. »Hat sie gut ausgesehen?«

Er hob die Handflächen nach oben. »Weiß ich nicht mehr, kann sein.«

»Ach, hör schon auf!«, stieß ich aus.

René sah mich betrübt an. »Kann ich das jetzt nachholen? Die Entschuldigung, meine ich.«

Zerstreut schüttelte ich den Kopf. »Vielleicht ist das gar nicht mehr nötig.«

»Warum? Wie meinst du das?«

»Es ist so lange her und … ich kann nicht behaupten, dass ich eine gute Ehefrau war, was natürlich nicht deinen Seitensprung rechtfertigt. Ich weiß, dass es dir leidtut, und vielleicht genügt das einfach.«

»Hör mal, Layla …« Dann sprach er nicht mehr weiter.

»Ja?«

»Könntest du dir vorstellen, dass wir es noch mal miteinander versuchen?«

»Ich war vor ein paar Jahren auf einem Seminar. Da hab ich auch meine Freundin Fabia kennengelernt.«

»Hast du meine Frage nicht gehört?«

»Doch. Darauf will ich ja hinaus.«

»Okay.«

»Das Seminar hieß *Allein – aber glücklich*.«

René hob die Augenbrauen und wartete auf meine weiteren Ausführungen.

»Der Seminarleiter sagte: ›Wer dich einmal betrügt, dem vertrau nicht mehr.‹ So ganz lässt sich die Aussage nicht von der Hand weisen, oder?«

René schüttelte unmerklich den Kopf. »Jede Beziehung ist anders. Jeder Mensch ist ein Individuum, und darum lassen sich solche Pauschalaussagen nicht auf jeden anwenden. Es ist nun mal ein Unterschied, ob jemand seit dreißig Jahren ständig seine Frau betrügt, oder ob man das einmal getan hat, als man noch jung und lebensunerfahren war.«

Ich nahm einen Schluck Cola und dachte in der Zwischenzeit über das Gesagte nach. Langsam stellte ich das

Glas wieder ab, dann meinte ich: »Es ist aber auch eine Charaktersache, René. Wer imstande ist, seine junge Frau zu betrügen, die gerade mit dem kleinen gemeinsamen Kind zu den Eltern fährt, damit er in Ruhe lernen kann, dann ist das einfach nur mies.«

Es war ihm anzumerken, dass ihn das traf. Sein Gesichtsausdruck war eine Mischung von Verletzung und Ärger. »Du hast deine Meinung dazu, und ich komme nicht dagegen an. Es ist doch ganz egal, was ich noch dazu sagen könnte, es würde nichts ändern.« Dann stand er auf, sah noch einmal zu mir hinunter und sagte: »Aber ich würde an deiner Stelle genauso denken. Ich meine das ganz ehrlich. Wenn du das getan hättest und nicht ich, dann … Ich weiß nicht, vielleicht wäre ich in all den Jahren noch kälter zu dir gewesen als du zu mir.« Er wandte sich ab und ging weg.

Ich stand von der Couch auf und folgte ihm in den Flur, wo er schon den Arm nach der Klinke ausgestreckt hatte. »René?«

Er sah mich an.

»Ich hätte dir verzeihen sollen.«

Mit trauriger Miene neigte er den Kopf, dann lächelte er mich versöhnlich und liebevoll an, hob kurz den Arm und strich mir über die Wange. Schließlich öffnete er die Tür und ging wortlos hinaus.

18

Das heiße Schaumbad mit Baldrianextrakt wirkte überhaupt nicht entspannend. Es war Freitagabend, und ich lag in der Badewanne und hörte Dire Straits. Die drei Kerzen, die ich angezündet hatte, warfen ein unruhiges Licht.

Nachdem René gegangen war, beschäftigte mich ständig die Frage, ob ich mit ihm noch eine Chance hätte. Und jedes Mal, wenn ich mit meinen Gedanken auf dem Weg zum Happy End mit René war und wir uns beim Standesamt zum zweiten Mal die Ringe ansteckten, schob sich Moritz dazwischen.

Ich musste an meine Cousine Sidonie denken. Am Sonntag hatte ich sie angerufen, um ihr gute Besserung zu wünschen. Auf der Silberhochzeit hatte sie sich so aufrichtig für mich gefreut, als ich von Oliver erzählte. Sie war über meinen Anruf vollkommen überrascht, freute sich darüber und fragte mich sogleich nach Oliver.

»Oh, wie schade«, hatte sie gesagt, als ich erzählte, der sei jetzt mit Steffi zusammen.

»Wir haben nicht zueinandergepasst, aber zum Glück ist uns das rechtzeitig klar geworden.«

»Ich habe jetzt eine feste Beziehung«, sagte sie stolz. Ach ja, der alte Kerl, den Tante Erna erwähnt hatte. Aber ich musste so tun, als hätte ich keine Ahnung. »Ach, wirklich?

Weißt du, Sidonie, eine Bekannte von mir«, fing ich unehrlicher Weise an, um ihr Mut zu machen, zu ihrer Beziehung zu stehen, »hat auch nach ganz langem Singledasein endlich jemanden gefunden. Nun tut alle Welt so schockiert, weil der Mann etwas älter ist als sie, aber sie lieben sich, und sie lässt nichts zwischen sich und … Harald kommen. Die beiden sind sehr glücklich miteinander. Erzähl doch mal, wie ist dein Freund denn so?«

»Na ja«, kam es verhalten von Sidonie, »bei mir ist es noch schwieriger als bei deiner Bekannten.«

»Warum?«

»Das Alter ist gar kein Problem.«

Ach so? »Sondern?«

Ich hörte Sidonie schnaufen.

»Wie heißt er denn?«, fragte ich.

»Nico.«

»Und wie alt ist Nico?«

»Er ist fünfunddreißig, also ein Jahr jünger als ich.«

Hä???

»Ach, das ist so eine blöde Geschichte, Layla, ich kann mit niemandem darüber reden.«

»Wieso denn?«

»Zuerst war ich mit seinem Vater zusammen. Peinlich, ich weiß … aber dann hab ich seinen Sohn kennengelernt und … ich hab mit seinem Vater nicht geschlafen und …«

»Ach, Sidonie. Dann müsst ihr euch nicht mal aus dem Weg gehen, denn es ist ja kaum etwas passiert.«

»Meinst du?«

»Ja, sicher. Mit der Zeit wird das bisschen dann auch verblassen.«

»Ich bin ja so erleichtert, dass du das sagst. Diese Geschichte hört sich so … schmutzig an, dabei ist sie es gar nicht, und ich will mich nicht mein restliches Leben dafür rechtfertigen, dass ich mich in Nico verliebt habe.«

»Das kann ich gut verstehen, aber dafür gibt es keinen Grund, Sidonie. Manchmal findet man eben durch Umwege zueinander.«

»Dein Anruf hat mich so glücklich gemacht, Layla.«

Die Tatsache, dass ich Sidonie glücklich gemacht hatte, machte mich auch ein bisschen glücklich. »Schön zu hören, Sidonie. Und ich freue mich, dass du Nico hast. Egal, wie umständlich der Weg zu ihm auch war.«

»Anfangs hat mir der Verstand gesagt, dass das mit Nico unmöglich sein darf. Aber der Verstand ist in der Liebe kein guter Lehrer, glaube ich. Man sollte auf sein Herz hören, denn das Herz will einfach nur lieben. Der Verstand will Sicherheit. Aber was ist schon sicher?«

Nachdem wir das Gespräch beendeten, dachte ich darüber nach. Ja, was war schon sicher? Als ich René heiratete, war ich mir sicher, dass wir unser ganzes Leben zusammenbleiben würden.

Steffi traf sich fast täglich mit Oliver. Wenn nicht, dann telefonierten sie miteinander. Es gab nur ein Problem: Valentin. Steffi sagte, Valentin nenne ihn nur den »Schleimer«. Wie es aussah, benahm Valentin sich absichtlich asozial vor Oliver, wohl in der Absicht, dass dieser dadurch das Weite suchen würde. Den Vogel schoss er ab, als er seinen Popel beim Essen auf die Tischdecke abwischte. Auf Steffis Entsetzen tat Valentin überrascht und fragte, warum sie denn plötzlich etwas dagegen habe. Valentin war ein cleverer kleiner Freak. In der ersten Klasse wollte er seinen Hasen auf dem großen DIN-A4-Blatt nicht ausmalen. Als die Lehrerin schimpfte, sah Valentin sie an und fragte unschuldig: »Aber gibt es nicht auch weiße Hasen?«

Die Lehrerin hatte genickt.

»Gut. Mein Hase ist weiß.«

Na ja, das war eben Valentin. Intelligent, aber anstrengend.

Von Moritz hatte ich immer noch nichts gehört. Wie es aussah, musste ich mir die Frage, ob René oder Moritz als Partner infrage kamen, nicht mehr stellen, da mich beide offensichtlich in den Wind geschossen hatten. René würde ich morgen beim Umzug sehen. Wie er sich wohl mir gegenüber verhielt?

Moritz würde sich melden, hatte er gesagt. Aber er wollte anscheinend nichts mehr mit mir zu tun haben. Das Schlimmste war, dass ich nicht wusste, warum. War es, weil er peinlich berührt war? Oder aus Wut, weil er das Gefühl hatte, ich hätte ihn immer nur benutzt? Oder brauchte er einfach nur ein bisschen Abstand?

Wenn ein seelisches Tief bei mir einen Vorteil hatte, dann war es, dass ich mich so auf die Arbeit stürzte, dass ich zehn Stunden täglich am Computer saß. In den letzten fünf Tagen hatte ich sowohl mein Kinderbuch fertiggeschrieben (allerdings noch nicht überarbeitet) als auch schon ein Viertel der Krimiübersetzung geschafft. Am Mittwoch war ich nur kurz in die Stadt gefahren, um Papier und einen neuen Toner zu kaufen. Zufällig kam ich wieder an der Babyabteilung vorbei und konnte nicht widerstehen, als ich wunderschöne Baby-Bettwäsche und Bodys sah, die ich unbedingt kaufen musste. Die Bettwäsche war gelb mit grün-lila Muster, und die Bodys waren weiß mit blau und rot. Ich merkte, dass ich mich auf meine Oma-Rolle freute. Wie würde das Kind werden? Wem würde es ähnlich sehen? Würde ich es so sehr lieben, wie ich Dominik liebte?

Morgen würde ich wohl auch endlich Emily kennenlernen. Sie könne nur samstags, am Sonntag habe sie keine Zeit, weil sie da immer ihre Oma im Seniorenheim besuche, hatte Dominik erzählt. Also, das fand ich schon mal einen fetten Pluspunkt für Emily. Jeden Sonntag! Das allein machte sie mir sympathisch. Ich war furchtbar nervös wegen morgen. Wegen Emily, aber auch wegen René.

Würde Emily mich mögen? Würde sie das Gefühl haben, dass ihr Kind bei mir in guten Händen war?

Und René? Wie hatten sich seine Gefühle mir gegenüber verändert? Hatte ich ihn mit dem Gespräch abgeschreckt?

Es war befreiend, endlich darüber gesprochen zu haben. Mir war aber auch klar, dass ich damit etwas zerstört hatte, was gerade wieder am Erblühen war. Das war der Preis der Klärung und der Offenheit. Ich hatte die Wahl gehabt, eine aufregende Nacht mit René und einen Neustart, oder die Bereinigung dessen, was wir so lange unter der Decke gehalten hatten. Ich hatte mich für das Zweite entschieden. Ob das richtig oder falsch war, wusste ich selbst nicht. Vielleicht wäre es vernünftiger gewesen, dieses Gespräch zu vertagen, aber vielleicht wäre es genau das Falsche gewesen. Ich wusste es einfach nicht, und es war müßig, weiter darüber nachzudenken. In der Absicht, uns beiden gerecht zu werden, hatte ich einfach mein Bestes getan. Mehr konnte ich nicht machen. Und wenn das falsch war, dann sollte es wohl so sein. Ich konnte nicht mehr zurück.

Lukas kam schon um halb neun, als ich noch im Bad stand, um mich zu schminken. Schließlich wollte ich sowohl vor René als auch vor Emily einen … ja, was eigentlich? Einen guten Eindruck machen?

»Was machen Sie eigentlich aus Dominiks Zimmer, Frau Sieling?«, wollte Lukas wissen. Er stand im Türrahmen, den er vollständig einnahm.

»Das wird mein Büro«, antwortete ich vom Küchentisch aus, wo ich meinen Kaffee trank. »Da kommt mein Computer rein und das Bücherregal.«

»Ah ja«, meinte Lukas, »meine Mutter hat aus meinem Zimmer ein Meditationszimmer gemacht, die hat da 'ne Buddha-Statue stehen und ihr Meditationskissen, und 'ne Yogamatte und so'n Zeug. Na ja, sie ist halt in dem Alter, wo man auf so was abfährt. Mein Vater sagt, die Wechseljahre sind so 'ne Art zweite Pubertät.«

»Dein Vater muss es ja wissen.«

Lukas grinste. »Guter Konter, Frau Sieling.«

In Dominiks neuer Wohnung waren Lukas, zwei andere Freunde von Dominik und René mit Möbelzusammenschrauben und Bohren beschäftigt, während ich das neue Geschirr spülte und in die Küchenschränke stellte und den Kleinkram erledigte, wie Kleidung in die Schränke räumen und Boden fegen. Gerne hätte ich gegen das Klischee verstoßen, aber bedauerlicherweise konnte ich keine Bohrmaschine bedienen. Früher hatte ich mir wegen solcher Dinge viel mehr Gedanken gemacht, aber heute war mir das egal. Jedenfalls hatte ich Dominik gegenüber klargestellt, dass er nicht glauben sollte, ich würde zum Putzen kommen oder seine Wäsche waschen. Er hatte gelacht und gemeint, auf den Gedanken wäre er überhaupt nicht gekommen.

Am Nachmittag ließen wir uns Pizza liefern, die wir eher nebenbei aßen. René und ich saßen alleine in der Küche und plauderten eigentlich nur darüber, wie schön Dominiks Wohnung und wie nett seine Freunde waren. Trotzdem war da etwas Unausgesprochenes zwischen uns. Der Kuss und unser darauffolgendes Gespräch hatten auf gewisse Weise das Band zwischen uns verstärkt.

Als ich mich später daranmachen wollte, Dominiks Schlafzimmer in Apricot zu streichen, meinte René: »Nein, lass doch, Layla. Das kann Dominik selbst machen.«

»Ja, aber ich dachte, wenn ich schon mal da bin …«

René und ich standen alleine in dem Zimmer, und er kam auf mich zu, um mir die Farbrolle abzunehmen, die ich schon in der Hand hielt. Er legte sie neben den Eimer, dann sah er auf die Uhr. »Es ist kurz vor sechs. Bald kommt Emily, und noch ein paar Freunde von Dominik, danach wollen die jungen Leute alleine sein.«

»Die jungen Leute«, wiederholte ich amüsiert. »Du hörst dich an wie der Jäger in einem Heimatfilm. Aber ich versteh schon, wir sollten bald die Kurve kratzen.«

René verdrehte die Augen und tat leicht schockiert. »Die Kurve kratzen ist voll Retro.«

Ich lächelte, dann wurde ich wieder ernst. »Ich hab mir das mit Emily ein bisschen anders vorgestellt. Unser Kennenlernen, meine ich.«

René nickte. »Ja, ich auch. Eigentlich dachte ich, dass die anderen alle gehen und wir mit Dominik und Emily alleine bleiben.«

»Das war ziemlich naiv von dir.«

»Total naiv.«

Ich lachte ein bisschen, aber eigentlich war ich etwas traurig.

»Was hältst du davon«, fing er an, »wenn wir Dominik und sie mal einladen? Gerne auch bei mir zu Hause.«

Nachdenklich sah ich ihn an.

»Was ist?«, hakte er nach.

»Vielleicht sollten wir einfach gar nichts mehr sagen und uns zurückhalten.«

»Ich weiß nicht.«

»Lassen wir doch die Dinge sich entwickeln.«

René nickte kaum merklich. »Na gut, vielleicht hast du recht.«

Es klingelte, und in der nächsten Viertelstunde wurde es in der Wohnung etwas lauter.

René und ich waren auf dem Balkon und blickten auf Schwabing. »Es hat sich verändert«, sagte ich.

»Was hat sich verändert?«

»Schwabing.« Zu meiner Studienzeit war ich ständig in Schwabing gewesen. Die Cafés von früher gab es teilweise nicht mehr. Die Eisdiele, in der ich mit Moritz manchmal gesessen war, war einer Fast-Food-Kette gewichen. Das Haus, in dem der Second-Hand-Laden gewesen war, existierte nicht mehr. Dort stand nun ein Bankgebäude.

»Findest du? Komischerweise habe ich gerade gedacht, wie Schwabing sich immer irgendwie treu geblieben ist.«

»Ach ja? Ich dachte gerade, vielleicht ist es so, dass, wenn wir uns verändern, unsere Sicht anders wird und wir dann glauben, alles andere habe sich so stark verändert.«

»Schon möglich.«

Als René und ich wieder ins Wohnzimmer kamen, befanden sich mittlerweile etwa fünfzehn Leute in der Wohnung, vier davon Mädchen. Welche war Emily? Etwa die Blonde mit dem Top, die gerade Bier trank? Oder die mit der Zigarette in der Hand? Aber nein, die hatten beide einen (mehr oder weniger) flachen Bauch.

»Das ist übrigens Emily«, hörte ich Dominik plötzlich neben mir sagen. René und ich glotzten auf das Mädchen mit den großen blauen Augen und den langen dunklen Haaren. Sie trug ein schwarzes Shirt, unter dem sich eine Wölbung hervortat. Emily gab uns die Hand und lächelte. Sie wirkte ein wenig schüchtern, aber gleichzeitig auch offen. »Schön, dass wir uns kennenlernen.«

»Ja, genau«, hörte ich René sagen, »schade nur, dass es so flüchtig ist.«

Ich konnte sehen, wie Dominik ein bisschen den Mund verzog und dann Emily verunsichert ansah.

»Vielleicht könnten wir mal essen gehen oder so.« Emily sah von mir zu René.

»Sehr gerne«, sagte ich.

»Das wäre wunderbar.« René nickte ihr freundlich zu.

»Wir können ja über Dominik etwas ausmachen«, meinte Emily, »er ist dann für uns so eine Art Agent.«

Dominik sah sie an, und da wusste ich es. Mir ging plötzlich das Herz auf, und ich war zutiefst gerührt. Die Art, wie mein Sohn dieses Mädchen ansah, verriet mir, dass er sie liebte.

»Du darfst auch dabei sein«, feixte Emily, an Dominik gewandt und lächelte ihn an.

Dominik lächelte nur zurück, sagte aber nichts.

»Weißt du, was ich glaube, René?« Wir gingen die Stufen nach unten. Aus Dominiks Wohnung dröhnte Musik, und ich fragte mich, ganz besorgte Mutter, ob er damit womöglich die Mieter verärgern würde.

»Was denn?«

»Dominik liebt dieses Mädchen. Ist dir das nicht aufgefallen?«

René schaute auf den Boden, während wir einen Fuß vor den anderen setzten. »Mh-hm.«

»Wie bitte?«

»Mh-hm.«

»Und was heißt das? Kannst du dich etwas klarer ausdrücken?«

Plötzlich blieb er stehen, fasste mich mit beiden Händen an den Oberarmen und sagte: »Hör zu, Layla.«

Ich wartete darauf, dass er weitersprach, aber er sah mich nur an, mit so einem verträumten Gesichtsausdruck. Das letzte Mal, dass ich diesen Ausdruck bei ihm gesehen hatte, war nach Dominiks Geburt.

»Ja?« Ich stand ihm verkrampft gegenüber, in mir eine

Mischung von ängstlicher Erwartung und romantischer Aufregung.

»Wäre das nicht traumhaft?«

»Wäre *was* nicht traumhaft?«

»Dominik und Emily kommen zusammen, und wir beide … Ich meine … Stell dir mal vor. Ich bin mir diesmal vollkommen sicher.«

Die romantische Aufregung war weg, und was blieb, war diese diffuse Furcht. Ich kann es nicht erklären, aber plötzlich fing mein Herz an zu klopfen – vor Angst. Warum war ich so befangen? War es nicht großartig von René, dass er sich endlich fallen ließ und so ehrlich war? Hatte ich das nicht herbeigesehnt? Aber hatte ich nicht irgendwo mal gelesen: *Pass auf, was du dir wünscht, es könnte in Erfüllung gehen.* René war immer so souverän und beinahe cool, und jetzt sagte er mir im Treppenhaus, dass wir zusammengehörten. Warum erschreckte mich das so sehr?

»Wir könnten vielleicht eine Doppelhochzeit …«, fuhr René fort. Was würde als Nächstes kommen? Bilder tauchten auf. René auf meiner Couch vor der Glotze. Renés Unterwäsche in meinem Wäschekorb … Blumenwiese! Blumenwiese!

»Sag was!«, befahl René.

»Wooow!«, stieß ich aus, was mir einfach als Erstes aus dem Mund kam. »Das geht ja rasant voran in deiner Fantasie.«

René steckte die Hände in die Hosentaschen, nickte betreten, dann murmelte er: »Wir gehören zusammen. Das musst du doch sehen.«

»Muss ich das? Ich weiß nicht, René.« Sollte mich das

jetzt nicht glücklich machen? Aber ich fühlte mich unsicher, nicht glücklich. »Wir sollten das langsam angehen. Äh, also … du hörst schon die Hochzeitsglocken läuten und …«

»Und was?«

»Ach, keine Ahnung. Ich bin verwirrt. Es tut mir leid, aber ich will jetzt nach Hause. Tschüss.« Ich drehte mich um, ließ ihn einfach stehen und ging die restlichen Treppen nach unten. Meine Sorge, er könnte mir noch etwas hinterherrufen, bewahrheitete sich nicht. Hektisch zog ich die Tür auf und trat hinaus in die kühle Abendluft.

19

Die Zweifel waren hiermit beseitigt. René wollte also wirklich einen Neuanfang mit mir. Aber diese Fantasie von einer Doppelhochzeit ließ mir den kalten Schweiß ausbrechen. Dieser Abend bei mir zu Hause, mit dem Kuss, war aufregend gewesen, aber gleich eine Hochzeit? Das ging einfach viel zu schnell.

Ich lag im Bett und konnte mal wieder nicht schlafen. Vielleicht übertrieb ich auch? Hatte uns das Schicksal erneut zusammengeführt, weil wir zusammengehörten? Aber ich war in den letzten zwanzig Jahren überwiegend alleine gewesen, zumindest hatte ich alleine gewohnt, ohne Mann, und nun so Knall auf Fall diese Äußerung von René … Sollte ich nicht geschmeichelt sein? Es war ja beinahe ein Heiratsantrag. Es musste ihn viel Mut gekostet haben, das auszusprechen, und dann ließ ich ihn einfach so stehen! Verdammt. Sollte ich mich kopfüber in eine erneute Liebesbeziehung mit René stürzen? An sich tat man das ja, sich kopfüber in eine Liebe zu stürzen, aber in diesem Fall war mir, als würde ich in seichtem Wasser landen.

Wenn ich mit René noch mal neu anfing, wie würde meine Freundschaft zu Moritz weitergehen? Aber die würde wohl ohnehin nicht mehr weitergehen, da er nichts von sich hören ließ.

Moritz, du fehlst mir. Mein Leben ist nicht dasselbe ohne dich.

Ich vermisse die Gespräche mit dir, und ich vermisse dein Lachen und deine Stärke. Ich mache mir Sorgen, ob es dir gut geht.

Vielleicht sollte ich ihm genau das schreiben? Ich sprang auf. Okay, es war halb drei, und das würde er sehen und sich denken, dass ich nicht mehr alle Sinne beieinanderhatte, wenn ich um die Zeit noch solche Mails schrieb. Aber bei Moritz war mir das egal. Er kannte mich so gut, da musste ich nichts beweisen.

Hallo Moritz,
du hast dich immer noch nicht gemeldet. Ich schreibe das jetzt nicht, um dich mit Vorwürfen zuzuschütten, aber es ist das erste Mal, dass du dich so verhältst. Ich wüsste so gerne, was in dir vorgeht.
Jedenfalls will ich dir sagen, dass ohne dich so eine Lücke in meinem Leben ist, die kein anderer Mensch ausfüllen kann. Ich vermisse dein Lachen und deine Stärke. Wahrscheinlich stimmt es, wenn man sagt, dass man bestimmte Dinge erst dann zu schätzen weiß, wenn man sie verloren hat. Aber ich will dich nicht verlieren. Ich kann mir einfach nicht vorstellen, dass wir uns nicht mehr sehen sollen.
Deine Layla

Sollte ich die Mail abschicken? Vielleicht sollte ich noch mehr an Gefühl hineinschreiben. Ich könnte ihm schreiben, wie sehr ich ihn vermisste und mich aufrichtig entschuldigen. Ich könnte ihm schreiben, dass ich es versäumt hatte, ihm das Gefühl zu geben, wie sehr er mir am Herzen lag und dass ich immer an seinem Leben interessiert war. Aber ich traute mich nicht! So hatten wir bisher nie miteinander gesprochen, und ich brachte das einfach nicht fertig.

Ich schickte die Mail ab. Mein Herz klopfte wie verrückt, aber ich konnte jetzt nichts tun, als abzuwarten.

Am nächsten Tag stand ich um acht Uhr auf und wartete ständig auf einen Anruf oder eine SMS von Moritz. Im Viertelstundentakt checkte ich mein Postfach, aber es kam nichts. Den Gedanken, mich mit Arbeit abzulenken, verwarf ich sofort wieder, dafür war ich heute viel zu aufgeregt.

Verdammt. Es war doch Sonntag, und Moritz war Frühaufsteher. Er war zu Hause, hatte die Mail bestimmt schon gelesen. Kurz vor ein Uhr mittags sah ich wieder nach. Da war seine Antwort im Postfach!

Mit zitternden Händen öffnete ich die Mail.

Das ist mir zu wenig!

Das war's. Sonst nichts. Keine Anrede, keine Unterschrift, nur dieser eine Satz. Zu wenig? Was meinte er damit? Ich war total verwirrt. Wie sollte ich jetzt darauf reagieren? Zurückschreiben? Aber was? *Moritz, ich liebe dich. Reicht das?*

Er hatte die Mail vor zehn Minuten abgeschickt. Auf keinen Fall würde ich sofort darauf antworten, ich musste erst mal meine Gedanken sammeln.

Also rief ich Steffi und Fabia an.

»Steffi, kannst du später zu mir kommen? Es ist eine Art Notfall.«

»Ein Notfall?«, wiederholte Steffi erschrocken. »Was ist denn los?«

»Notfall ist übertrieben, aber ich will das nicht am Telefon erklären. Ich brauche dich und Fabia heute. Bitte.«

»Okay. Eigentlich wollte ich heute mit Oliver und Valentin ins Kino.«

»Wann wolltet ihr denn los?«

»So gegen fünf.«

»Bis dahin sind wir fertig.«

»Fertig? Womit?«

»Mit unserem Brainstorming.«

»Ach so. Es geht um deine Bücher?«

»Nein. Kannst du in einer Stunde da sein?«

»Ja, ich werde da sein.«

Im Gegensatz zu Steffi fand Fabia meine Geheimnistuerei spannend und aufregend. »Klar komme ich. Aber gib mir einen kleinen Hinweis, ja? Einen klitzekleinen.«

Ich überlegte kurz. »Aber nur einen kleinen.«

»Ja?«

»Liebe.«

»Du hast jemanden kennengelernt?«

»Äh … Nein.«

»Nein? Aber der Hinweis ist Liebe … Hmmm … Hast du vielleicht …«

»Fabia, du bist doch in einer Stunde da. Kannst du so lange warten?«

»Na gut.«

Da saßen wir dann also im Wohnzimmer, und ich erzählte zuerst von René und wie sich das zwischen uns entwickelt hatte.

»Schade, dass es nur bei dem Kuss geblieben ist«, meinte

Steffi nüchtern, »hättest du das mit dem Gespräch nicht ein anderes Mal machen können?«

»Nein«, sagte ich bestimmt, »auf Romantik alleine lässt sich nicht viel aufbauen.«

»Aber sie ist ein guter Anfang.«

Fabia schüttelte nachdenklich den Kopf. »Layla hat eben gespürt, dass es nicht richtig war.« Dann sah sie mich an. »Und dass du ihn im Treppenhaus hast stehen lassen, war auch richtig.«

»Findest du?«, fragte ich ungläubig.

»Ja, was glaubt er denn, wer er ist? Als ob du nur darauf gewartet hättest, dass er zurückkommt und ihm dann jauchzend in die Arme fällst.«

Ich legte die Stirn in Falten. »So habe ich das noch gar nicht gesehen.«

Steffi war anderer Meinung. »Aber wenn ihr wirklich füreinander bestimmt seid, dann ist es doch ein Geschenk des Himmels, wenn er sich so offenbart.«

»Es geht aber auch um Moritz. Irgendwie … Also«, druckste ich herum, »eigentlich sind wir schon seelenverwandt und so, und … was, wenn er der Mann ist, der mich lieben und den ich lieben kann … vielleicht hab ich das verdrängt, weil ich dachte, ich interessiere ihn nicht als Frau.«

Die beiden sahen mich an. Ganz besonders Fabia. Sie riss die Augen auf. »Du hast Gefühle für Moritz? Das wusste ich ja gar nicht.«

Steffi klinkte sich ein. »Moritz hat auf jeden Fall Gefühle für Layla.«

»Ach ja?«, rief Fabia. »Aber du wusstest doch, dass ich für ihn schwärme, und hast es mir nicht gesagt.«

»Ich weiß es erst seit Kurzem«, erklärte ich.

»Hat er denn etwas angedeutet?«, wollte Fabia wissen.

Ich erzählte von unserem Biergartentreffen, dem Telefonat, meiner Mail und von Moritz' Antwort darauf.

»Layla«, sagte Fabia ernst, »wenn du mit Moritz zusammenkämst, würde ich mich für dich freuen. Du findest keinen Besseren.« Sie hörte sich so aufrichtig an, und das rührte mich.

Ich kniff die Lippen zusammen und nickte. »Das ist vielleicht sogar wahr. Einen Besseren als Moritz gibt es nicht. Aber es ist auch so schwierig mit ihm.«

»Er ist schon ein ziemlich harter Brocken.« Steffi lächelte milde. »Aber im Grunde ist das doch egal. Moritz liebt dich. Er ist sich darüber im Klaren, dass du es jetzt weißt, und er will nun Nägel mit Köpfen machen.«

»Nägel mit Köpfen?«, fragte ich zerstreut. »Du meinst, er will wissen, wie ich zu ihm stehe? Aber das habe ich ihm doch geschrieben.«

Steffi machte eine missbilligende Grimasse. »Was du geschrieben hast, hättest du auch deinem Cousin oder deiner Tante schreiben können. Es hat etwas ziemlich Nüchternes.«

»Na ja«, Fabia machte eine abschwächende Handbewegung und grinste. »Nicht so ganz, oder? Da steckt schon ein bisschen mehr drin.«

Steffi lehnte sich nach hinten und ließ sich in die Polster der Couch fallen. »Und was ist nun der Notfall?«

»Das mit René ist auch … äh … aktuell. Also? Wie kann ich sicher sein? Soll ich mich auf René einlassen? Er ist immerhin der Vater meines Kindes, meine erste große Liebe, und er hat sich verändert und steht jetzt voll im Leben.«

»Ich würde Moritz nehmen«, kam es von Fabia.

Steffi drehte den Kopf in ihre Richtung. »Du musst neutral sein, Fabia. Du stehst auf ihn. Natürlich würdest *du* ihn nehmen. Aber wir kennen René gar nicht.«

Ich seufzte. »Natürlich will ich nicht, dass ihr mir sagt, wen ich nehmen soll, das wäre ja idiotisch.«

Fabia faltete die Hände ineinander. »Du willst von uns wissen, nach welchen Kriterien du dich entscheiden sollst?«

»Ja, irgendwie schon.« Ich starrte auf den Boden. »Wobei es kein gutes Gefühl ist, so rational vorzugehen. Das haben doch beide nicht verdient.«

Fabia hob die Hände. »Du machst das ganz richtig, Layla. Schließlich willst du beiden nicht wehtun, und es geht hier um deine Zukunft!«

Steffi hatte ein ironisches Lächeln im Gesicht. »Und deshalb fragt sie uns beide um Rat. Zwei ewig Ledige, die noch nie mit einem Mann zusammengelebt haben.«

Ich vergrub das Gesicht in den Händen. »Mein Gott, du hast recht.«

Wir lachten ein bisschen über diese schräge Situation.

»Ach, weißt du, Layla«, meinte Steffi, »vielleicht ist es ganz einfach zu wissen, wer der Richtige ist.«

»Ach ja? Wie denn?«

»Stell dir vor: René und Moritz hängen an einer Klippe.«

Fabia und ich glotzten sie an.

Steffi fuhr fort: »Du kniest oben und musst deine ganze Kraft aufwenden, um einen von beiden hochzuziehen. Aber du kannst nur einen retten. Also? Wer wäre es?«

Ich versuchte, mir René und Moritz an dieser Klippe

hängend vorzustellen. »Ich weiß nicht. Das ist doch eine ziemlich krasse Situation und …«

»Wen würdest du retten?«, beharrte Steffi.

Ich zuckte die Schultern. »Wahrscheinlich René, weil er der Vater meines Kindes ist.«

»Armer Moritz«, hörte ich Fabia leise murmeln, die sich Moritz wohl gerade im freien Fall vorstellte.

»Nein!«, rief Steffi. »Du sollst nicht nach dem Drumherum schauen.«

»Mein Sohn ist doch kein Drumherum.«

»Außerdem«, mischte Fabia sich ein, »hat Moritz auch eine Familie, oder? Und Dominik ist kein Baby mehr. Der kann auch ohne Vater leben.«

»Wir haben's verstanden«, sagte Steffi zu Fabia, »du bist für Moritz.«

»Nein, aber René am Leben zu lassen, weil er ein Kind hat, ist doch verblödet. Das heißt, dass ich in einer Notsituation ruhig sterben kann, weil ich ja kein Kind hab. Aber wenn sie Moritz retten würde, dann würde sie ihm die Chance geben, dass er eben auch noch Vater werden könnte.« Stolz hob sie den Zeigefinger und nickte, um das Gesagte zu untermauern.

»Du weißt schon«, warf ich ein, »dass ich nicht noch ein Kind bekommen will?«

»Ihr könntet eines adoptieren.« Fabia gab nicht auf.

Steffi schüttelte vehement den Kopf. »Kein Mensch würde verstehen, wenn sie René abstürzen lässt und Moritz rettet. Wie soll sie das Dominik erklären?«

Müde rieb ich mir die Schläfen. »So kommen wir nicht weiter. Wir sitzen hier und spielen ›Was-wäre-wenn‹

wie Fünfzehnjährige. Das sollte ich euch nicht antun. Außerdem muss ich selbst herausfinden, was ich eigentlich will.«

20

Normalerweise fand ich immer, dass so ein Tag viel zu schnell vorüberging. Die nächsten Tage allerdings zogen sich im Schneckentempo dahin. Auf Moritz' Mail hatte ich nicht geantwortet. Ich wusste einfach nicht, was ich schreiben sollte. Außerdem hatte ich diese unerklärliche Angst davor, Moritz zu schreiben, wie viel er mir bedeutete.

Am Mittwoch rief ich meine Mutter an, und sie erzählte mir, dass sie und Günter bald nach München kommen würden, um sich Wohnungen in einem Neubau anzusehen. Ich fragte sie, ob sie mich besuchen wolle, sie könne auch bei mir übernachten. Aber sie und Günter wollten lieber noch am selben Tag zurückfahren. Wir verabredeten uns in einem Café.

Diese Beziehung (oder wie immer ich das zwischen ihr und Günter nennen sollte) verstand ich nicht so ganz. Waren sie jetzt gute Kumpels, oder was? Ich fragte lieber nicht. Vielleicht hatte meine Mutter selbst noch keinen Namen dafür.

René rief am Donnerstagabend an und plauderte fröhlich und angeregt mit mir, als ob es die Szene im Treppenhaus niemals gegeben hätte. Ich nahm an, ihm war das Ganze so unangenehm, dass er es bereute und am liebsten ungeschehen machen wollte. Das hieß, wenn aus uns etwas werden sollte, musste ich den nächsten Schritt tun. Ein weiteres Mal würde er nicht auf mich zukommen.

»Ich habe vorhin Dominik angerufen«, erzählte René, »er hat gesagt, dass er sich später noch bei dir meldet. Hast du morgen Zeit?«

»Denke schon, ja. Warum?«

»Dominik und Emily wollen mit uns essen gehen.«

»Ach ja?«, rief ich. »Das ist toll.«

»Tja.« Pause. »Wie geht es dir so?«

»Gut. Dir?«

»Bestens, ja. Ja, bestens.«

»Na gut, dann … bis morgen.«

»Ja, bis morgen. Tschüss.«

»Tschüss. Ach, René!?«

»Ja?«

»Tut mir leid, dass ich dich einfach so stehen gelassen habe und weggegangen bin.«

»Ach das«, meinte er lapidar, »kein Problem. Ich hab da aber auch großen Mist erzählt. Keine Ahnung, was da in mir vorging. Das war wahrscheinlich der Alkohol.«

Welcher Alkohol? Er hatte keinen Alkohol getrunken. Außerdem war er doch danach zu seinem Auto gegangen, um nach Hause zu fahren. »Ja, gut. Bis morgen also, tschüss.«

Eine Stunde später rief mich Dominik an, und wir verabredeten uns für den kommenden Abend beim Italiener.

René und ich saßen Dominik gegenüber, Emily war noch nicht da. René trug ein dunkelblaues Hemd und Jeans, was ihm sehr gut stand. Mir fiel auf, dass er mir manchmal von der Seite einen Blick zuwarf, aber jedes Mal, wenn ich den Kopf wandte, schaute er anderswo hin.

»Und«, fing René an, »hast du dich in der neuen Wohnung schon eingelebt?«

Dominik zuckte die Schultern. »Was gibt's da einzuleben. Alles klar so weit, falls das die Frage war.«

Darüber musste ich ein wenig lachen, dann grinste auch René, sah mich aber wieder nicht an.

Emily kam an den Tisch. »Hallo zusammen.« Sie setzte sich. »Sorry, dass ich zu spät bin, aber mir war total schlecht, deshalb esse ich heute lieber etwas Leichtes.«

»Schon wieder?«, fragte Dominik. »Wann hört die Kotzerei denn auf?«

»Das ist keine Kotzerei, nur manchmal so ein Schwächegefühl.«

»Okay«, meinte Dominik, während er die Speisekarte aufklappte. »Du musst auf dich achten. Ständig bist du mit irgendwas beschäftigt. Leg dich doch einfach den ganzen Tag auf die Couch und lass dich bedienen. Also ich würd das so machen.«

Emily sah ihn an. »Das heißt, wenn ich dich anrufen würde, damit du mir Eiskrem bringst, würdest du das tun?«

»Ich hab dir letzte Woche eine Wassermelone gebracht. Wo ist der Unterschied?«

»Danke dafür.«

Sie schenkten sich ein Lächeln, während sie sich dabei tief in die Augen sahen. Wie es schien, hatten sie René und mich total vergessen.

»Ich würde dir auch ein halbes Schwein bringen, wenn's sein muss«, hörte ich meinen Sohn sagen.

Emily tat beeindruckt. »Du bist so ein Romantiker, Dominik. In der Ich-würde-alles-für-dich-tun-Botschaft das Wort Schwein unterzubringen ist eine enorme Leistung.«

»Ich weiß«, meinte Dominik gespielt ernst.

René und ich musterten die beiden. Wir erlebten unseren Sohn zum ersten Mal verliebt. Das war kaum zu übersehen.

»Wann ist denn der Termin, Emily?«, fragte ich.

»Am zehnten Oktober. Das wäre wirklich toll, wenn das Kind am 10.10. Geburtstag hätte, kann sich jeder gut merken.« Sie lachte.

Emily wollte mehr über uns wissen, und sie fand die Tatsache, dass ich Autorin und Übersetzerin war, sehr beeindruckend.

»Na ja«, meinte ich, »manche Leute stellen sich das ein bisschen glamouröser vor, als es ist.«

»Sie setzen sich einfach so hin und schreiben ein Buch. Das könnte ich niemals. Vielleicht würde mir sogar eine Geschichte einfallen, aber ich würde nicht mehr als zehn Seiten zusammenbringen.« Sie sah mich bewundernd an.

»Sie interessieren sich für Kunst im Allgemeinen, oder? Ich meine, weil Sie doch Theaterwissenschaften studieren.«

Dominik hob die Hand, um uns zu unterbrechen. »Könnt ihr vielleicht mal mit dem blöden Gesieze aufhören?«

Emily nickte. »Sie müssen wirklich nicht Sie zu mir sagen.«

»Ich meinte alle miteinander«, warf Dominik ein.

»Natürlich«, kam es von René.

»Schließlich sind wir bald eine Familie.«

René und ich sahen Dominik an.

»So, jetzt isses raus«, fügte unser Sohn hinzu.

»Was ist raus?«, fragte ich.

»Also, Emily und ich wollen es miteinander versuchen. Ich dachte … ich frag mal, ob wir nicht ein normales Pärchen werden wollen und so.«

Emily blinzelte und verzog den Mund. »Sagte ich Romantiker? Ich meinte natürlich Poet.«

Dominik blickte zu Emily. »Ich werde doch hier nicht vor den beiden … du weißt schon.«

»Ihr wollt es miteinander versuchen?« René hörte sich ziemlich begeistert an.

»Ja«, antwortete Dominik. Dann sah er mich an. »Und was hältst du davon, Mama?«

»Ich … ich finde das wunderbar und wünsche euch alles Glück der Welt.«

Emily und Dominik sahen mich an, dann sahen sie einander an und lächelten sich wieder an.

»Aber jetzt hast du doch die neue Wohnung«, gab René zu bedenken, »das heißt, ihr wollt noch nicht zusammenziehen?«

Dominik atmete hörbar auf. »So weit sind wir noch nicht.«

»Ach so. Entschuldigung.«

Während des Essens erzählte ich Emily, dass ich schon ein paar Babysachen besorgt hatte. »Hast du etwas dagegen?«, fragte ich.

Emily sah mich überrascht an. »Warum sollte ich denn etwas dagegen haben? Das ist doch sehr nett von Ihnen … äh … von dir.«

»Es freut mich, dass du es so siehst.«

»Ach, übrigens …« Emily sah zu Dominik. »Eigentlich wollte ich es dir sagen, wenn wir alleine sind, aber was soll's, meine Eltern wissen es ja auch schon seit ein paar Stunden.«

»Was denn?«, fragten wir alle drei im Chor.

»Ich war heute bei meiner Frauenärztin. Sie hat mir das Geschlecht gesagt.«

»Jaaa?« Das waren alle gleichzeitig.

»Es wird ein Mädchen.«

»Ja!«, rief ich und streckte die Faust nach oben wie im Fußballstadion. Im nächsten Moment war mir mein Freudenschrei ein bisschen peinlich, aber die drei lachten darüber, weshalb es nur noch halb so schlimm war.

Mich durchströmte ein unbeschreibliches Glücksgefühl, wie man es nur ein paarmal im Leben erlebte.

Dominik sah mich an und runzelte die Stirn. »Heulst du?«

Ich blinzelte. »Ein bisschen.«

Als ich wieder zu Hause war, machte ich mir einen Grünen Tee und setzte mich ins Wohnzimmer. Ich bekam das Lächeln nicht mehr aus meinem Gesicht. Komisch, dachte ich, wie ein einziges schönes Erlebnis einen Menschen so positiv stimmen konnte, dass es ein Motivationsschub war für die sonstigen Schwierigkeiten im Leben. Ich musste mein anderes Problem lösen. René. Moritz. Oder loslassen und nichts tun. Vielleicht war das Letzte die beste Option. Einfach sehen, wie die Dinge sich entwickeln würden.

Es klingelte. Ich stellte meine Tasse ab, stand auf und ging zur Tür. »Hey«, begrüßte mich Dominik. »Ich hab gerade Emily nach Hause gefahren. Sie wird ja so schnell müde in letzter Zeit. Nach so einem Essen ist sie total fertig.«

Ich lächelte verständnisvoll und nickte. »Warum klingelst du? Du hast doch einen Schlüssel.«

Dominik trat ein und zog sich die Schuhe aus. »Aber ich wohne nicht mehr hier, da kann ich doch nicht einfach so reinschneien.«

»Okay. Das stimmt. Nett von dir, dass du das so siehst.«

»Klar seh ich das so. Was machst'n gerade? Stör ich irgendwie?«

»Nein, du störst nicht. Ich hab mir gerade einen Tee gemacht. Willst du auch einen?«

»Nee. Ich nehme mir lieber eine Cola aus dem Kühlschrank.«

Ich ging wieder ins Wohnzimmer, dann kam Dominik mit einer Colaflasche und ließ sich in die Polster fallen. »Ist Emily nicht super? Magst du sie? Glaubst du, wir beide packen das?«

»Ja. Ja. Und noch mal Ja.«

Er nahm einen Schluck aus der Flasche, dann meinte er: »Also, ich bin nicht hier, um dich zu fragen, wie du Emily findest, denn das wäre ja erbärmlich.«

»Du brauchst auch nicht meine Zustimmung. Ich habe dich nicht dazu erzogen, dass du dir regelmäßig den Segen deiner Mama einholst.«

»Ha!« Er lachte. »Nee, im Ernst. Wollte einfach mal Danke sagen und so halt.«

»Danke? Wofür?«

»Du weißt schon.«

Ich dachte angestrengt nach. »Ehrlich gesagt, ich habe keine Ahnung, was du meinst.«

Dominik hielt in einer Hand die Colaflasche und hob die andere Handfläche nach oben, als er sagte: »Na, wegen allem halt. Du hast es nicht immer leicht gehabt mit mir. Seien wir ehrlich. In der Pubertät war ich ein Kotzbrocken. Du warst immer 'ne klasse Mutter, echt. Also: Danke für alles.«

Ich fasste mir ans Herz, schüttelte ungläubig den Kopf und sagte: »Das ist ja so lieb.«

Dominik grinste in sich hinein. »Emily und ich machen dich heute ziemlich fertig, was? Man meint es gut mit dir, aber du bist dann komplett fertig.«

»Aber im positiven Sinne.«

»Der zweite Grund, warum ich hier bin …«, fing Dominik an.

»Brauchst du Geld?«, fragte ich scherzhaft.

»Witzig. Nein, ich wollte dich etwas fragen. Es ist eure Privatsache, und du hast ja schon mal gesagt, dass du nicht mit mir über dein Liebesleben reden willst …«

»Also gut. Frag einfach. Was ist dir denn aufgefallen, Sherlock?«

»Du und Papa benehmt euch in letzter Zeit etwas komisch miteinander, finde ich. Da liegt was in der Luft. Kann man kaum übersehen. Also? Haben meine Eltern eine Affäre?« Er sah mich grinsend an.

Eine ganze Weile sah ich abwechselnd von der Tischplatte zu Dominiks Gesicht. Ich atmete hörbar aus, dann sagte ich: »Es ist ziemlich kompliziert.«

»Was denn?«

»Ach, Dominik.« Ich winkte müde ab.

»Falls die Geschichte auch noch lang ist, kein Problem. Morgen ist Samstag, und ich kann ausschlafen, hab also Zeit.«

»So lang ist sie gar nicht.«

»Na dann?«

Ich zierte mich ein wenig, aber dann überwand ich mich schließlich. »Wir haben uns etwas angenähert … aber nicht, was du jetzt vielleicht denkst …«

»Ich denke gar nichts.«

»Von wegen. Na ja, jedenfalls verstehen wir uns gut, und … mehr kann ich eigentlich nicht dazu sagen.«

Dominik sah mich an. »Aha. Und das war jetzt die wahnsinnig komplizierte Geschichte. O Mann, ja, wahnsinnig kompliziert. Ich weiß gar nicht, wo mir der Kopf steht.«

»Dominik, du musst verstehen, dass ich nicht mehr dazu sagen möchte. Außerdem weiß ich selbst noch nicht, in welche Richtung das alles geht.«

Er verschränkte die Arme hinter dem Kopf. »Wenn du meinst.«

»Tja.«

»Gestern hat mich Moritz angerufen.«

Ich zuckte zusammen, was Dominik wohl registriert haben musste, denn er sah mich abwartend an.

»Und?«, hakte ich nach.

»Er hat dich überhaupt nicht erwähnt.«

»Ach?« Ich versuchte, mir nichts anmerken zu lassen.

»Das fand ich merkwürdig, weil … wie soll ich sagen, er

lässt dich sonst immer irgendwie einfließen. Wir haben uns über den Umzug unterhalten, über Emily und dies und das, aber dein Name ist nicht gefallen.«

Betont gleichgültig zuckte ich die Schultern. »Und wenn schon.«

»Dann hab ich ihn gefragt.«

»Was hast du ihn gefragt?«

»Zum Ende des Gesprächs, als wir uns schon verabschiedet hatten, hab ich ihn gefragt, was eigentlich mit euch beiden los ist. Ob ihr gar keinen Kontakt mehr habt.«

Ich fasste mir an den Kopf. »Warum hast du das getan?«

»Du sagst ja nichts, und ich hab dich schon mal gefragt. Sei nicht böse deswegen, aber es wär halt irgendwie scheiße, wenn es zwischen Moritz und dir vorbei wär. Na ja … Du weißt schon, wie ich das meine. Als ich klein war, hab ich mir immer gewünscht, dass er mein Papa ist, und deswegen hab ich Papa gegenüber so ein schlechtes Gewissen gehabt. Manchmal hab ich mir gewünscht, dass ihr zusammenkommt, aber dann hab ich kapiert, dass es bei euch beiden gar nicht darum geht.«

Eine Weile saßen wir schweigend da, dann fragte ich: »Und als du ihn das gefragt hast, was hat er darauf geantwortet?«

»Er hat gesagt, dass es dir vielleicht besser damit geht, wenn er dich in Ruhe lässt. Was meint er denn damit?«

»Ich habe auf seine letzte Mail nicht geantwortet. Es gab ein bisschen Krach zwischen uns, als wir uns im Biergarten getroffen haben. Nein, nicht wirklich Krach, aber … seitdem ist so ein Keil drin.«

»Kann man das nicht wieder hinbekommen?«

»Es ist so kompliziert.«

»Ach, das ist auch kompliziert? Ich wette, das wäre auch in einem Satz erzählt.« Er sah mich skeptisch an.

»Ich vermisse ihn«, hörte ich mich plötzlich sagen. »Er ist mein Seelenverwandter.«

Dominik betrachtete mich eine Weile schweigend, dann sagte er: »Ich weiß, dass du nicht mit mir über solche Sachen reden willst. Warum auch immer, denn schließlich bin ich keine zwölf mehr. Ich frage dich jetzt was, und du musst mir nicht darauf antworten, wenn du nicht willst. Es ist nur so ein Gefühl bei mir, okay?«

Ich nickte.

»Kann es vielleicht sein, dass du dir denkst, es wäre schön, wieder mit Papa zusammenzukommen, aber irgendwie an Moritz hängst?«

»Ja«, sagte ich schlicht.

Mein Sohn schien über etwas nachzudenken.

»Was ist?«, fragte ich.

Dominik langte in seine Hosentasche, holte ein paar Geldscheine und Münzen hervor und pickte eine Fünfzig-Cent-Münze heraus. Den Rest steckte er wieder in die Hosentasche.

»Wer ist Kopf und wer Zahl?«

»Das ist doch jetzt nicht dein Ernst, oder?« Ungläubig starrte ich auf die fünfzig Cent. »Ich soll eine Münze werfen?«

»Wer ist Kopf?«

Ich seufzte. »René ist Kopf und Moritz ist Zahl.«

Dominik rutschte auf der Couch weiter nach vorne,

nahm meine Hand und legte die Münze hinein. »Vertrau mir einfach.«

»Ich vertraue dir ja, aber in diesem Fall muss ich leider sagen, dass du den Verstand verloren hast, wenn du glaubst, dass die Münze mir sagt, mit wem ich mein Leben verbringen will.«

»Du nimmst jetzt die Münze zwischen Daumen und Zeigefinger, stößt sie mit dem Daumen ab, sodass sie sich in der Luft dreht, und konzentrierst dich mit aller Kraft auf die Frage, ob René oder Moritz der Richtige ist.«

Ich blinzelte leicht genervt. »Ich weiß, wie's geht, halte nur von der Methode nichts.«

»Tu es doch einfach, Mama.«

Ich nahm die Münze, sah abwechselnd Renés und Moritz' Gesicht vor mir und warf die Münze. Sie drehte sich mehrmals in der Luft, dann fing ich sie auf und warf sie auf den Handrücken. Dominik streckte den Arm aus, legte seine Hand auf meine, die noch über der Münze war und diese verdeckte. Er sah mich an. »Was wünscht du dir, dass oben liegt?«

Ich biss mir auf die Lippen.

»Also?«, beharrte Dominik.

»Ich wünsche mir, dass es Zahl ist.«

»Moritz.« Dominik versuchte zu lächeln, was ihm nicht so ganz gelang.

»Ja, Moritz«, sagte ich leise.

Dominik hob leicht meine Hand hoch, zog die Münze heraus, ohne dass ich sie sehen konnte, und steckte sie wieder in die Hosentasche. »Du hast die Antwort die ganze

Zeit schon in dir gehabt, aber irgendwie kam dein Kopf nicht hinterher.« Er lächelte.

»Danke.«

»Wofür denn?«, meinte er leichthin. »Hat mich nicht mal die fünfzig Cent gekostet.«

21

Heute war Samstag. Moritz musste am Wochenende nicht arbeiten, allerdings ging er samstagvormittags immer zum Einkaufen. Ich würde ihm eine Mail schicken. Nun hatte ich den ganzen Vormittag Zeit, darüber nachzudenken, was ich schreiben sollte. Während ich mein neues Büro in Mintgrün strich, hörte ich im Radio *Let Her Go* von Passenger, und das Lied berührte mich, weil Mike Rosenberg sang, dass man jemanden gehen lassen sollte, gerade weil man ihn liebt.

Nachdem ich mit dem Streichen fertig war, besah ich mir zufrieden meine Arbeit. Das sah toll aus! Später würde ich mir im Internet neue Büromöbel bestellen, etwas in der Kombination weiß mit hellem Holz. Den Farbeimer und das restliche Malerzeug stellte ich neben die Haustür, um sie später in den Keller zu bringen. Nun wollte ich erst einmal Moritz eine nette Mail schreiben. Eine wirklich nette! Bei dem Gedanken wurde mir schwindlig vor Aufregung. Vielleicht war es nicht gut gewesen, nach seinem Satz *Das ist mir zu wenig!* so viel Zeit verstreichen zu lassen – aber ich hatte diese Tage gebraucht, um mir sicher zu sein. Und nun war ich mir sicher. Und wie sicher ich mir war! Wenn ich ihm ein paar nette Zeilen schrieb und darüber schreibe, dass ich ihn sehen musste und ich solche Sehnsucht nach ihm habe, dann wäre unsere Unstimmigkeit vergessen.

Der PC fuhr hoch – und mein Herz klopfte schneller und schneller. Natürlich wäre es besser, ihn anzurufen, aber das schaffte ich einfach nicht. Es war mir einfach zu peinlich, auf eine andere und neue Art mit Moritz – am Telefon – zu sprechen. Da musste ich schon direkt und offen und ehrlich sein, damit ich Zugang zu ihm bekam. Mit Wischiwaschi, wie beim letzten Telefonat, würde ich nicht weit kommen. Mein Gott, war der Kerl tough! Ich merkte, wie ich vor mich hinlächelte und mir vorstellte, wie wir uns küssten. Und plötzlich saß ich da und starrte verschämt auf die Tastatur. Moritz und ich. Wir gehörten zusammen. Hatten wir immer schon. Aber wahrscheinlich hatten wir uns einfach zu einem falschen Zeitpunkt kennengelernt.

Ich setzte mich gerade hin, räusperte mich und öffnete mein E-Mail-Account.

Eine Mail von Moritz!

Ich war so nervös, dass ich es vor Spannung kaum aushielt. Was schrieb er? War er über seinen Schatten gesprungen, mochte nicht mehr auf meine Antwort warten – und wollte mich heute noch treffen?

Endlich öffnete sich vor meinen Augen die Mail:

Hallo Layla,
dass du nicht antwortest, spricht für sich. Manchmal ist Schweigen eben die klarste Botschaft.
Das letzte Gespräch am Telefon ist eskaliert, ohne dass ich das wollte. Du wolltest dich entschuldigen, aber irgendwie ist das in die falsche Richtung gegangen.
Zu dem, was ich im Biergarten gesagt habe, stehe ich zwar,

und ich nehme kein Wort davon zurück, aber ich hätte es anders sagen sollen. Tut mir leid.
Mir geht so vieles im Kopf rum, aber wahrscheinlich bist du ohnehin so ausgiebig mit René beschäftigt, dass du dafür jetzt sowieso keinen Nerv hast – was ich auch verstehe.
Also, ich schreibe dir jetzt etwas, weil ich es nicht sagen kann. Das spricht wahrscheinlich nicht für mich. Man könnte wohl sagen: immer noch nicht erwachsen. Wenn das so ist, dann ist es halt so. Dann bin ich eben nicht erwachsen, aber vielleicht lerne ich das irgendwann alles noch.
Okay, auch wenn es bescheuert ist, das in einer Mail zu schreiben, aber ich tue es einfach: Ja, es stimmt.
Du weißt, was ich meine. Ich muss das jetzt nicht ausführen, oder?
Es war von Anfang an so. Schon bei unserer ersten Begegnung, als du dich an meinen Tisch gesetzt hast.
Ich habe mich gar nicht mehr auf das Buch konzentrieren können. Später hatte ich Bedenken, ob du vielleicht gemerkt hast, dass ich in der ganzen Zeit kein einziges Mal umgeblättert habe. Und dann hast du gesagt, dass du verheiratet bist. Es ist so schrecklich, das zu sagen, aber als deine Ehe kaputtging, habe ich mich gefreut – und bin mir dabei so dreckig vorgekommen. Aber dann habe ich gemerkt, dass du René immer noch liebst, obwohl ihr geschieden seid. Und dann sind andere Männer in dein Leben gekommen, und ich habe auch gemerkt, dass du gar nicht auf die Idee gekommen bist, dass ich es sein könnte.

Das ist okay. Du kannst ja nichts dafür, wenn es so ist.
Ich habe immer gehofft, dass du mich vielleicht mal in Erwägung ziehst, um es mal so zu sagen. War aber nicht so. Na gut, mein Problem, nicht deins.
Ich sage dir das alles, weil du es ja sowieso schon ahnst, und weil ich weiß, dass es in der Form, wie es bis jetzt war, nicht weitergehen kann. Das würde nicht funktionieren. Du weißt das genauso gut wie ich. Wenn du nicht das Geringste für mich fühlst, was über eine Freundschaft hinausgeht, dann ist es wohl besser, wenn wir uns trennen. Es klingt schlimm, und es fühlt sich furchtbar an, aber du weißt, dass ich recht habe.
Der Gedanke, dass du aus Pflichtgefühl weiter mit mir befreundet bleibst, wäre für mich unerträglich. Und noch weniger kann ich es ertragen, dich und René wieder zusammen zu sehen.
Du warst die wichtigste Frau in meinem Leben. Das wirst du immer sein.
Ich wünsche dir das Allerbeste, was man einem Menschen nur wünschen kann.
Dein Moritz

Da saß ich. Starr vor Entsetzen. Die Tränen liefen mir übers Gesicht, und ich hatte nicht die Kraft, sie wegzuwischen. Ich las die Mail noch einmal. Und dann ein drittes Mal.

Ich konnte überhaupt nicht klar denken. Nur so ist es zu erklären, dass ich auf *Antworten* klickte und dann einfach drauflos schrieb:

Lieber Moritz,
ja, man ist verantwortlich dafür, welche Gefühle man beim anderen auslöst. Ich weiß jetzt, dass ich nicht nur einmal, sondern wohl sehr oft dafür gesorgt habe, dass du dich schlecht fühlst. Das alles tut mir heute so furchtbar leid.
Es ist wahr: Ich habe dich nicht »in Erwägung gezogen«, was sicher daran liegt, dass wir uns zu einem falschen Zeitpunkt kennengelernt haben und ich später unbewusst annahm, dass es für etwas anderes zwischen uns zu spät war. Das, was Steffi mir gesagt hat, und dann unser Treffen im Biergarten, das alles hat mich zum Nachdenken gebracht. Du hast mir von Anfang an gefallen, aber die Umstände haben mich dazu getrieben, solche Gedanken zu verscheuchen.

Es liegt aber sicher auch daran, Moritz (und ich weiß, dass es sich wie ein Vorwurf anhört, aber ich kann es nicht verschweigen), dass du mir manchmal von deinen Frauengeschichten erzählt hast (die ich nicht immer hören wollte – heute weiß ich, warum!) und ich nicht gerade das Gefühl hatte, dass du grundsätzlich an einer festen Beziehung interessiert bist. Wenn wir nichts gemeinsam unternommen haben, bist du abends durch die Bars gezogen und na ja … Allerdings finde ich dich in mancherlei Hinsicht so viel erwachsener als jeden anderen, den ich kenne. Wie du immer für mich und Dominik da warst, wie du dich um deinen Vater nach dem Herzanfall gekümmert hast, wie du deine Schwester vor ihrem cholerischen Mann beschützt und ihr dabei geholfen hast, neu anzufangen ... Das alles sind Dinge, die nicht nur sehr erwachsen sind, sondern für dein Herz und deinen Charakter sprechen.

Dass ich nach deinem Satz auf die Mail nicht geantwortet habe, liegt einfach nur daran, dass in meinem Kopf so ein Durcheinander war. Es hat ein wenig gedauert, bis mir klar wurde, was mir eben jetzt klar ist: Manchmal sieht man einfach den Wald vor lauter Bäumen nicht.
Du verstehst?

Ich wünschte, du hättest mir auch nur einmal einen Hinweis gegeben, ein Wort gesagt, mich einmal in den Arm genommen!
Ich kann nicht aufhören, an dich zu denken. Und du kannst mir glauben, meine Gedanken an dich sind nicht ganz freundschaftlich. Tja, okay, also jetzt ist es auch bei mir raus.

Ich bin die wichtigste Frau in deinem Leben? Das ist das Schönste, was jemals jemand zu mir gesagt hat. Und du bist der wichtigste Mann in meinem Leben! Ich zähle Dominik hier mal nicht dazu, weil sich das eigene Kind immer in einer anderen Sphäre bewegt. Zwischen René und mir ist nichts und wird nichts mehr sein. Das Einzige, das ich über ihn sagen kann: Ich war verliebt in ihn, als ich jung war, er ist ein guter Vater, und wir werden ein freundschaftliches Verhältnis beibehalten. Freunde sein? Nein. Aber ein freundschaftliches Verhältnis.

Wenn mich jemand fragen würde: »Welcher Mensch, außer deinem Sohn, bedeutet dir im Leben am meisten?« Darüber müsste ich nicht lange nachdenken.
Ich würde immer und immer wieder deinen Namen nennen.

Wir haben die Wahl: Getrennte Wege gehen oder es als Paar versuchen. Ich bin für die zweite Option. Und du?
Deine Layla

Ich las meine Mail noch einmal durch. Sollte ich? Ja, verdammt! Ich sollte! Zum Teufel mit subtilen Botschaften und Timing! Ich klickte auf Abschicken.

Nun konnte ich nur warten.

Komischerweise wusste ich überhaupt nicht, wie er nun reagieren würde. Ich hatte eigentlich immer gewusst, wie Moritz auf etwas reagieren würde. Manchmal hatte ich sogar gewusst, was er sagen würde, noch bevor er den Mund aufmachte. Aber jetzt, in dieser neuen Situation, hatte ich zum ersten Mal keine Ahnung. Es war alles möglich. Vielleicht würde er in zwanzig Minuten auf der Matte stehen, auf die Knie fallen, mir sagen, dass er ohne mich nicht leben kann und mir einen Heiratsantrag … Nee, also das war schon mal übertrieben. Moritz müsste besoffen, unter Medikamenteneinfluss und auch noch hypnotisiert sein, um das zu tun.

Er würde mich vielleicht anrufen. Ja, das war realistischer. Bei dem Gedanken wurde ich wieder nervös. Was sollte ich sagen? Was würden wir reden bei unserem ersten Telefonat, nachdem wir unsere Gefühle füreinander ausgesprochen hatten? Großer Gott! Egal. Anrufen ist gut, dachte ich.

Oder er würde zurückschreiben. Das war auch gut.

Und da war natürlich noch die vierte Möglichkeit: Moritz war jemand, der bei einer Entscheidung blieb, die er einmal getroffen hatte. Vielleicht würde er sich gar nicht mehr melden.

22

Die Büromöbel-Suche im Internet lenkte mich ein wenig ab. Nach einer Stunde sah ich ins Postfach. Nichts. Ich surfte weiter, und schließlich bestellte ich mir bei einer Möbelkette eine schöne Kombination mit Weiß und Birke.

Postfach: null.

Danach surfte ich auf Baby-Seiten. Was für eine supersüße Wiege! Ob Emily schon so etwas hatte? Wahrscheinlich nicht, ich würde sie fragen. Die Wiege war nicht gerade billig, aber das war okay. Wenn sie nichts dagegen hatte, würde ich sie kaufen, und vielleicht noch einen Babysitz fürs Auto und ein bisschen Babykleidung – für meine Enkelin. Ich war immer noch so glücklich darüber, dass es ein Mädchen werden würde. Bei Dominik hatte ich mich so gefreut, dass ich einen Sohn bekam. Natürlich war es mir letztendlich nicht wichtig, aber es war einfach schön, dass ich beides haben würde. Einen Sohn und eine Enkelin. In ein paar Monaten war es so weit! Ich war schon jetzt etwas aufgeregt. Der Gedanke, später mal Oma genannt zu werden, war etwas befremdlich. Und wenn schon.

Das Telefon klingelte. Ich lief in den Flur, nahm den Hörer von der Basis und warf einen Blick aufs Display: Es war das Handy meiner Mutter.

»Du, das ist etwas spontan, aber der Vermieter hat uns

heute Vormittag angerufen, deshalb sind wir jetzt in München. Wir sehen uns dann die Wohnungen an. Die sind beide im selben Gebäude. Na, jedenfalls ... wollen wir uns in dem Café eine Stunde früher treffen?«

In diesem Moment hörte ich, wie mein Handy in der Küche klingelte. Mein Herz setzte aus.

»Was? Ja, gerne. Natürlich«, stammelte ich.

»Also um fünf?«

»Ja, geht klar. Bis dann.«

»Ach, Layla?«

Das Handy klingelte weiter.

»Ja?«

»Wir haben ein gutes Angebot für das Haus. Ist das nicht großartig?«

»Das ist ja wunderbar.« Ich freute mich sehr für sie.

»Und weißt du was? Ich bekomme bald meine Lebensversicherung ausbezahlt, dann kaufe ich dir ein Auto.«

Das Handy hörte auf zu klingeln.

»Ach, Mama! Du musst mir doch kein Auto kaufen!«

»Na ja, dass ich das nicht muss, ist ja wohl klar. Doch, will ich aber. Ein kleines gebrauchtes natürlich. Nicht einen Rolls Royce.«

»Echt? Na dann will ich gar keines.«

Sie lachte. »Tschüss, Layla.«

Ich legte den Hörer auf und ging in die Küche, nahm mein Handy vom Sideboard und sah nach, wer angerufen hatte.

Es war René. Enttäuscht atmete ich aus. Sollte ich zurückrufen? Musste ich wohl; das gebot schließlich die Höflichkeit. Außerdem interessierte es mich, was er wollte.

René meldete sich nach dem zweiten Klingeln.

»Hallo, René. Du hast angerufen? Ich konnte leider nicht hingehen, weil ich auf dem Festnetz telefoniert habe.«

»Ja, kein Problem«, meinte René, »ich wollte dir nur sagen, dass ich mich auch freue, dass es ein Mädchen wird.«

Ich lachte ein bisschen. »Ja?«

»Ja. Total. Und … es war ein wirklich schöner Abend gestern. Emily ist ein nettes Mädchen. Ich finde, die beiden passen gut zusammen.«

»Das finde ich auch.«

»Ja … und … das, was ich im Treppenhaus gesagt habe … keine Ahnung, warum ich dich so überfallen habe. Wahrscheinlich finde ich die Vorstellung schön, und du bedeutest mir viel.« Dann sprach er nicht mehr weiter.

»Du bedeutest mir auch viel, René. Das ist die Wahrheit. Aber für einen Neuanfang reicht es eben nicht.«

»Ja.«

»Es wäre wirklich schön, wenn wir in Zukunft weiter Kontakt hätten und entspannt miteinander umgehen könnten.«

»Klar können wir das, Layla. An mir soll es nicht liegen.«

»An mir auch nicht.«

René seufzte leise. »Ich bin so froh darüber.«

»Worüber?«

»Dass wir uns nicht ein zweites Mal verrannt haben.«

Ich nickte lächelnd vor mich hin, obwohl René mich nicht sehen konnte. »Und ich bin froh, dass du nicht böse mit mir bist.«

»Ich bin doch nicht böse mit dir. Wie kommst du denn darauf? Du warst die Vernünftige von uns beiden und hast uns vor einem großen Fehler bewahrt.«

Meine Mutter winkte mir zu, als ich das Café betrat. Als ich am Tisch war, stand sie auf und nahm mich in den Arm. »Du siehst sehr gut aus«, sagte sie.

»Du auch. Wirklich.«

»Danke.«

Eine ganze Weile unterhielten wir uns über die Wohnungen der beiden und dass die Aussicht darauf mehr als gut war. Die Wohnungen wären in zwei Monaten beziehbar. »Das ist ein guter Zeitpunkt, weißt du. Bis dahin können Günter und ich das mit dem Haus bequem erledigen. Ich freue mich ja so, wieder nach München zu ziehen«, sagte sie und legte erleichtert die Hände auf die Brust. »Dann kann ich mich wieder mit Hilde und Petra treffen, ich hab sie ja in den letzten Jahren nur noch sehr selten gesehen.« Hilde und Petra kannte meine Mutter noch aus der Schulzeit. Hilde war nicht auf der Silberhochzeit gewesen, weil sie Probleme mit der Hüfte hatte und nicht gut laufen konnte, und Petra war eine Einzelgängerin, mit der man sich nur allein treffen konnte. So ähnlich wie Fabia.

»Ja, und wir beide können dann auch hin und wieder ins Kino oder Theater gehen.«

Ich hörte, wie mein Handy in der Handtasche klingelte.

»Sehr gerne«, sagte meine Mutter lächelnd. »Wenn du das nicht schrullig findest.«

»Was denn?«, fragte ich überrascht.

»Dass du mit deiner Mutter ausgehst.«

Ich zuckte die Schultern. »Aus dem Alter bin ich raus, dass ich mir darüber Gedanken mache.«

Sie nickte zufrieden.

Ich holte das Handy aus der Tasche.

Das Display zeigte: Moritz.

Ich musste einfach hingehen. »Entschuldige, bitte«, sagte ich zu meiner Mutter, »ist wichtig.«

»Ja, natürlich.«

Ich stand auf und steuerte auf den Ausgang zu. Als ich draußen stand, meldete ich mich. »Hallo, Moritz.« Meine Stimme zitterte ein bisschen.

»Hallo, Layla.« Er klang anders als sonst. Etwas verhaltener, leiser. Fast ein bisschen schüchtern. Ich schmolz dahin wie Butter in der Sonne.

Pause.

»Hast du meine Mail gelesen?«, fragte ich.

»Ja, hab ich.« An seiner Stimme erkannte ich, dass er lächelte.

»Oh … ja … gut.«

»Ich hab sie fünfmal gelesen. Mindestens.« Er klang so anders, so ganz anders. Mir wurde warm ums Herz.

»Moritz … Ich … Ich bin hier gerade mit meiner Mutter in einem Café. Weißt du, sie hat spontan angerufen, weil sie in München ist, und da … bin ich jetzt in dem Café …«

»Okay. Wann bist du denn wieder zu Hause?« Diese leicht raue Stimme, die ich so mochte. Moritz, *mein* Moritz.

»Ich denke, spätestens in zwei Stunden.«

»Hmhm. Ja, gut. Dann …«

»Soll ich mich dann melden? Oder willst lieber du anrufen?«

»Ich denke, das ist nicht so wichtig, oder? Mir ist beides recht.«

»Mir auch. Na gut, dann …«

»Bis später.«

»Ja, bis später.« Ich wartete darauf, dass er auflegte, aber er tat offensichtlich dasselbe, denn die Leitung wurde nicht unterbrochen.

Ich hörte, wie er am anderen Ende ganz kurz leise auflachte. Dann legte er auf.

Ich ging wieder zurück ins Café und setzte mich wieder zu meiner Mutter.

»Wer war denn das?«, wollte sie wissen.

»Moritz.«

»Und was wollte er?«

»Was?«

»Du hast doch gesagt, es ist wichtig.«

»Ach so, ja. Na ja, er hat mich nicht erreicht«, log ich, »und da wollte ich mich dann doch mal melden und …«

»Warum lächelst du die ganze Zeit?«

»Was?«

»Seit du wieder reingekommen bist, lächelst du und deine Augen strahlen.«

»Tut mir leid, aber ich kann irgendwie nicht damit aufhören.«

Sie legte den Kopf schräg und musterte mich. »Ist die Entscheidung denn mittlerweile gefallen?«

Ich nickte.

»Moritz also.«

Ich nickte wieder, dann sah ich sie an. »Als wir da in der Küche standen und du mir nicht sagen wolltest, wen du lieber an meiner Seite sehen würdest, da hast du an René gedacht, oder?«

Zuerst sagte sie nichts, dann schüttelte sie fast unmerklich den Kopf. »Nein. Ich hatte nicht René im Kopf, sondern Moritz.«

»Waaas? Wirklich?«

»Ja, wirklich.«

»Aber du kennst René so gut, und Moritz kennst du so gut wie gar nicht.«

Sie zuckte die Schultern. »Manchmal genügt es eben, einiges über den anderen zu wissen, um ihn zu schätzen. Verstehst du, was ich meine? Ich schätze ja auch Leute wie Gandhi oder Mutter Teresa, habe ihnen aber nie die Hand geschüttelt.«

»Aha. Versteh schon, was du meinst.«

»René ist ein anständiger Kerl, auch wenn er dir mal sehr wehgetan hat. Aber René ist eben auch jemand, der seinen eigenen Weg geht und ungern Kompromisse macht. Das, was ich von dir und Dominik über Moritz erfahren habe, genügt mir, um zu wissen, dass er dich und Dominik sehr gernhat und dass er ein guter Mensch ist. Ja, manchmal hast du dich über ihn geärgert, aber er hat dir ja auch deine Macken immer wieder verziehen.«

»Tja«, meinte ich nickend, »ist wohl so. Ich frage mich nur, warum ich das die letzten Jahre nicht begriffen habe.«

»Was begriffen?«

»Dass Moritz der richtige Mann für mich ist.«

Meine Mutter sah mich direkt an. »Weißt du, Layla, ich glaube nicht daran, dass es *den* Richtigen gibt.« Sie verzog den Mund. »Vielleicht bin ich in dieser Hinsicht etwas unromantisch. Aber woran ich glaube, ist, dass man jemanden so lieben kann, dass es einem das Herz zerreißt und kein anderer mehr darin Platz hat. Aber das muss nicht heißen, dass es *der Richtige* ist. Es bedeutet nur, dass du bereit bist, diesem besonderen Menschen deine ganze Liebe zu geben, und auch, ihm mehr zu verzeihen als jedem anderen Menschen.«

In der Straßenbahn sah ich verträumt zum Fenster hinaus. Ich konnte es kaum erwarten, nach Hause zu kommen. Sobald ich die Tür aufgesperrt hatte, würde ich Moritz anrufen! Die Aussage meiner Mutter hatte mich berührt. Vielleicht war ich nicht bereit gewesen, René seinen Fehltritt zu verzeihen, weil ich ihn nicht genug geliebt hatte? Das Verrückte war, dass ich mich jetzt nicht mehr daran erinnern konnte, wie intensiv meine Liebe zu René gewesen war.

Als ich ausstieg, ging ich mit schnellen Schritten nach Hause. Ich sperrte unten die Tür auf und nahm auf dem Weg hinauf zwei Stufen auf einmal. Ziemlich atemlos kam ich oben an – und sah Moritz da sitzen.

Abrupt blieb ich stehen und starrte ihn an. Er sah mir in die Augen, lächelte ein wenig und fragte: »Darf ich mir etwas darauf einbilden, dass du es so eilig hast?«

Etwas peinlich berührt verzog ich den Mund, wandte aber den Blick nicht ab. Mir fiel keine passende Antwort ein.

»Willst du mich reinbitten, oder machen wir's uns hier gemütlich?« Er zeigte auf die Stufen.

»Ist wohl besser, wenn du reinkommst.« Als ich den

Schlüssel ins Schloss stecken wollte, zitterten meine Hände vor Nervosität. Ich hatte ja nicht gewusst, dass man in mittleren Jahren immer noch nervös sein konnte wie ein Schulmädchen. Ich merkte, dass Moritz hinter mir stand. Ziemlich nah. »Geht's?«, meinte er neckend.

»Was? Ja, ja.« Endlich schaffte ich es, den blöden Schlüssel ins Schloss zu bekommen.

Als wir in die Wohnung kamen, machte ich die Tür hinter uns zu. Ich ließ die Tasche von den Schultern fallen und warf sie auf den Stuhl neben der Garderobe.

Wir sahen uns an.

Es klingelte.

Verdammt! Wer zur Hölle … Da ich direkt neben der Tür stand, machte ich auf. Da stand Steffi. »Hallo, Süße«, sagte sie freundlich.

»Ja?«, sagte ich unfreundlich.

Sie trat ein. »Ich wollte fragen, ob du vielleicht …« Sie bemerkte Moritz, nickte grüßend. »Hey, Moritz.«

»Hallo.«

Sie trafen sich das erste Mal nach ihrer gemeinsamen Nacht. Na, an die wollte ich jetzt nicht denken. Allerdings sahen sie einander ziemlich neutral an, wie Bekannte, die sich hin und wieder über den Weg liefen.

»Wie geht's?«, fragte Moritz. Er hatte ein paar seiner Finger lässig in die Hosentaschen seiner Jeans gesteckt. Sein schwarzes T-Shirt sah so gut an ihm aus!

»Mir geht es fantastisch.« Steffi legte sich eine Hand auf ihr Herz. »Ich bin total verliebt.«

Moritz nickte. »Ja? Ich auch.«

Hatte er das gerade gesagt? Moritz? Ja, er hatte es gesagt.

Über mich. Einfach so. Moritz hatte so etwas gesagt. Ich starrte ihn an.

»Ach?«, kam es von Steffi. Dann dämmerte ihr wohl endlich, in welche Situation sie hineingeplatzt war. Sie sah von mir zu Moritz, dann meinte sie: »Oh, verstehe. Also, ich wollte eigentlich nur fragen, ob du mir Mehl und Zucker leihen kannst. Dieser verdammte Kaiserschmarrn raubt mir den letzten Nerv. Das ist das einzig Negative an Oli. Ich will ja nicht klagen, aber …«

»Komm auf den Punkt, Steffi. Du brauchst Mehl und Zucker?«

»Ja.« Sie grinste mich an.

Ich drehte mich um, ging in die Küche und klaubte das Zeug zusammen.

»Bin gleich wieder weg«, hörte ich sie zu Moritz sagen, »sorry, wollte nicht stören. Wenn ich gewusst hätte, dass …«

Ich kam wieder in den Flur und übergab ihr Weißmehl, Vollkornmehl, Haushaltszucker, Rohrohrzucker …

»Äh, so viel ist gar nicht nötig.«

Ich machte die Tür auf. »Egal. Nimm alles.«

»Aber es reicht, wenn du mir nur das …«

»Schönen Abend noch, Steffi. Und jetzt schwing deinen Arsch hier raus und den Kochlöffel für Oli …« Mein Gott, war ich froh, dass ich den Kaiserschmarrn-Fanatiker los war und stattdessen Moritz hier stand. Ich warf die Tür zu, genau vor Steffis verblüfft-lachendes Gesicht. In diesem Moment war ich doch etwas erleichtert darüber, dass Steffi nicht so schnell beleidigt war und das Ganze eher mit Humor nahm.

Als Moritz und ich uns wieder gegenüberstanden, sah

er mich an und lachte. Ich musste auch lachen. »Lass uns doch in die Küche gehen. Willst du was trinken?«

»Ja, bitte«, machte er auf förmlich, »gerne hätte ich ein Glas Wasser, wenn es keine Umstände macht.«

Ich grinste. Schon klar, die Situation war für uns beide neu, und das Knistern war deutlich zu spüren. Ob er auch so verunsichert war wie ich? Den Eindruck vermittelte er eigentlich nicht. Er wirkte sehr lässig und beobachtete mich ständig.

Ich ging zum Kühlschrank und wollte ihn gerade aufmachen, da spürte ich seine Hand auf meinem Haar. Er strich mir eine Strähne aus dem Gesicht. »Ich konnte an nichts anderes mehr denken«, sagte er leise.

»Ja?«, sagte ich und lächelte ihn an. »Ich hab auch viel an dich gedacht.«

»Lüg doch nicht so«, meinte er in seinem provokanten Tonfall, den ich so gut kannte. Aber jetzt klang er leiser, freundlicher. »Du hast *ständig* an mich gedacht.«

Ich musste ein bisschen darüber lachen. »Na ja … ständig … also … ja, gut, fast ständig, ja.«

»Ich hab dieses Foto von dir«, fing er an, wobei er immer noch mit seinen Fingern durch meine Haare fuhr, und ich einfach so dastand und ihn anlächelte, »wie du vor der Uni auf den Stufen sitzt. Ich hab es vor ein paar Jahren entwickeln lassen, und es hängt bei mir im Schlafzimmer. Dein Gesicht ist das Erste, was ich sehe, wenn ich morgens aufwache, und das Letzte, bevor ich einschlafe. Und manchmal denke ich, es wäre so schön, wenn es auch in der Realität so wäre und nicht nur auf einem Foto.«

Ich war so gerührt, dass sich meine Augen mit Tränen

füllten. Dass Moritz so etwas sagen konnte, hätte ich nie für möglich gehalten. Ich streckte meine Arme aus und berührte seine Schultern. Wie stark und kräftig er war. Und was für wunderschöne himmelblaue Augen er hatte. Er streichelte mir weiter übers Haar und zog mich näher zu sich heran. Ganz behutsam berührte er mit seinen Lippen meinen Mund. Ein ganz leichter, sanfter Kuss. Dann sah er mich an und strich mir übers Gesicht.

»Findest du auch, dass Liebe egoistisch ist?«, fragte ich.

Für ein paar Sekunden sah er mich an, dann sagte er: »Wirkliche Liebe ist niemals egoistisch.«

Ich musste an seine Mail denken und an das Lied von Passenger. Wie viel Überwindung es ihn gekostet hatte, mich freizugeben. »Du … wolltest mich loslassen, weil du mich liebst?«

Moritz' Gesicht wurde ernst. Er sah mich an, umfasste mein Gesicht mit den Händen und sagte: »Ich würde für dich sterben, Layla.«

Während wir uns ansahen, liefen mir die Tränen übers Gesicht. Er wischte sie wortlos weg. Dann küsste er mich richtig. So etwas hatte ich noch nie erlebt. Ich dachte: Wenn ich jetzt tot umfalle, dann kann ich sagen, ich habe den schönsten Kuss erlebt, den man sich vorstellen kann, so überwältigend und doch so vertraut.

Während ich über seinen Rücken strich und ihm so nah war, spürte ich, wie richtig sich das anfühlte.

Ein halbes Jahr später

Ist sie nicht wahnsinnig süß?« Ich hielt Mirjam Layla in meinen Armen. Sie war jetzt vier Monate alt, am neunten Oktober auf die Welt gekommen.

Moritz sah mich lächelnd von der Seite an. »Zum fünfzehnten Mal heute: Ja, sie ist wahnsinnig süß.«

»So oft hab ich das schon gesagt?«

Moritz lachte auf, und ich konnte das fehlende Eckzahnstück sehen, das so sexy wirkte. »Macht ja nichts. Du kannst es von mir aus noch hundertmal sagen. Mich stört das nicht.«

Wir sahen uns an. »Du bist einfach der wunderbarste Mann auf diesem Planeten.«

Er grinste. »Na ja, du hast schon zwei Glas Wein intus, und du verträgst ja nicht viel, aber danke. Und pass auf, dass du das Kind nicht fallen lässt, sonst steht morgen in der Zeitung: *Besoffene Oma lässt auf Tauffeier Enkelkind fallen*.«

»Ich hatte genau ein Glas Wein.«

»Ich weiß. Späßle g'macht.« Wie es aussah, hatte er den Dialekt von Emilys Vater übernommen. Ihre Eltern waren bezaubernde Leute, hatten sich viel aufgebaut, waren aber sehr bodenständig geblieben. Emilys Freundin war die Taufpatin, und sie hieß mit zweitem Namen Mirjam. Emily erklärte die Namenswahl so: »Beide Namen gefallen mir, und sie werden von Menschen getragen, die ich mag.

Also nehme ich einfach beide.« Es ist wohl überflüssig zu erwähnen, dass ich auch bei diesen Worten wieder heulen musste. Dominik hatte darauf nur die Augenbrauen gehoben und mich etwas amüsiert angesehen. Aber als seine Tochter geboren wurde, war er total von der Rolle gewesen. Unter anderem hatte er mich darüber in Kenntnis gesetzt, dass die Geburt eines Kindes das Aufregendste sei, was man sich vorstellen könne.

»Ich weiß«, hatte ich lächelnd kommentiert.

Nun kümmerte er sich hingebungsvoll um sein Kind. Das Windelnwechseln zu lernen hat ein wenig gedauert. Bei den ersten vier bis fünf Malen traute er sich noch nicht recht, die Kleine richtig anzufassen, doch jetzt hatte er schon Übung.

Emily kam zu mir und Moritz. »Ich nehme dir Mirjam Layla mal ab. Sie wird langsam müde.«

»Ja, natürlich.« Etwas widerwillig übergab ich sie Emily.

»Findest du nicht, sie sieht aus wie Dominik?«, fragte ich Moritz.

»Ich finde, sie sieht aus wie du.«

»Ach?«, rief ich freudestrahlend. »Echt?«

»Ja. Sie hat den gleichen Mund wie du. Und sieh dir mal ihre Kopfform an.«

Ich lächelte vor mich hin. Fabia, die mir gegenübersaß, lächelte zurück. »So eine schöne Feier. Ich hab mich ja so gefreut, dass Dominik mich eingeladen hat«, rief sie mir zu.

Dominik hatte mich gefragt, ob ich bei der Taufe meiner Enkelin ein paar Leute dabeihaben wollte. Ich hatte gemeint, es wäre schön, wenn Fabia und Steffi kämen, was natürlich hieß, dass auch Oliver eingeladen war. Das hatte mich nicht gestört, warum auch. So saßen uns jetzt Fabia, Steffi und Oliver gegenüber. Neben Fabia saß René – ohne Begleitung.

Mein Blick fiel in den hinteren Teil des Raumes, wo meine Mutter und Günter saßen. Sie wirkten so gelöst und lachten sogar miteinander. Großer Gott, die beiden wirkten geradezu glücklich darüber, dass sie einander los waren. Aber nur als Paar. Denn sie gingen zusammen ins Museum und zum Essen. Vor zwei Monaten hatte meine Mutter mir erzählt, dass sie zusammen auf dem Tollwood-Festival gewesen waren. Ich hatte ja keine Ahnung, dass die beiden das Tollwood überhaupt kannten!

Ich war jetzt Besitzerin eines zwei Jahre alten Kleinwagens. Meine Mutter hatte ihn mir zu Weihnachten gekauft.

Dominik und Emily wollten demnächst zusammenziehen. Übers Heiraten redeten sie nicht, und ich mochte nicht fragen.

Steffi und Oliver waren seit zwei Wochen verlobt. Ich sah die beiden an. Wenn mir vor ein paar Monaten jemand gesagt hätte, dass Steffi und Oliver … Ah, das sollte ich lieber nicht weiterführen. Wenn mir vor ein paar Monaten jemand gesagt hätte, dass Moritz und ich … Moritz! Ich war verrückt nach ihm. Nicht selten ertappte er mich dabei, wie ich ihn verliebt anstarrte. So richtig: aufgestützter Kopf, dämlich grinsend, starrend. Und wenn er mich dann so anlächelte, und seine Augen dabei so wunderschön mitlächelten, vergaß ich alles um mich herum.

Die Anfangszeit war so berauschend und verrückt gewesen, auch ein bisschen verstörend (im positiven Sinne!), weil ich ihn von einer ganz neuen Seite kennenlernte. Er hatte mich ständig an sich gedrückt, ständig geküsst, wollte mich gar nicht mehr loslassen. Er hatte gefragt: »Geht dir das auf den Senkel, dass ich dir die ganze Zeit so auf die Pelle rücke?«

»Nein«, hatte ich gesagt.

»Wir haben so viel nachzuholen, Layla, so viel. Über zwanzig Jahre.«

Das war so süß.

Seit wir ein Paar sind, haben wir kein einziges Mal gestritten. Warum haben wir eigentlich als Freunde so oft gestritten? Wenn ich etwas sagte, was ihm gerade nicht passte, dann schwieg er oder er widersprach mir ruhig, beinahe sanft. Wir waren oft bei mir, gelegentlich auch bei ihm, und manchmal sahen wir uns zwei oder drei Tage nicht, weil wir beide noch ein Leben unabhängig voneinander hatten. Allerdings muss ich zugeben, dass ich es nach solchen Unterbrechungen kaum erwarten konnte, ihn zu sehen. Moritz hatte kein einziges Mal eine Andeutung gemacht, wir sollten doch zusammenziehen. Das war kein größeres Problem für mich. Es überraschte mich auch nicht, weil das, was wir derzeit hatten, für Moritz schon etwas Gewaltiges war: eine ernsthafte Beziehung. Beim Wort Zusammenziehen hätte es ihm wohl noch immer den Magen zusammengezogen. Das musste ich akzeptieren. Er war eben anders. Und er war wunderbar, so wie er war. Ich wollte ihn gar nicht anders haben.

René unterhielt sich gerade mit Fabia. Sie schienen sich sympathisch zu finden, und das freute mich.

René. Als Dominik mir erzählt hatte, dass er René darüber berichtet hatte, dass Moritz und ich nun zusammen sind, hatte René etwas schmerzhaft gelächelt und gesagt: »Ich wusste es. Ich wusste nur nicht, dass es so lange dauern würde, bis sie zusammenkommen.«

»Ach, Sie fahren Ski?«, hörte ich Fabia meinen Exmann fragen.

René nickte kauend. Er hatte Salzgebäck in der Hand. »Leidenschaftlich. Leider fährt kein Mensch in meinem Bekanntenkreis Ski.«

»Mir geht es ganz genauso«, jammerte Fabia und setzte eine Miene auf, als hätte sie gerade Hab und Gut verloren.

»Ich hab mir jetzt eine Woche Urlaub genommen«, erzählte René, »und mache mich auf nach Sölden.«

»Oh, Sölden ist toll. Da war ich jetzt schon ein paar Jahre nicht mehr.« Fabia nahm einen Schluck Kaffee. »Ich hab doch jetzt eine Woche Faschingsferien. Vielleicht begegnen wir uns dort rein zufällig.« Die letzten beiden Worte hat sie mit ihrer Lieblingsgeste in Anführungszeichen gesetzt.

René sah Fabia, mit dem Salzgebäck in der Hand, überrumpelt an. »Also ich … weiß nicht …«

»René«, mahnte Fabia, als hätte einer ihrer Schüler gerade eine Dummheit gesagt, »wenn man zusammen Ski fährt, heißt das nicht automatisch, dass man sich ein Doppelzimmer mit Kamin nehmen muss.«

»Oooh … nein, natürlich nicht.«

Moritz sah mich von der Seite an, hielt sich die Hand vor den Mund und raunte mir zu: »Das darf doch jetzt nicht wahr sein, oder?«

»Ich glaube, ich spinne«, flüsterte ich zurück.

»Wissen Sie was, Fabia?«, hörte ich René sagen. »Das machen wir. Warum nicht?«

Moritz und ich sahen uns erneut an und grinsten. Dann fing ich Renés Blick auf. Er sah etwas peinlich berührt zur Seite.

»Ich glaube, ich gönn mir mal ein Zigarettchen«, meinte Moritz und stand auf, um nach draußen zu gehen.

So saß ich René und Fabia allein gegenüber. Irgendwie war die Situation ein bisschen blöd, weshalb ich aufstand, meine Jacke nahm und nach draußen zu Moritz ging.

»Was machst du denn hier?«, fragte er. »Ist doch saukalt hier draußen.«

»Bei dir ist mir nie kalt«, gab ich zurück.

Er lächelte mich an.

»Ist das nicht ein Hammer?«

»Was? Das mit René und Fabia?« Er nahm einen Zug aus seiner Zigarette.

»Ja. Aber vielleicht ist es ganz harmlos. Was meinst du? Vielleicht geht es wirklich nur ums Skifahren.«

Moritz schüttelte wissend den Kopf und grinste. »Es ist nicht harmlos. Er hat ihr in den Ausschnitt geschaut, und sie ihm auf den Hintern, vorhin, als er mit Dominik dastand und sich unterhalten hat. Das heißt, sie hat ihn eher so gemustert, als wollte sie ihn heute noch mit nach Hause nehmen.«

»Ach, hör auf. Fabia und René!« Ich prustete los. »Das ist doch total schräg.«

»Glaub's mir. Die sind wie zwei Magneten, die auf die richtige Gelegenheit warten. Ich glaube, das Doppelzimmer mit Kamin war keine leere Drohung.«

»Wow.« Ich fasste mir an die Stirn. »Ich will mir das gar nicht ausmalen. Das ist, als würde man sich die Nachrichtensprecherin der ARD mit einem von den Chippendales vorstellen.«

Moritz beugte sich vornüber und lachte. Ich musste mitlachen.

»Es war eine wirklich schöne Feier«, sagte ich, um das Thema zu wechseln, »findest du nicht auch?«

»Ja«, meinte Moritz, »aus unserem Dominik ist jetzt ein Familienvater geworden. O Mann«, meinte er nachdenklich, »es kommt mir wie gestern vor, dass ich ihm stundenlang vorgelesen habe, weil er nicht schlafen wollte.«

Ich sah ihn liebevoll an.

»Hör mal, Layla, wegen Feier und so …«

»Ja?«

»Also, ich hab mir gedacht, vielleicht …« Er drückte seine Zigarette in dem großen Aschenbecher aus. »Na ja, vielleicht sollten wir auch was Feiermäßiges machen und so.«

»Was Feiermäßiges? Was heißt das?«

»Du weißt schon …«

Ich hatte keine Ahnung, was er meinte. »Nein. Was?«

Moritz sah mir in die Augen und fragte leise: »Würdest du mich heiraten?«

Ich öffnete den Mund, um etwas zu sagen, aber es kam kein Ton heraus.

»Du bist die einzige Frau auf dieser Welt, die ich heiraten würde. Ich will dich oder keine. Und wenn du nicht noch einmal heiraten willst, dann ist das nicht schlimm. Das kann ich verstehen, und wir können ja auch so zusammen sein und …«

»Ja.«

»Ja was?«

»Ja, ich will dich heiraten.«

Er presste etwas verlegen die Lippen zusammen. »Echt, oder?«

Ich nickte. »Eigentlich will ich gar nicht darüber nachdenken. Das heißt, ich muss gar nicht darüber nachdenken.«

Moritz umarmte und küsste mich, immer und immer wieder.

»Es gibt etwas, was ich dir nie erzählt habe«, sagte er plötzlich.

Ich bekam es mit der Angst. »Was denn?«

Er wandte den Blick nicht von mir.

»Bitte sag es!«, drängte ich.

»Als wir uns zum ersten Mal begegnet sind … Das war nicht *Anna Karenina*. Ich wollte mich vor dir nur wichtigmachen. Es war irgendein Krimi.«

»Hä?«

Mit dramatischer Geste sagte er: »Ich will nicht, dass so etwas zwischen uns steht.«

Ich schlug ihm lachend mit der Hand auf die Schulter. »Du bist so ein Vollidiot!«

»Hauptsache, du liebst mich.«

Ich wurde ernst. »Das tue ich.«

Diana Verlag

NELLY ARNOLD

Wenn das die Lösung ist, will ich mein Problem zurück

Eine verrückte Idee, großes Chaos und die wahre Liebe

Clea ist stolz auf ihr Wellnessstudio, das sie sehr erfolgreich führt – jetzt fehlt nur noch der richtige Mann an ihrer Seite. Madame Zelda soll helfen. Die hat zwar keine Glaskugel, weiß aber aufgrund ihrer intuitiven Fähigkeit, wer perfekt zu Clea passt. Als Clea den Kandidaten kurz darauf kennenlernt, ist sie hingerissen. Doch obwohl das Ziel so nahe scheint, entpuppt sich das Vorhaben als kompliziertes Unterfangen ...

»Ein lustiges, zu Herzen gehendes Lesevergnügen!«
LoveLetter

978-3-453-35762-4
Auch als E-Book erhältlich

Leseprobe unter diana-verlag.de
Besuchen Sie uns auch auf www.herzenszeilen.de